Jordan Holiday

Rückkehr nach Schweden

Kontakt:

Liebe LeserInnen, Ihr möchtet brandheiße News über die Autorin haben – und das aus erster Hand? Ihr seid heiß auf neue Bücher, Gewinnspiele und vieles mehr? Dann schaut doch einfach auf Facebook vorbei. Ich freue mich, mit Euch ins Gespräch zu kommen.

https://www.facebook.com/JordanHolidayAutor/

Jordan Holiday

c/o: Marina Teschner

Lange Str. 2

26676 Barßel

Impressum:

1. Auflage: April 2018

Coverfotos: www.pixabay.com

Covergestaltung: © Marina Teschner

Jordan Holiday

c/o: Marina Teschner

Lange Str. 2

26676 Barßel

1. Kapitel – Regina

Ich schwebe. Sieben Meter über dem Boden. Mindestens.

Noch etwas höher, dann kann ich die Wolken streicheln und greife nach den Sternen. Etwas mehr als dreieinhalb Monate sind seit unserem Urlaub in Schweden vergangen. Die intensivste Zeit meines Lebens. Wenn ich die Beziehung, die ich jetzt führen darf, mit meiner Ehe mit Tom vergleiche … Ich weiß, dass ich das nicht tun sollte, aber manchmal schleichen sich durch irgendein Hintertürchen Erinnerungen an und schieben sich ins Bewusstsein. Tom und Karin sind so verschieden und doch ähneln sie sich in manchen Eigenschaften. Tom war ein liebevoller und zärtlicher Mann. Aber Karin … oh oh … Heißes Glühen krabbelt von meinen Wangen bis zu den Haarspitzen. Mein Herz rast, wenn ich nur an sie denke. Ich habe noch nie so oft geküsst. Ich hatte noch nie so oft… Sex. Und ich war noch nie so anhänglich. Wenn Karin das Haus verlässt, vermisse ich sie und bin der glücklichste Mensch, sobald sie wieder zurückkommt.

Endlich ist mein Leben so, wie ich es mir immer gewünscht habe. Karin verbringt jede freie Minute bei meinen Kindern und mir und bringt an den Wochenenden sogar Laurin mit. Ein Lächeln huscht über meine Lippen. Ich lehne mich in meinem Stuhl zurück und seufze zufrieden. Irgendwo muss es jemanden geben, der es gut mit mir meint.

»Mama? Bist Du da?« Sophie reißt die Tür zu meinem Laden so schwungvoll auf, dass die kleine Glocke, die normalerweise Kunden ankündigt, an die Decke knallt und nicht mehr mit dem Bimmeln hinterherkommt. Ich runzle die Stirn. Wir haben zwar abgesprochen, dass meine Kinder auf sich aufmerksam machen, sobald sie den Laden betreten, aber doch nicht so laut, dass selbst der Eisverkäufer an der Ecke mitbekommt, dass ich diese kleinen Hilfestellungen brauche.

»Ich hab Dir was mitgebracht.«, brummelt meine Tochter und stellt einen dampfenden Becher vor mir auf den Schreibtisch. Coffee to go aus meinem Lieblingscoffeeshop. Sämtliche Alarmsignale schrillen in meinem Kopf.

»Was willst Du?«

»Warum soll ich etwas wollen?« Dieses Flöten, das mindestens drei Nuancen zu quietschig ist … Dieses Lächeln, das mich spontan an einen Unschuldsengel denken lässt … Fehlt eigentlich nur noch der

Heiligenschein, aber der scheint verblasst. Irgendetwas ist hier so faul, dass es stinkt.

»Weil Du mich erstens so gut wie nie im Laden besuchst und weil Du mir zweitens noch seltener einen Kaffee mitbringst.«

»Was Du immer von mir denkst. Dabei wollte ich nur mal schauen, was Du so machst.«

Der Blick meiner Tochter gleitet durch den Gewölbekeller, in dem ich, neben dem Lager für meine kostbaren Flaschen, eine kleine Büroecke untergebracht habe.

»Ich mache Buchhaltung. Ich könnte Hilfe brauchen. Wenn Du also Zeit hast … «

»Neee danke. Auf Buchhaltung habe ich keinen Bock. Du weißt doch, dass ich´s nicht so mit Zahlen habe.« Wie beiläufig schiebt sie mir einen Zettel zu. Meine Hände umfassen den Coffee to go Becher, während ich einen kurzen Blick darauf werfe. Der Kaffee schwappt über den Rand des Bechers, so schnell erstarre ich in meiner Bewegung. Ein Gastschulantrag für die Schule, in der Karin unterrichtet. Meine Tochter lächelt immer noch so unschuldig, als hätte sie mir stattdessen einen Ausschnitt aus einem süßen Kinderbuch gezeigt.

»Gastschulantrag? Was soll ich damit?«

»Meine Schule kotzt mich an. Ich brauche eine Luftveränderung.«

»Eine Luftveränderung?« Meine Stimme kiekst ungewohnt hoch. »Und da hast Du Dir gedacht … Bring ich der Mama mal einen Kaffee mit, dann wird sie schon unterschreiben.«

»So ähnlich … ja.«

»Und was ist mit dem Schulweg? Du hast keinen Führerschein. Auto hast Du auch keines. Wie willst Du in die Schule kommen?«

Ich bin mir meiner Sache völlig sicher und lehne mich zufrieden zurück. In ihrer Euphorie vergisst meine Tochter grundsätzlich die Kehrseite der Medaille. Eine Stunde Fahrzeit und das jeden Tag zweimal. Ich kann mir nicht vorstellen, dass ihr das auf Dauer gefällt. Schulwechsel. Was für ein Käse.

»Darüber wollte ich auch mit Dir reden. Warum ziehen wir nicht einfach zu Karin? Ihr Haus ist doch groß genug. Und viel cooler als unseres.«

»Und außerdem wohnt Laurin nicht weit weg von ihr. Stimmts?«

»Jetzt wo Du es sagst … Daran hab ich grad gar nicht gedacht.«

»Ha ha ha. Neee, ist klar. Natürlich hast Du dieses winzige Detail *vergessen*. Dass ich nicht lache. Aber dass Deine Großeltern noch nichts von Karin wissen, daran erinnerst Du Dich, oder?«

Sophie baut sich vor mir auf und macht eine wegwerfende Handbewegung.

»Ach die. Glaubst Du nicht, dass die schon lange wissen, was Ihr macht, wenn …«

»Sophie Lucia König.«

»Ist doch wahr. So doof sind Oma und Opa auch wieder nicht. Warum sagst Du es ihnen nicht einfach?«

»Weil … « Ja. Warum eigentlich nicht? Vielleicht, weil Toms Eltern erzkonservativ und tief katholisch sind? Vielleicht, weil ich ihnen keinen Vorwand, mir Stress zu machen, geben will? Vielleicht, weil die Dinge nicht immer so einfach sind, wie meine pubertierende Tochter es sich vorstellt. Vielleicht aber auch, weil ich keine Eier in der Hose habe. Sophie hat keine Ahnung, wie oft ich mir in den letzten Wochen den Kopf darüber zerbrochen und nach Lösungen gesucht habe.

»Vergiss es, Sophie. So einfach ist das alles nicht.«

»Doch. Sag einfach die Wahrheit, dann musst Du nicht mehr lügen. So isses doch auch scheiße. Außerdem sagst Du immer, dass wir nicht lügen sollen.«

»Wer bist Du? Was hast Du mit meiner Tochter gemacht? Wenn ich Dich an Deinen Sechser in Latein erinnern darf? Wie lange hast Du gebraucht, bis Du ihn gebeichtet hast?«

»Zwei Wochen. Aber Mama, das ist doch Schnee von gestern.«

»Und der Fünfer in Mathe?«

»Pha, Mama. Du bist voll gemein. Aber genau deswegen will ich doch wechseln. Latein ist tot und der Scheiß, den wir in Mathe machen, juckt doch sowieso niemanden. In

Karins Schule muss ich kein Latein wählen. Auch kein Franz. Ich könnte Schwedisch belegen und Norwegisch. Und in Mathe könnte ich in den Kurs für die mathematischen Volldeppen gehen. Wenn ich das Abi in der Tasche habe, könnte ich Sprachen und Journalismus studieren. Und dann könnte ich als Korrespondentin fürs Fernsehen ins Ausland gehen und werde berühmt. Viel Geld habe ich dann auch. Na? Naaaaa?«

»Ich dachte, Du wolltest wie Karin Meeresbiologin werden.«

»Papperlapups. Das ist doch voll öde. Außerdem mag ich Bio nicht. Aber Auslandskorrespondentin … das wäre cool. Du sagst doch immer, dass wir das machen können, was wir uns wünschen.«

Oh Mann. Sophies Argumente sind absolut nicht von der Hand zu weisen. Ihre Talente liegen eindeutig in den sprachlichen und künstlerischen Fächern und das Angebot an Karins Schule würde ihren Neigungen eins zu eins entsprechen, während sie sich hier durch Latein und Mathe kämpft und wenig Aussicht auf Erfolg hat. Ihr Lehrer hat sie nicht umsonst als mathematische Wildsau bezeichnet – vor der versammelten Klasse. Dann hat er ihre Arbeit vor ihr auf den Tisch geknallt und gemeint: »Extra für Dich fangen wir noch mal ganz von vorne an. Wie viel ist eins plus eins?« Sophie ist ausgerastet und probte einen Heulanfall. Danach hat sie sich eine ganze Woche verweigert, in die Schule zu gehen. Da half kein drohen und auch kein gut zureden mehr. Der Karren war im Dreck und versank im Nullkommanichts auf den Grund ihrer mathematischen Unfähigkeiten, die sie eindeutig mit meinen Genen übernommen hat.

Erst die Aussicht auf ein Gespräch mit ihrem Lehrer konnte ihr Gemüt etwas beruhigen, aber natürlich konnte der sich im Nachhinein an nichts erinnern. Zu dumm, dass er in regelmäßigen Abständen so aufgeht und ausgerechnet an diesem Tag ein paar von Sophies Mitschülern den Unterricht mit dem Handy mitschnitten – zum Untermauern ihrer Beschwerden, wie sie erklärten.

Gebracht hat es Sophie nichts mehr. Seit diesem Tag geht sie immer, wenn Mathe auf dem Stundenplan steht, mit Bauchschmerzen in die Schule und hangelt sich nur so durch die Tage. Ihre Argumente sind wirklich nicht von der Hand zu weisen.

»Einen Debattierkurs willst Du aber nicht auch noch belegen, oder?«

»Warum nicht? Also Mama?«

»Karin und ich denken darüber nach. Okay?«

»Fuck. Dann wird das ja nie was. Bis Ihr zum Reden kommt, bin ich achtzig. Oder hast Du ihr in der Zwischenzeit wenigstens gesagt, dass Du Dir Gesichter nicht merken kannst? Oder sprichst Du immer noch von kurzen Erinnerungslücken?«

»Du nervst.«

»Ich hab Dich auch lieb, Mama.«

»Mach Dich davon, bevor ich mich vergesse.«

»Also … hast Du?«

Ich schüttle den Kopf und blase die Luft mit solcher Wucht aus meinen Lungen, dass ich schnaube. Ich liebe Karin und hänge an ihr. Trotzdem gibt es Dinge, bei denen mir die richtigen Worte fehlen. Oder wie soll ich ihr erklären, dass ich an schlechten Tagen nicht einmal meine Kinder erkenne? Ich schiebe das Gespräch immer weiter. Aber was soll ich denn machen? Hingehen und sagen: *Hey Karin, wundere Dich nicht, wenn ich mal an Dir vorbeilaufe, ohne etwas zu sagen. Das ist ganz normal, ich erkenne nämlich nicht einmal die Frau, die ich liebe. Aber sonst ticke ich eigentlich ziemlich normal.* Wie ich es auch drehe und wende, mein Handikap nervt mich. Außerdem ist die Zeit, die nur uns gehört, sehr begrenzt und ganz spontan fallen mir hundert andere Sachen ein, die ich viel lieber mit ihr mache. Sie langsam ausziehen und … Meine Wangen fühlen sich heiß an. Ich bekomme doch nicht etwa Fieber.

Sophie rollt mit den Augen, sagt aber nichts. Sie weiß, dass ich wie ein störrischer alter Esel sein kann, wenn ich etwas will oder nicht will. Außerdem habe ich es bis jetzt immer hinbekommen, mein Problem zu umschippern.

Ich will einfach nicht, dass Karin denkt, dass sie auf mich aufpassen muss, oder anfängt, mich nur noch als *Störungsbild* wahrzunehmen. Außerdem habe ich mir genügend Eselsbrücken angeeignet, um die meisten Menschen, mit denen ich regelmäßig zu tun habe, zu erkennen. Meine ehemaligen Schwiegereltern wissen bis heute nicht, dass ich an einer mehr oder weniger leicht ausgeprägten Form der Gesichtsblindheit leide.

»Musst Du wissen.«, brummt Sophie, drückt mir einen Kuss auf die Backe und lässt mich wieder mit meinen Zahlen und Gedanken allein. Kurz bevor sie am oberen Ende der Treppe ankommt, dreht sie sich noch einmal um und grinst:

»Vergiss den Gastschulantrag nicht.«, sagt sie. Die Glocke an der Eingangstür scheppert, so schwungvoll reißt mein Töchterchen die Tür auf. Ich lehne mich mit einem tiefen Seufzen in meinem Stuhl zurück.

Konzentrieren kann ich mich sowieso nicht mehr. Wozu also weitermachen? Ich nippe am Kaffee, der mittlerweile nur noch lauwarm ist und öffne mit einem Mausklick den Ordner, in dem die Bilder von unserer Zeit in Schweden gespeichert sind. Wie so oft, wenn ich mich eigentlich mit der Buchhaltung auseinandersetzen sollte, schweifen meine Gedanken ab.

Mir fiel der Abschied von Schweden fast genauso schwer wie damals, vor zwanzig Jahren. Alles war so einfach und die Gefühle zwischen Karin und mir konnten sich in völliger Freiheit entwickeln. Klar mussten wir aufpassen. Schließlich wollte Karin nicht, dass ihr Kollege Herbert etwas mitbekam. Trotzdem genossen wir jede Minute, die wir miteinander verbringen durften und holten so viel von dem nach, was wir in den vergangenen Jahren verpasst hatten.

Je näher der Moment der Abfahrt rückte, desto unruhiger wurde ich. Ängste quälten mich. Würden wir einen Weg finden, unsere Beziehung zu leben, ohne dass jemand etwas davon mitbekommt? Den Alltag gemeinsam bewältigen? Haben wir überhaupt so etwas wie eine Beziehung? Diese und ähnliche Fragen quälten mich und schürten meine Zweifel an der Aufrichtigkeit ihrer Gefühlen für mich.

Karin hat sich in ihrem Leben als Single eingerichtet und füllt es mit dem, was ihr Spaß macht. Vor allem in der ersten Zeit war ich mir nicht sicher, ob sie wirklich bereit ist, sich dauerhaft auf mich einzulassen. Als hätte ich es herauf beschworen, fiel es ihr tatsächlich ziemlich schwer, Kompromisse einzugehen. Wir stritten häufig und ich begann, mich zu fragen, ob eine Beziehung mit ihr wirklich Sinn hat, oder ob die Kraft, die ich investierte, verschenkte Liebesmühe ist. Ohne sich dessen bewusst zu sein, schürte sie das Gefühl der Unsicherheit in mir. Schlussendlich verschloss ich mich vor ihr und ließ sie nicht mehr so richtig an mich heran.

Ein ernstes Gespräch stand an. Sie wusste es. Ich wusste es. Und doch scheute ich davor zurück. Viel zu groß war die Angst, zu verlieren, was ich doch gerade erst gefunden hatte.

Einen knappen Monat nach unserer Rückkehr aus Schweden tauchte Karin mit ernstem Gesichtsausdruck bei mir im Laden auf und machte sich mit dem ersten Läuten des Glöckchens über der Eingangstür bemerkbar. Ich brauche wahrscheinlich nicht zu sagen, wie sehr ich erschrak. Schließlich wollte ich nicht, dass es vorbei geht. Ich wollte, dass wir einen Weg finden, unsere Wünsche unter einen Hut zu bekommen. Aber was wollte sie? Ihrem Gesichtsausdruck nach zu urteilen nicht das Gleiche wie ich.

»Weißt Du noch, wie Du Dich beim Abschied von Agneta und ihren Mädels an mich gekuschelt hast? Du hast ihnen so wehmütig hinterhergeschaut.«, begann sie leise und schaute mich nicht an.

»Ich weiß, dass Du Angst hattest und es tut mir wahnsinnig leid, dass ich nichts getan habe, um Deine Angst zu zerstreuen.«

»Das musst Du doch gar ni … «

»Bitte lass mich reden, bevor ich meinen Text vergesse…« Obwohl sie lachte, klang sie kläglich. Meine Finger verknoteten sich mit dem Tuch, das ich eigentlich zusammenfalten und in eines der Regalfächer legen wollte.

»Ich habe mich egoistisch verhalten. Und es tut mir leid. Ich muss erst lernen, dass ich jetzt eine Familie habe. Bitte hilf mir dabei.« Ihre Stimme wurde immer leiser und ich musste gut hinhören, um überhaupt etwas zu verstehen.

Was für ein Glück, dass noch Ferien waren und sich die Kundschaft in meinem Laden nicht gerade die Tür gegenseitig in die Hand gab. Was soll ich sagen? Karin und ich haben geredet. Seitdem bemüht sie sich wirklich. Jeden Tag. Ich fühle ihre Liebe. In den vielen Kleinigkeiten, mit denen sie sich in meinem Herzen ausbreitet.

Letztes Wochenende war das Wochenende, an dem sie ihre *Schulden* vom Paddelwettkampf einlöste. Ohne mein Wissen hat sie hinter meinem Rücken einen Crashkurs bei Judith gemacht und zauberte uns ein *mehrgängiges Menü*. Okaaaay … Die Vorspeise fiel aus, für die Nachspeise riss sie die Deckel der Puddingbecher ab und die Hauptspeise bestand aus Schinkennudeln, die selbst Sophie hinbekommen hätte. Vielleicht sogar Lucas. Aber ich habe mich gefreut. Und wie. Unsere Küche hatte danach verblüffende Ähnlichkeit mit einem Kriegsfilm, in dem die Überreste eines Bombenangriffs das Geschehen dominieren. Töpfe, Pfannen, Schüsseln und Kochlöffel stapelten sich neben Eierschalen, Gewürzen und verdreckten Notizzetteln. Auf dem Ceranfeld zeugte eine eingebrannte Eiweißspur von ihren verzweifelten Bemühungen, die Eier ohne die dazugehörigen Schalen in die Pfanne zu befördern. Normalerweise hätte ich die Hände über dem Kopf zusammengeschlagen und laut *Scheiße* gebrüllt. Als mein Blick auf Karin fiel, erstickte aber selbst die leiseste kritische Stimme. Ich lachte. Und konnte nicht mehr aufhören. Bis mir die Tränen über die Wangen liefen. Karin sah nicht viel besser aus als die Küche. Eierschalen hingen in ihren Haaren, Kleckser aus Sahne und Ei verteilten sich auf ihrem schwarzen Oberteil und bezeugten den Kampf, aus dem sie, mit einiger Mühe, als Siegerin hervorging.

Zu schade eigentlich, dass der Akku meiner Kamera leer war. Ein paar Beweisfotos hätten schon etwas für sich gehabt, schließlich kann man nie wissen, wofür ich sie noch hätte brauchen können. Ich zog sie an mich und bedankte mich mit einem innigen Kuss für das Essen. Meine Hände wanderten unter ihr Oberteil. Es rumpelte und schepperte, als ein Topf und eine Aluschüssel auf den Boden fielen. Uns war das egal. Es gab nur noch sie und mich – und den Küchentisch. Eine halbe Stunde später sank ich selig lächelnd auf ihr zusammen und strich mit der Spitze meines Zeigefingers über ihre Wange.

Ich liebe es, zurück zu schauen. Vor allem dann, wenn ich mich mit etwas auseinandersetzen muss, was mir nicht gefällt, oder nicht meinen Neigungen entspricht, nutze ich gerne die Zeit, die ich nicht habe, um mich auf einen gedanklichen Ausflug in die Vergangenheit zu begeben. Die Buchhaltung für meinen Laden zum Beispiel. Für mich gibt es kaum bessere Ablenkung als die Entspannung, die solche Momente mit sich bringen. Momente, in denen ich mir die Ruhe gönne, in mich zu gehen. Dann bin ich einfach nur. Andere Leute lesen oder schauen Filme, ich mache Ausflüge in meine Erinnerungen.

Die Zeit zwischen Toms Tod und dem Urlaub in Schweden habe ich fast ausschließlich rückwärts verbracht und war nicht bereit, den Kopf zu heben und nach vorne zu sehen. Heute sieht die Sache minimal anders aus. Ich hadere nicht. Vielmehr fühle ich mich wohl mit dem, was ich erreicht habe. Egal wie fies mir das Leben in den Bauch getreten ist, egal wie tief ich gefallen bin, ich schaffte es immer wieder aus eigener Kraft aufzustehen. Eigentlich kann ich stolz auf mich sein.

Sobald mein Blick auf die Zahlen meiner wöchentlichen Abrechnung fällt, schwindet der Stolz allerdings innerhalb weniger Sekunden wie Eis in der Sonne. Erfahrungsgemäß sind die Monate zwischen Juni und September nie besonders verkaufsstark. Dieses Jahr schaut das Geschäft aber besonders mau aus, was wohl auch daran liegt, dass die Stadt in den letzten Wochen von einer nie dagewesenen Hitzewelle erfasst wird. Wahrscheinlich wäre es sogar vernünftiger, ich würde den Laden während der heißen Sommermonate schließen und erst dann wieder öffnen, wenn die kalte Jahreszeit beginnt. Oder statt Whiskey Eiswürfel verkaufen. Wer braucht im Sommer schließlich eine *Wärmflasche*, deren Inhalt aus hochprozentigem Whiskey besteht? Viel zu selten höre ich in diesen Tagen den vertrauten Klang meiner Türglocke – und wenn steht meistens eines meiner Kinder vor mir und hält die Hand auf, um das Eintrittsgeld fürs Schwimmbad zu erbetteln.

Die Zahlen verschwimmen vor meinen Augen. Rote Zahlen mischen sich mit schwarzen und ergeben einen bräunlichen Brei, den ich sowieso nicht mehr entziffern kann. Warum also weiter damit herum ärgern?

Missmutig klappe ich den Laptop zu, schnappe eine Packung Shortbread und tappe langsam die Treppe hoch. Seit Tagen hat sich kaum noch ein Kunde in meinen Laden verirrt – und wenn, dann nur, um spontan Flüge oder Fährtickets zu buchen oder abzuholen. Kein Geschäft, das besonders viel abwirft.

Das Telefon klingelt. Die Nummer kommt mir nicht bekannt vor. Und ich bin stolz, dass ich mir statt Gesichtern wenigstens Telefonnummern merken kann.

»*The Celt*, König.«, brumme ich.

»Hallo Frau König. Jonathan Borchert hier, von der Borchert AG.« Ich lege meine Stirn in Falten. Der Anrufer tut gerade so, als müsste ich ihn und sein Unternehmen kennen. Bestimmt so ein neureicher Jüngling, der die Firma von seinem Vater geerbt hat. Arbeit ist ihm mit Sicherheit genauso fremd, wie …

»Haben Sie meine Mail gelesen?«, fragt er und unterbricht meine wenig netten Gedanken bezüglich reicher Erben größerer Firmen. Welche Mail?

»Ich habe Ihnen vor einer Stunde eine Mail geschrieben. Weil Sie nicht reagiert haben, dachte ich, ich frage zur Sicherheit noch mal nach.«

»Worum ging es in der Mail?«

»Um einen Auftrag. Einen nicht ganz kleinen Auftrag.« Auftrag? Schnell straffe ich die Schultern und richte mich zu voller Größe auf. Wie konnte mir so eine Mail nur entgehen? Das Telefon zwischen Kinn und Ohr geklemmt, suche ich hektisch nach meinem Notizblock und einem Stift. Mit halbem Ohr lausche ich seinen Worten.

»Sorry, Herr Borchert. Ich habe die Mail nicht gesehen. Um was für einen Auftrag handelt es sich?« Während er aufzählt werden meine Augen immer größer. Der Stift in meiner Hand hüpft nur so über das Papier. Ein breites Lächeln schiebt sich in mein Gesicht. Um wen auch immer es sich bei diesem Jonathan Borchert handelt, er ist die Rettung meines brachliegenden Sommergeschäfts. Und nicht nur das. Er wird auch mein Herbst- und Weihnachtsgeschäft ankurbeln und … Ich würde mich nicht wundern, wenn lauter Dollarzeichen in meinen Augen aufleuchten würden.

»Also abgemacht?« Wie, abgemacht? Was hat er gesagt? In Gedanken bin ich so sehr damit beschäftigt, die Worte und Zahlen zu verarbeiten, dass der Rest des Gesprächs an mir vorbeizieht.

»Wir treffen uns heute Nachmittag um sechzehn Uhr bei mir im Büro. Dann machen wir den Vertrag fertig und Sie bekommen die erste Teilzahlung.«

Das Wort Teilzahlung klingt wie Musik in meinen Ohren. Natürlich werde ich in seinem Büro vorbeischauen. Wenn er will, bringe ich sogar einen roten Teppich mit und rolle ihn für ihn aus. Mein Herz tanzt und ich könnte vor Freude in die Luft springen.

»Also dann, bis sechzehn Uhr.« Es klickt in der Leitung. In meinem Kopf klickt es ebenfalls. Hatte ich mich, bis vor ein paar Minuten, noch gefragt, wie ich die nächsten Monate finanzieren soll, ohne mein Erspartes anzukratzen – oder Karin um Almosen zu bitten, lösen sich sämtliche Sorgen in leuchtend rosa Wölkchen auf, die wie Watte an meinem inneren Auge vorbeiziehen. In jedem Wölkchen prangt der Name Jonathan Borchert. Mein persönlicher Retter in der Not.

Und das soll die Firma von Jonathan Borchert sein? Mit allem habe ich gerechnet, nicht damit. Ein unpersönlicher Bau aus Glas und Metall, so habe ich mir den Firmensitz der Borchert AG vorgestellt. Abwechselnd starre ich in meinen Terminplaner und auf die Hausnummer. Alles richtig.

Von wegen unpersönlicher Bau. Eine alte Jugendstilvilla, der der neue Anstrich und der liebevoll angelegte Vorgarten neues Leben einhauchen. Geschmack hat er, dieser Jonathan Borchert. Das muss ich ihm lassen. Und höchstwahrscheinlich auch das nötige Kleingeld, um so ein Haus erwerben zu können und ihm die Restaurierung zukommen zu lassen, die den Glanz längst vergangener Tage aufleben lässt.

Ich atme einmal tief durch und gehe langsam auf den Eingang zu. Der Vorgarten hat meine Bewunderung mehr als verdient. Die Farben und Formen der Blumen, Büsche und Bäumchen sind so perfekt aufeinander abgestimmt, dass ihre Anordnung schon fast wieder Zufall sein könnte. Zarter Vanilleduft streicht mir um die Nase.

Eine Minute nur. Ich bleibe stehen, halte inne und lasse die Farben und Düfte auf mich wirken. Erstaunt stelle ich fest, dass mein nervöser Herzschlag sich langsam beruhigt.

»Kann ich Ihnen helfen?« Mein Kopf fährt hoch. Am oberen Ende der Treppe steht eine Frau, die vermutlich in meinem Alter ist, und starrt mich unverhohlen an. Eine attraktive Frau, solange sie nur ihren Mund nicht aufmacht. Ihre Stimme hat so gar nichts attraktives. Eher das Gegenteil davon. Wie Mickey Maus, wenn ihm jemand auf den Schwanz tritt. Gruseliges Quäken. Eine Stimme, vor der ich in der Dunkelheit Angst bekäme. So eine Frau will ich mir lieber nicht im Bett vorstellen. Wie muss das klingen? Wie der Keilriemen eines Autos? Oder das Kreischen einer Kreissäge? Ha! Jetzt hab ich´s. Wie der Bohrer eines Zahnarztes, kurz bevor er auf sein bemitleidenswertes Opfer trifft. Nein. So eine Frau würde ich nicht im Bett haben wollen – und wenn, dann nur mit einer dicken Rolle Panzertape. Meine Mundwinkel zucken hoch. Karin würde sich schlapp lachen über mich und die Absurdität meiner Gedanken. Apropos Karin. Apropos Bohrer. Wollte Karin heute nicht zum Zahnarzt?

»Kann ich Ihnen helfen?« Noch einmal diese quäkende Stimme. Wie kann ein Mann wie Jonathan Borchert nur mit so einer Frau zusammenarbeiten? Einmal mehr muss ich feststellen, dass Männer mir wohl immer ein Rätsel bleiben werden. Wie ein gordischer Knoten. Hat mein ein Stückchen aufgelöst, trifft man sofort wieder auf den nächsten Knoten. Männer verstehen wollen ist eine Lebensaufgabe. Um eine Frau zu verstehen, braucht es mindestens zwei Leben. Und um mich zu verstehen … Lassen wir das.

Ich löse meinen Blick von der bunten Farbenpracht des Vorgartens und wende mich der Frau auf der Treppe zu.

»Mein Name ist Regina König. Ich habe einen Termin mit Herrn Borchert.«

»Ach SIE sind das?« Wie sie das SIE sagt. Trotz der nicht gerade geringen Temperaturen fröstelt es mich. Meine Beine zittern.

»Folgen Sie mir bitte. Herr Borchert hat noch eine Telefonkonferenz. Er kommt, sobald er fertig ist. Kann ich Ihnen einen Kaffee anbieten?«

Mein Kopf schiebt sich auf und ab. Kaffee ist immer gut. Zu jeder Tageszeit. Wer auch immer auf die Idee kam, Kaffeebohnen zu rösten, er hat einen Orden verdient. Ohne Kaffee bin ich nur ein halber Mensch. Maximal.

Die Frau von der Treppe, von der mir vor allem die quäkende Stimme in Erinnerung bleiben wird, führt mich in einen Raum, in dem eine Sitzgruppe, ein Tisch und ein großes Bücherregal untergebracht sind. Das Sofa, in dem ich Platz nehme, gibt unter meinem Gewicht nach. Herrlich weich schmiegt es sich an meine Beine und meinen Allerwertesten. Aus einem kleinen Lautsprecher strömen die sanften Klänge einer Panflöte und zur *Abwechslung* sind die Oberlider meiner Augen und ich nicht einer Meinung. Alle paar Sekunden klappen sie einfach herunter und hüllen den Raum um mich herum in tiefe Dunkelheit. Hoffentlich braucht Herr Borchert nicht zu lange. Sonst kann ich für nichts garantieren.

So schön die Atmosphäre in diesem Haus ist, konzentriert arbeiten könnte ich hier nicht. Dafür vermutlich umso besser schlafen.

»Ah, Sie haben es sich schon bequem gemacht.« Höre ich da eine leise Kritik? Die Blicke, die wie Pfeile von Frau *Ich-quäke-in-höchsten-Tönen* auf mich treffen, sprechen Bände. Wohlwollend geht anders. Wie ein Scanner tasten mich ihre Augen ab. Bestimmt überlegt sie, ob ich meine Kleidung beim Discounter erworben habe. Natürlich nicht, auch wenn das, was ich mir leisten kann von dem teuren Designerfummel, den sie trägt, meilenweit – oder besser Welten – entfernt ist.

Obwohl ihre Lippen lächeln, wird sie mir von Sekunde zu Sekunde unsympathischer. *Reiche Schnösel,* huscht wenig freundlich durch meinen Kopf.

Sie stellt eine Tasse mit dampfendem Inhalt vor mir ab. Ein filigranes Tässchen mit einem Henkelchen, das bestenfalls ein dreijähriges Kind problemlos greifen kann. Ein Grund mehr, warum ich Kaffeebecher bevorzuge. Die kann ich, sogar mit meinen Wurstfingern, noch ordentlich in die Hand nehmen und muss keine Angst haben, dass sie zwischen dem Tisch und meinen Lippen in tausend Teile zerspringen. Bei diesem Porzellantässchen bin ich mir nicht wirklich sicher, ob ich es schaffe, von dem herrlich duftenden Kaffee zu probieren, ohne mit der Nase zwischen den Wänden steckenzubleiben.

Ich bedanke mich höflich und warte, bis sie sich wieder entfernt. Erst dann umfasse ich die Tasse mit der linken Hand und führe sie vorsichtig an meine Lippen.

»Hallo Frau König. Schön, Sie wiederzusehen.« Es klirrt. Ein kurzer Schreck, das Tässchen, der harte Terrazzo-Boden, keine gute Kombination. Ich halte inne und schaue den jungen Mann, der soeben den Raum betritt, schuldbewusst an.

»Sorry wegen des Tässchens. Ist mir einfach so aus der Hand gerutscht.«

»Ach, machen Sie sich keine Sorgen. So toll sind die Tassen nun auch wieder nicht.« Der junge Mann macht eine wegwerfende Handbewegung und schenkt mir ein offenes Lächeln.

»Ich freue mich wirklich, Sie wiederzusehen.«, sagt er leise und kommt auf mich zu. Sollte ich ihn kennen? So wie er tut, offensichtlich schon. Verdammt. Langsam wird mir meine Gesichtsblindheit wirklich zur Last.

»Jonathan Borchert. Ich war bei Ihrem letzten Whiskey-Tasting.«, hilft er mir mit seiner warmen Stimme auf die Sprünge. Ich lächle erleichtert.

»Tut mir leid. Ich habe sie nicht erkannt.«, räume ich ein.

»Kein Wunder. Sie haben bestimmt jeden Tag so viele Kunden, dass Sie sich nicht an jedes Gesicht erinnern können.«

»Daran liegt es nicht, ehrlich gesagt.« Wenn ich nur wüsste, welcher Esel mir jetzt wieder in den Hintern tritt. Bis jetzt habe ich mich außerstande gefühlt, Karin von meinem Problem zu erzählen, meine ehemaligen Schwiegereltern wissen es auch nicht, aber Herrn Borchert, der mir völlig fremd ist, erzähle ich sofort davon. Wahrscheinlich genau deswegen. Er ist mir fremd. Ist es nicht oft leichter, die eigene Geschichte vor völlig Fremden auszubreiten? Die Worte sprudeln nur so aus mir heraus. Wie sonderbar das Leben manchmal ist.

»Und Sie meinen, Sie erkennen mich nicht auf der Straße? Jetzt enttäuschen Sie mich aber.«, witzelt er und kneift ein Auge zusammen. »Machen Sie sich keine Gedanken. Ich komme damit klar. Und Sie? Kommen Sie klar?« Ich zucke mit den Schultern und weiß nicht so richtig, was ich sagen soll.

»Meistens schon. Nur manchmal ist es etwas peinlich. Wie gerade zum Beispiel. So lange liegt das letzte Tasting nun auch wieder nicht zurück.«

»Kein Problem. Wirklich. Ich stelle mir das nur komisch vor. Sie lernen jeden Tag jede Menge neuer Menschen kennen. Faszinierend.«

»So faszinierend ist das gar nicht. Aber soweit ich mich erinnere, ist das Thema unseres Termins nicht meine Gesichtsblindheit.«

»Stimmt. Folgen Sie mir bitte.« Immer noch lachend hält Jonathan Borchert die Tür auf und geht erst nach mir aus dem Raum.

»Claudia? Wir sind oben in meinem Büro. Keine Störung für die nächsten ein bis eineinhalb Stunden, bitte.«

»Ja, Herr Borchert. Natürlich, Herr Borchert.«, quäkt die Stimme der Frau. Ihr Kopf taucht hinter dem Schreibtisch auf. Ihre Haare sehen aus, als hätte sie gerade ein Schläfchen gemacht. Aber wahrscheinlich hat sie nur etwas unter dem Schreibtisch gesucht. Immerhin verleiht ihr das verwirrte Aussehen einen Hauch Menschlichkeit.

»Manchmal wünschte ich, sie wäre stumm.«, flüstert Jonathan Borchert, während er hinter mir die Treppe hochgeht. Seine Schultern zucken verdächtig. Oh, oh. Wenn er wüsste, wie sehr er mir aus dem Herzen spricht. Irgendetwas kitzelt in meinem Bauch. Ein Lachen. Laut und herzhaft. Glucksende Töne schlüpfen über meine Lippen.

»Warum arbeiten Sie dann mit ihr?«, hake ich glucksend nach.

»Sie gehört zum Inventar der Firma. Mein Bruder war so fasziniert von ihr, dass wir sie einstellen mussten. Vor einem Jahr haben wir unsere erste Niederlassung eröffnet. Sie haben einen Versuch, um zu erraten, wer dort die Leitung hat.«

»Und Ihr Bruder wollte sie nicht mitnehmen?«

»Doch, schon. Nur wollte SIE nicht mit. Was soll ich machen? Entlassen geht nicht. Dafür macht sie ihren Job zu gut. Außerdem … stellen Sie sich mal den Kündigungsgrund vor … «

Ich schüttle den Kopf.

»Kündigungsgrund: Gruselstimme und Lachen wie eine Hyäne.« Jonathan Borchert lacht. Ein warmes und herzliches Lachen. Ein sympathischer Mann.

»Da wären wir. Nehmen Sie Platz.« Er lässt sich mir gegenüber auf dem Sofa, das noch gemütlicher aussieht als das, auf dem ich vorher saß, nieder.

»Entschuldigen Sie die Störung, Herr Borchert. Ihr Kaffee ... « Die Frau, die mir Jonathan Borchert vor ein paar Minuten als Claudia vorgestellt hat, stellt eine neue dampfende Tasse vor mir und einen Henkelbecher vor ihrem Chef ab. Einen Henkelbecher. Ich will auch. Sehnsüchtig betrachte ich den Becher. Ich seufze unterdrückt und bedanke mich für die Aufmerksamkeit.

»Ich weiß auch nicht, warum sie unseren Besuchern immer diese komischen Tassen anbietet. Wollen Sie auch einen Becher?« Bevor er es sich anders überlegen kann, nicke ich schnell. Jonathan Borchert steht auf und steuert zielstrebig auf eine Vitrine zu. Wie ich auch hat er offensichtlich eine Vorliebe für bunte Henkelbecher mit lustigen Motiven und mehr oder weniger sinnigen Sprüchen. Mein Blick gleitet durch den Raum. Hier ist nichts dem Zufall überlassen. Ein großes Büro mit vielen Fenstern, durch die das Licht den Raum flutet. Trotzdem ist es nicht übermäßig warm. Herr Borchert folgt meinen Blicken und grinst mich an.

»Vierfachverglasung mit UV-Schutz und eine extra Isolierung. Ohne die würden wir uns innerhalb kürzester Zeit wie Brathähnchen fühlen. Gefällt Ihnen mein Büro?« Ich nicke. Oh ja. Und wie. In einer Ecke hat sich jemand ausgetobt, der vermutlich nicht nur einen grünen Daumen hat. Um einen großen Zimmerbrunnen, der munter vor sich hin plätschert, sind mehrere Grünpflanzen und blühende Pflanzen so angeordnet, dass der Eindruck eines kleinen Urwalds entsteht. Sogar ein großer Ficus ist unter den Pflanzen. Einer mit vielen Blättern und nicht so ein dürres und blattloses Gerippe, wie die, die ich immer hatte.

Als mein Blick auf den Schreibtisch fällt, huscht ein Grinsen über meine Lippen. Der sieht aus wie meiner. In der Mitte thront ein großer I-Mac. Rechts, links – und genaugenommen überall – türmen sich Bücher, Blätter, Kaffeebecher und Flaschen.

»Sorry für das Chaos. Ich brauche das, sonst kann ich nicht denken.« Ich nicke verständnisvoll und kneife ein Auge zusammen.

»Wenn Sie wüssten, wie mein Schreibtisch aussieht. Ein Wunder eigentlich, dass er sich noch nicht nach unten neigt.«

Sollte jemals Eis zwischen Jonathan Borchert und mir bestanden haben, ist es jetzt definitiv getaut. Wir schauen uns an und lachen. Miteinander. Und übereinander. Ein paar Minuten plaudern wir über die Belanglosigkeiten, die das Leben so lebenswert machen. Dann räuspert er sich.

»Worüber ich eigentlich mit Ihnen sprechen wollte … «, nimmt er den Faden für den eigentlichen Grund unseres Termins wieder auf und wir arbeiten während der nächsten eineinhalb Stunden unter Hochdruck. Am Schluss steht ein Plan, der so gut ist, dass er fast von mir sein könnte. Jonathan Borchert lehnt sich zufrieden in seinem Sofa zurück und reibt sich die Hände. Die

Vorfreude steht ihm ins Gesicht geschrieben und spritzt aus seinen Augen.

»Perfekt. Dann machen wir es so. Jeden ersten Freitag im Monat. In der Scheune. Sie veranstalten das Tasting und wir kümmern uns um das Catering. Einmal im Halbjahr hätte ich gerne eine Live-Band. Hach, das wird schön. Ich freue mich so.«

Er schiebt einen Zettel über den Tisch und strahlt mich mit leuchtenden Augen an. Ein Scheck als Anzahlung für das erste Tasting. Mein Herz klopft hektisch. Dreitausend Euro plus Auslagen für die Whiskeyflaschen. Drei verschiedene Sorten werden wir bei jedem Tasting anbieten. Ansonsten wird kein Alkohol gereicht. Schließlich sollen die Abende nicht in Besäufnisse ausarten. Entspannung und Genuss sollen im Mittelpunkt stehen und Raum für Gespräche und die Festigung von Jonathan Borcherts Geschäftskontakten. Was ist dafür besser geeignet, als ein Abend unter Freunden?

»Welche Whiskeys sollen wir verkosten? Was meinen Sie? Womit fangen wir an?«

Zehn Minuten später steht auch die Whiskeyliste und wir lehnen uns zufrieden zurück. Ich liebe effektive Verhandlungen und freue mich wirklich auf die Zusammenarbeit mit meinem neuen Kunden. Wenn ich jetzt noch wüsste, was seine Firma macht … Als hätte er die tausend Fragezeichen, die durch meinen Kopf geistern bemerkt, schlägt er sich die Hand vor die Stirn.

»Ich bin so ein Büffel. Ich habe Ihnen nicht mal gesagt, was wir hier machen. Wir sind ein Start-Up Unternehmen und stellen Kinderspielsachen her.«

Spielsachen. So innovativ ist das ja jetzt auch nicht. Ich schaue ihn an und bin mir sicher, dass die Verwunderung in meinen Augen nicht zu übersehen ist.

»Unsere Spielsachen sind ausschließlich handgemacht. Wir beschäftigen an die siebenhundert Leute in Europa, Afrika und Südamerika.« Wieder kann ich keinen besonders großen Unterschied zu anderen Firmen entdecken. Außer handgemacht vielleicht.

»Ich sehe schon, damit kann ich Sie nicht hinter dem Ofen hervorlocken. Aber vielleicht DAMIT.« Das Wort damit betont er besonders. Er verschränkt die Arme hinter dem Kopf und lacht mich offen an. »Jeder Mitarbeiter in unserem Unternehmen bekommt das gleiche Gehalt. Egal ob Mann oder Frau, alt oder jung. Egal ob Deutschland, England, Afrika oder Südamerika. Jeder, der für uns arbeitet, soll sich sicher sein, dass er immer fair behandelt und entlohnt wird. Natürlich müssen wir die Gehälter dem Landesniveau entsprechend anpassen, damit nicht alle Mitarbeiter nach Afrika oder Südamerika türmen.« Jonathan Borchert lacht. Offenbar weiß er sehr genau, wovon er spricht. Ich wüsste zu gern, wie viele seiner Kollegen die Idee, in ein ärmeres Land zu ziehen und dort wie ein König zu leben, schon hatten. Ein Lächeln huscht über meine Lippen.

»Mein Bruder oder ich besuchen regelmäßig unsere Zulieferer und einmal im Jahr treffen sich alle Mitarbeiter und verbringen ein paar Tage zusammen.«

Okay. Jetzt hat er mich. Die Idee hinter der Firma ist so abstrus, dass sie schon wieder interessant ist. Solange er mir mit seiner Geschichte keinen Bären aufbrummt bin ich ehrlich beeindruckt. Er schiebt einen dicken Katalog über den Tisch.

»Glauben Sie mir, unsere Rechnung geht hervorragend auf. Wenn jeder gleich viel verdient, ist sich jeder gleichermaßen seiner Verantwortung bewusst. Geht es den Mitarbeitern gut, geht es der Firma gut. Das macht unseren Erfolg aus. Schauen Sie sich den Katalog ruhig an, wenn Sie daheim sind.«

Verstohlen schielt er auf die Uhr. »Leider muss ich Sie jetzt hinaus werfen. Ich muss noch zu einem anderen Termin.«

Keine zehn Minuten später schlendern Jonathan Borchert und ich über den Marktplatz. Er hat noch ausreichend Zeit, um kurz bei mir im Laden vorbeizuschauen. Für einen Mann ist er überraschend gesprächig. Er gestikuliert und erzählt. Obwohl ich nicht gerade als offenen Menschen bezeichnen würde, fällt es mir überraschend leicht, mich von seinem überschäumendem Temperament anstecken zu lassen. Irgendetwas hat er an sich, was mich beeindruckt. Ihn könnte ich mir gut als Freund vorstellen. Karin würde ihn bestimmt auch mögen.

Heute Abend werde ich Karin, die Kinder und mich bekochen – und es wird ein Festessen geben. Dann werde ich von Jonathan Borchert erzählen, und von Claudia, der Frau mit der gruseligen Stimme. Und dann werden wir zusammen lachen. Und wenn die Kinder im Bett sind, werden wir feiern – und uns lieben. Immer wieder.

Meine Mundwinkel zucken nach oben – und ich bin mir sicher, dass das Lächeln, dass meine Lippen umspielt, meine Augen strahlen und leuchten lässt.

2. Kapitel – Karin

Was für ein scheiß Tag. Mein Zahnarzt ist krank. Und dieser Vertretungsdoc … Noch einmal klettere ich bei dem bestimmt nicht auf den Stuhl. Meinen Mund reiße ich unter Garantie auch nicht noch einmal für ihn auf. So ein Büffel. Er hat eindeutig seinen Beruf verfehlt. Eigentlich hätte er Metzger werden sollen. Oder Comedian. Oder eine Kombination aus beidem. Seine fleischige Hand fuhr so unkoordiniert durch meinen Mund, dass mir übel wurde. Und dann seine doofen Sprüche. Die hätte er sich schenken können.

Ich greife an meine Wange und zucke zusammen. Sicherheitshalber streiche ich auch über die andere Wange. Na klasse. Eine Gesichtshälfte ist normal, die andere fühlt sich eher so an, als hätte ich heute Morgen statt Toast und Obst einen Basketball gefrühstückt. Ich hätte Regina mitnehmen sollen. Die hätte mich verteidigt. Wie eine Löwenmutter ihr Junges. Schließlich hat ihre etwas stümperhafte Sekundenkleber-Aktion in Schweden dafür gesorgt, dass mein Zahn fast drei Monate durchgehalten hat. Erst als vor drei Tagen die Schmerzen mit unerträglicher Wucht zurückgekommen sind, ließ ich mich von ihr dazu überreden, doch einen Zahnarzt aufzusuchen. Und dann das.

Dass auf dem Zettel, den mir die Zahnmedizinische Fachangestellte in die Hand gedrückt hat, noch weiße Fläche zu finden ist, ist erstaunlich, wenn man die Tatsache bedenkt, dass ich in den nächsten Monaten einmal in der Woche in der Praxis aufschlagen darf. Bestimmt hat sich der Zahnarzt hinter meinem Rücken die Hände gerieben. Finanziere ich doch allein mit meinen Besuchen das Studium seiner Tochter. Als ob ich da noch einmal hingehen würde. Das können sie ganz getrost knicken, er und seine grinsende, mit strahlend weißen und wahrscheinlich völlig intakten Zähnen ausgestattete, Fachangestellte.

Ich stöhne dumpf und lasse mich hinter das Steuer meines Autos fallen. Mein Blick fällt in den Spiegel. Ein Schrei – laut und gellend – peitscht durch das Parkhaus. Ich bin die Zwillingsschwester von Quasimodo! Und ich fühle mich wie sich ein Preisboxer nach einem verlorenen Kampf fühlen muss. Totalschaden. Mindestens.

Heute Abend werde ich mich von Regina verwöhnen lassen. Vielleicht geht es mir dann in ein paar Tagen wieder besser. Jetzt will ich nur noch meine Ruhe haben und einen Teller Suppe oder etwas anderes, was ich nicht kauen muss. Die knurrenden Geräusche aus meinem

Bauch sind so laut, dass selbst ein Löwe in der afrikanischen Savanne vor Neid erblassen würde.

Meine rechte Mundhälfte verzieht sich zu einem schiefen Grinsen, die linke Seite bleibt starr. Wie kann das sein, dass meine Gesichtshälfte dick und taub ist und ich trotzdem von fiesen Schmerzen gequält werde? Ich schüttle den Kopf. Ein verdammter Fehler. Der Schmerz zuckt durch meinen Kopf. Ich jaule unterdrückt.

Ohne mir weiter Gedanken zu machen, drehe ich den Schlüssel im Schloss um und lausche dem tiefen Brummen des Motors. Dass ich eigentlich nicht fahren soll stört mich nicht. Ich will zu Regina. Jetzt. Sofort. Und auf der Stelle. Dieses kleine Spritzchen, das Dröhnen in meinem Kopf und selbst das Rauschen in meinen Ohren werden mich doch nicht abhalten. Ich bin Karin Wagner, die Zwillingsschwester von Quasimodo. Ich brauche Liebe. Und Nähe. Und Zuspruch. Und Reginas Arme, die mich halten. Und ihre Stimme, die mir versichert, dass alles wieder gut wird.

Knapp fünfundvierzig Minuten später taucht das Ortsschild von dem Ort, in dem Regina lebt, vor meinen Augen auf. Ich habe keine Ahnung, wie ich es bis hierhin geschafft habe. Wahrscheinlich kennt mein Auto den Weg mittlerweile so gut, dass es ihn ohne mein Zutun findet.

Mein Blick fällt auf die Uhr. Perfektes Timing. Kurz vor sechs. Wenn ich mich beeile, schaffe ich es, Regina im Laden abzuholen. Vielleicht kann ich sie überreden, ein Fläschchen mitzunehmen. Natürlich nur, um den Zahn zu desinfizieren. Würde meine Backe nicht so wehtun, würde jetzt ein Grinsen über mein Gesicht huschen. Ich sehe Regina förmlich vor mir. Wie sie die Hände in die Seiten stemmt und mich mit diesem tadelnden Blick, den sie immer auflegt, wenn ihr etwas nicht passt, anschaut, bevor sie mir das Glas mit der goldgelben Flüssigkeit reicht und »Nur gurgeln.« sagt. Natürlich halte ich mich an ihre Instruktion und gurgle nur. Nicht. Dafür sind die Whiskeys, die sie in ihrem Laden anbietet, einfach viel zu gut. Eine Verschwendung, nur zu gurgeln. Ohne meinen Mund zu verziehen, lächle ich in mich hinein.

Auf dem Marktplatz kommen mir jede Menge Menschen mit einem Eis in der Hand entgegen. Oh ja. Ein Softeis. Das kann ich lutschen. Außerdem ist es kalt. Nicht weit von Reginas Laden entfernt steht in den Sommermonaten jeden Tag ein mobiler Eisverkäufer. Er bietet das beste Softeis der ganzen Stadt an. Nein. Sämtlicher Städte im Umkreis. Ein Gedicht. Sobald es die Zunge berührt entfaltet sich der einzigartige Geschmack des dänischen Eises. Ich liebe es. So sehr, dass ich mich hinein legen könnte. Normalerweise bitte ich den

Verkäufer das Eis in Haselnusskrokant zu wälzen. Aber wer weiß, was dann passiert?

»Ein extra großes hätte ich gern.«, hauche ich keine drei Minuten später.

»Wie immer?«

»Heute leider ohne Krokant.«, nuschle ich und beobachte den netten Verkäufer mit dem dänischen Akzent, während er die frisch gebackene Waffel, die ich sonst so gerne esse, mit Eiscreme füllt. Meine Zungenspitze fährt genüsslich über den kalten Eisberg. Was für ein Gedicht. Ich nicke zufrieden und gehe langsam auf Reginas Laden zu. Die Turmuhr schlägt sechs Mal, als ich mit einem Lächeln im Gesicht nach dem Türgriff greife und schwungvoll den Laden betrete. So mein Plan. Dass Plan und Realität oft geringfügig auseinanderklaffen, bemerke ich in dem Moment, in dem ich mit meinem Eis in der Hand fast in der Scheibe klebe. Mein Lächeln verschwindet. Ich drücke. Ich ziehe. Ich rüttle. Nichts. Die Tür rührt sich nicht.

Ich schaue mich um. Gott sei´s getrommelt und gepfiffen, niemand in unmittelbarer Nähe, der mich beobachten könnte. Stell sich mal einer die Peinlichkeit vor… Frau Doktor macht vor der Tür eines Ladens das HB-Männchen, weil sie nicht akzeptieren will, dass die Ladenbesitzerin ausgeflogen ist. Während ich über mich selbst den Kopf schüttle, zieht ein handgeschriebenes Schild in der Mitte der Glasfläche meine Aufmerksamkeit auf sich. Geschlossen. Nanu? Was ist das denn? Sie hat gar nicht erwähnt, dass sie heute eher Schluss macht. Aus meinem Plan, Regina abzuholen wird wohl nichts werden.

Traurig und enttäuscht wende ich mich ab. Meine Blicke tasten den Marktplatz ab. Ungefähr hundert, vielleicht auch zweihundert (schätzen war noch nie meine Stärke) Meter entfernt schlendert ein junges Paar über das Kopfsteinpflaster. Der Mann und die Frau flachsen und lachen miteinander. Ein Lächeln huscht über meine Lippen. Soweit ich es auf die Entfernung erkennen kann, wirken die zwei sehr vertraut miteinander. Ich freue mich immer, wenn ich junge Paare sehe, die sich gefunden haben und ihr Leben miteinander bestreiten.

Dann kribbelt mein Bauch und ich spüre das Glück, das ich selbst genießen darf. Unter allen Frauen habe sowieso ich die allerbeste und allerschönste an meiner Seite. Ihre Augen, die so rein und klar sind, lassen mich tief in ihre Seele blicken. Ihre dunklen Haare leuchten bläulich, sobald die Sonne in einem speziellen Winkel darauf fällt, ihr Lächeln haut mich um, sobald sie mich anschaut. Seit unserem erneuten Zusammentreffen in Schweden bin ich der glücklichste Mensch auf Erden. Zwanzig Jahre habe ich vergeudet, weil ich Schiss hatte. Aber jetzt. Jetzt ist alles so anders. Und so viel schöner, als ich es mir in meinen kühnsten Träumen hätte ausmalen können.

Regina zweifelt oft so sehr an sich und hadert mit ihrer Figur. Dabei liebe ich jeden Millimeter an ihr. Ihre Brüste, die sich weich in meine Hände schmiegen, ihren Po, der mit der Form eines Apfels zum hinein beißen einlädt. Ihre kleinen Füße und die kleinen Zehen, die nicht viel größer sind, als die Zehen eines Kindes.

Ich angle nach meinem Handy und drücke die Kurzwahltaste. Es klingelt. Keine zehn Meter entfernt, hinter der Tür des geschlossenen Ladens. Irritiert runzle ich die Stirn. Wenigstens das geht ohne Schmerzen. Ein kleiner Fortschritt. Wenn ich jetzt noch wüsste, wo Regina steckt …

Glockenhelles Lachen weht zu mir herüber. Genau das Lachen, das ich so sehr liebe und unter hunderten erkannt hätte. Regina.

Ich reiße meine Augen weit auf. Regina und ein mir unbekannter Mann sind das Paar, das ich vor ein paar Minuten noch so begeistert betrachtet habe. Zu diesem Zeitpunkt waren sie noch ein ganzes Stück entfernt, so dass ich sie nicht erkennen konnte. Aber jetzt kommen sie näher. Mit langen Schritten. Sie lachen und flachsen immer noch.

Mir ist das Lachen vergangen.

Ich mache auf dem Absatz kehrt und gehe ein paar Meter. Dann schüttle ich über mich selbst den Kopf. Warum soll sie nicht merken, dass ich da bin? Ich hebe die Hand und versuche, Regina auf mich aufmerksam zu machen. Der Mann neigt sich zu ihr, sagt irgendetwas. Sie lachen zusammen.

Das Blut rauscht durch meinen Kopf. Mein Zahn pocht. Schmerzhafter und bohrender als je zuvor. Aber noch mehr schmerzt mein Herz. Sie nimmt nicht einmal Notiz von mir, dabei schaut sie doch genau in meine Richtung. Warum ignoriert sie mich?

Fährt sie zweigleisig und will darum unsere Beziehung – oder was auch immer wir zusammen hatten – geheim halten? Meine Hand sinkt hinunter.

Ich weiß nicht, wie ich es schaffe, mich auf den Beinen zu halten und nicht an Ort und Stelle zusammenzubrechen. Doch irgendwie gelingt es mir, mich in Bewegung zu setzen, in mein Auto zu steigen, den Schlüssel im Schloss umzudrehen und nach Hause zu fahren.

Mein gemütliches Haus kommt mir auf einmal so leer, so trist und vor allem so verdammt ruhig vor. Auf einen schönen Abend mit Regina und den Kids hatte ich mich gefreut. Auf ein bisschen umsorgt werden und ein paar tröstende Worte.

Und jetzt? Jetzt liege ich auf meinem Sofa, starre die Decke an und frage mich zum hundertsten Mal, ob Regina neuerdings eine Zwillingsschwester hat. Oder eine Doppelgängerin. Oder ob es tatsächlich sein kann, dass sie mir die ganze Zeit etwas vorgespielt hat.

Wenigstens hat sie den Typen nicht geküsst. Hätte sie es getan, wäre ich wie eine Furie dazwischen gesprungen. Warum tut sie mir das an? Warum sagt sie mir nicht, dass sie doch lieber einen Mann will, statt sich hinter meinem Rücken mit einem zu vergnügen und mich in dem Glauben zu lassen, ich wäre der einzige Mensch, den sie liebt und will. Hat sie nicht gestern erst gesagt, wie sehr sie mich liebt? Hat sie es mir nicht gestern erst gezeigt? Stundenlang und immer wieder? Hat sie sich nicht an mich gepresst und meinen Namen gehaucht? Sich mir hingegeben und mich aufgefangen, als ich mich fallen ließ? War ich zu glücklich, um die Vorzeichen zu erkennen? Oder zu blind?

Meine Finger gleiten über das Display meines Handys. Ich muss essen. Und trinken. Viel trinken. Vielleicht stellt sich dann heraus, dass alles nur ein dummer Alptraum war. Der Betreiber des Lieferdienstes wird sich die Hände reiben. Die teuerste Flasche Wein, die er im Angebot hat, wähle ich aus – zweimal. Heute gebe ich mir die Kante. Und ich schlage mir den Bauch voll. Mit allem möglichen, was seine Speisekarte hergibt. Scheißegal, ob mein frisch reparierter Zahn danach noch mehr wehtut.

Ich fühle sowieso nichts mehr. Nur Leere. Gähnende Leere. Um mich herum. Und in meinem Herzen.

Ich liebe Regina. Aber offensichtlich liebt sie mich nicht. Das Abenteuer, es einmal mit einer Frau zu treiben, das hat sie bestimmt geliebt. Schließlich ist Regina eine abenteuerlustige Frau, die das Risiko nicht scheut. Meine Gedanken klingen, selbst für mich, alles andere als nett. Boshaft trifft es besser. Aber ich will jetzt nicht liebevoll oder nett sein. Sie ist ein Miststück und sie hintergeht mich. Verzweifelt balle ich meine Hand zur Faust und schlage wie eine Wahnsinnige auf die Polster meines Sofas ein.

Es klingelt. Ich stehe auf und reiße dem Fahrer des Lieferdienstes die zwei Weinflaschen und die Kartons mit dem Essen aus der Hand.

»Geben Sie heute eine Party, Frau Doktor Wagner?«, fragt er freundlich und ich brumme »So etwas in der Art. Eine Privatparty. Eine sehr private Privatparty.« Bevor er noch etwas erwidern kann, schmeiße ich die Tür vor seiner Nase ins Schloss und stiefle mit den Futterkartons und den Flaschen unter dem Arm zum Sofa.

Mein Finger zuckt über die Fernbedienung. Was will ich eigentlich schauen? Eine richtig dramatische Liebesschnulze, die so weit weg von der Realität ist, dass mir die Tränen schon beim Gedanken daran in die Augen schießen? So ein nettes Filmchen, in dem sich zwei treffen, sich verlieben, etwas Drama erleben und am Schluss doch noch zusammenfinden? Was für eine glückliche Fügung, dass die meisten Liebesschnulzen im Fernsehen gut ausgehen. Allein das unterscheidet sie schon vom Leben im Allgemeinen und von meinem Leben im Besonderen.

Wäre alles so einfach wie im Film, würde ich jetzt neben Regina auf dem Sofa sitzen und mit ihr darüber lachen, dass ich sie mit einem fremden Mann erwischt habe. Dann würde sie ihren Arm um mich legen, mich an sich ziehen und mir versichern, dass der Mann nur ein neuer Geschäftspartner ist, mit dem sie nach einem erfolgreichen Termin ein Eis essen wollte. Und dann würde sie in meine Arme sinken und wir würden uns lieben. Die ganze Nacht. Immer und immer wieder. Bis wir beide so erschöpft sind, dass wir zusammenbrechen und einschlafen. Außerdem würde sie mich dann morgen früh mit einem liebevollen Kuss wecken. Ihre Blicke würden über meinen nackten Körper gleiten und die Hitze würde uns sofort wieder einnehmen. Wir würden uns lieben, bis wir so befriedigt sind, dass wir aufstehen und in den Tag starten können.

Hitze steigt in mir auf. Meine Wangen glühen. Die linke Wange pocht. Wie verrückt. Es könnte alles so schön sein, wenn das echte Leben wenigstens ein paar Parallelen zu Liebesschnulzen im Fernsehen hätte. Leider ist dem nicht so. Nicht ansatzweise. Die Realität ist hart. Und brutal. Und immer für eine unangenehme Überraschung gut.

Oh nein. Eine Liebesschnulze gebe ich mir jetzt nicht. Ich will Blut sehen. Jede Menge Blut am besten. Meine Finger zucken über die Fernbedienung.

Ohne richtig mitzubekommen, was ich überhaupt esse, schiebe ich Pasta, Pizza, Tiramisu und Schnitzel in meinen Mund. Mein Zahn schmerzt nicht mehr. Nein. Er pocht. Und zieht und tut noch mehr weh als jemals zuvor. Als ob jemand mit einem Hammer auf mich einschlagen würde.

Der Schmerz zuckt durch mein Gesicht. Doch das ist mir egal.

Ich schütte den Inhalt aus der Weinflasche in ein bauchiges Rotweinglas und schwenke es in meiner Hand. Gibt es ein besseres Getränk, um die Tabletten, die mir der Zahnarzt mitgegeben hat, hinunterzuspülen?

Während auf meinem großen Smartfernseher das Blut so spritzt, dass die Reste der Soldaten mehr Ähnlichkeit mit Hackfleisch als mit menschlichen Körpern haben, schaufle ich brummend eine Gabel nach der anderen in meinen Mund.

Mein Handy klingelt.

Ich schaufle weiter. Und nehme keine Notiz davon. Muss ich auch nicht. Schließlich erkenne ich am Ton, dass Regina die Anruferin ist. Ich will nicht mit ihr sprechen. Nicht jetzt. Und am besten überhaupt nicht mehr. Soll sie die paar Klamotten, die in den letzten Monaten in ihr Haus umgezogen sind, doch behalten. Oder der Wohlfahrt spendieren. Ich brauche sie nicht mehr. Ich brauche auch Regina nicht mehr. Was ich brauche ist Frieden. Und noch ein Glas Wein. Und noch eine Tablette. Die erste wirkt nicht.

Mein Handy brummt. Mehrmals. Bestimmt alles Nachrichten von IHR. Die kann mich mal. Soll sie doch zu ihrem neuen Lover laufen und sich bei ihm ausheulen. Dann können sie sich über mich und meine Dummheit schlapp lachen. Und wenn sie damit fertig sind, können sie übereinander herfallen. Er kann ihr die Klamotten vom Leib reißen. Und sich auf sie schieben und in sie … Verdammt! Was mache ich hier eigentlich? Die Bilder, die sich vor meinem inneren Auge abspielen, sind so viel grauenhafter als das grausamste Gemetzel auf dem Bildschirm je sein könnte.

Ich würge und huste. Ein weiteres Glas Rotwein wird helfen. Ganz bestimmt. Ich schüttle das Handy und hämmere so lange auf den Aus-Knopf, bis das Display dunkel ist und das nervige Brummen eingehender Nachrichten endlich aufhört. Ergeben seufze ich auf und stopfe ein weiteres Stück Pizza in meinen Mund. Liebeskummer ist scheiße. Zahnschmerzen sind auch scheiße, aber kein Vergleich gegen die Schmerzen, die mein Herz ertragen muss.

Während ich die Deutschen und Amerikaner dabei beobachte, wie sie in dem Streifen lebende Körper in Hackfleisch verwandeln, singe ich lauthals den nicht vorhandenen Soundtrack. Ich kann nicht singen. Und zwar überhaupt nicht. Taktgefühl habe ich auch nicht so richtig. Nicht mehr. Doch wen juckt das schon? Ist ja sowieso niemand da. Ich springe auf. Und tanze. Und rudere mit den Händen durch die Luft. Wie ein Nichtschwimmer, kurz vor dem Absaufen.

Ich greife nach der zweiten Weinflasche, lasse den Korken ploppen, lache wie eine Hyäne über die kleine rote

Lache, die sich auf meinem weißen Teppich ausbreitet und führe die Flasche an meine Lippen.

»I will survive!«, gröle ich und stampfe auf den Boden. Tränen rinnen über meine Wangen. Die ganze Welt ist beschissen. Und Regina das Oberhaupt über die Welt. Was für eine Ironie.

Erst als die Futterkartons und Aluschalen und vor allem die zwei Flaschen Rotwein leer sind, gebe ich auf und sinke ins Sofa.

»Hihi, zwei Fernseher. Und da … noch einer.«, lalle ich und lache mich scheckig über die vielen Fernseher, die ich neuerdings mein eigen nenne. Lustigerweise flimmert auf jedem der Fernseher der gleiche Streifen. Es donnert und kracht. Wieder ein paar Bäumchen zu Bruch gegangen. Menschen schreien durcheinander. Blut spritzt. Genauso wie der Rotwein.

Ob die beim Dreh auch Rotwein statt Filmblut benützen? *Ich vertrage nichts* ist mein letzter Gedanke.

Die Glocke meiner Tür dröhnt und gaukelt mir vor, vor dem House of Parlaments in London zu stehen. Ich stöhne und fasse mir an den Kopf. Es riecht nach schalem Wein und verdorbenen Essensresten. Wie lange habe ich geschlafen? Und warum hackt hier jemand mit einem Hammer auf meinen Schädel ein? Schon wieder Fragen, auf die ich keine Antwort finde.

Ich rapple mich auf und wanke zur Tür.

»Ach Du bist das!«, brumme ich und halte die Tür auf. Wie eine aufgeplusterte Pute stolziert Judith an mir vorbei.

»Wagner, Du stinkst.«, schimpft sie. »Deine Rollos sind zu, Du gehst nicht an Dein Telefon, in die Schule kommst Du auch nicht. Was ist los mit Dir?« Sie baut sich vor mir auf, stemmt ihre Hände in die Seiten und funkelt mich an.

»Bin krank.«, brumme ich und weiche Judith aus.

Ich gehe in Deckung und ziehe meinen Kopf ein. Die Pfeile, die sie mit ihren Blicken auf mich schleudert, treffen. Jeder einzelne. Ich stöhne unterdrückt. Muss sie jetzt auch noch die Rollos aufreißen? Was ihre Pfeile und die minimal überhöhten Umdrehungen der letzten Tage noch nicht geschafft haben, übernimmt jetzt die Sonne. Unerbittlich knallt das gleißende Licht auf meine Augen. Ich zucke zusammen.

»Kannst Du Dir vorstellen, wie schwer es war, so zu tun, als wüsste ich, was mit Dir ist? Der Chef glaubt jetzt wenigstens, dass Du krank bist. Bei Herbert wäre ich mir da allerdings nicht ganz so sicher.« Sie zetert und schimpft und ich zucke mit den Schultern. Soll Herbert doch denken, was er will. Interessiert mich nicht. Ich bin krank. Richtig krank. Ich habe Zahnschmerzen. Und Herzschmerzen. Und überhaupt nervt mich alles. Und am meisten nervt mich Judith.

»Bei Dir sieht es aus, als ob eine Bombe eingeschlagen hat. Spielst Du Hiroshima, oder was?«

»Hiroshima. Pha. Kannst ja wieder gehen, wenn es Dich so stört.«, schimpfe ich und gehe an ihr vorbei ins Wohnzimmer. Mein Blick fällt auf den Tisch. Zu den zwei Weinflaschen haben sich noch drei weitere gesellt. Auch die Kartons des Lieferdienstes haben sich auf wundersame Weise vermehrt. Irgendwo muss ein Nest sein, aus dem die Flaschen und die Kartons kriechen.

»Welcher Tag ist heute?«

»Mittwoch. Du warst Montag das letzte Mal in der Schule. Ich habe dauernd angerufen. Aber bei Dir geht nur die Mailbox ran. Ich bin dann extra zu Regina in den Laden gefahren. Sie wusste auch nicht, was mit Dir los ist.«

Und wenn schon. Sie hätte ja auch vorbeikommen können. Aber anscheinend hielt sie das nicht für nötig. Und wenn sie doch da war? Dummerweise habe ich es in den vergangenen Monaten verpasst, ihr einen Schlüssel für mein Haus zu geben. Warum weiß ich auch nicht so genau. Wahrscheinlich, weil wir sowieso immer zusammen herkamen. Ich kann mich dunkel daran erinnern, dass während der letzten Tage öfter der Türgong ging und jemand an die Rollos klopfte. Und wenn das Regina war? Wenn sie versucht hat, mich zu erreichen? Was soll schon sein? Das ändert noch lange nichts daran, dass sie mich betrügt.

»Deine Regina war drauf und dran, die Polizei zu rufen.«

»Na und? Tür zu. Polizei draußen. Fertig.«

Mit einem großen Satz springt Judith auf mich zu. Ich wusste gar nicht, dass sie so sportlich ist. Sachen gibt's. Wie ein Känguru. Meine Mundwinkel verziehen sich zu einem Grinsen. Dass sie mich jetzt aber an den Schultern packt und schüttelt, ist nicht lustig. Gar nicht lustig. Ich zucke zusammen, schreie und fluche.

»Spinnst Du? Lass mich los, verdammt.«

»Ich lasse Dich erst los, wenn Du mir sagst, was mit Dir los ist. Die Polizei hätte Dein Haus aufgebrochen, Wagner. Wenn ich die Überreste so sehe, wäre das gar keine ganz schlechte Idee gewesen.«

»Frag doch Deine neue Busenfreundin, was los ist.«

»Wagner, Regina hat keine Ahnung.«

»Dass sie sich neuerdings wieder mit einem Typen vergnügt, hat sie Dir nicht gesagt, was? Kann ich mir denken. Würde ich auch nicht sagen.« Meine Stimme trieft vor Sarkasmus. Ist ja nett, dass Judith vorbeikommt. Noch netter ist es, wenn sie wieder geht. Dann kann ich die Nummer des Lieferdienstes wählen, den Kriegsstreifen, der seit ein paar Tagen in Endlosschleife über meinen Fernseher flimmert, einschalten und mich nach Herzenslust meinem Seelenschmerz hingeben.

»Du hast sie also tatsächlich mit Jonathan Borchert gesehen?«

»Wer soll das sein?«

»Der Mann, mit dem sie in der Stadt unterwegs war. Er ist ein neuer Geschäftspartner von Deiner Regina. Ein großer Auftrag. Sie wollte mit ihm nur noch mal in den Laden gehen.«

»Aha.«

»Mehr hast Du nicht zu sagen? Wagner, Du hast echt ein Rad ab. Erst willst Du sie unbedingt, dann hast Du sie und lässt sie laufen, nur wegen eines kleinen Missverständnisses.«

»Dein *kleines* Missverständnis ist bestimmt einsachtzig groß. Von klein kann also keine Rede sein. Kannst Du nicht endlich mal stehen bleiben? Warum rennst Du dauernd um mich herum? Und überhaupt. Als ich sie gesehen habe, hat sie mich angeschaut und so getan, als würde sie mich nicht kennen.«

»Karin. Du solltest mit Regina reden. Wir machen es so: Du springst unter die Dusche, während ich hier klar Schiff mache.«

»Und was soll das bringen?«

»Karin!«

»Okay, okay. Ich mache ja schon.« Ergeben hebe ich die Hände. Manchmal kann Judith echt nerven. Und gerade jetzt nervt sie mich ganz besonders. Ich mag es nicht, wenn sie sich wie ein Boss aufführt. Sie ist nicht mein Boss.

»Wie wäre es Dir gegangen, wenn Du Klaus mit einer anderen … «

»Erstens geht es nicht um Klaus und mich, zweitens verurteilst Du Regina für etwas, was sie nicht getan hat und drittens … «

»Und viertens und fünftens … Ich habe verstanden. Lass mich raten, ich habe sowieso keine andere Wahl.«

»Du hast es erfasst. Also, sieh zu, dass Du fertig wirst. Dein Taxi fährt in … « Jetzt lässt sie auch noch ihre Blicke durch mein Wohnzimmer schweifen. Dabei schüttelt sie ohne Pause den Kopf und rümpft die Nase. »In einer Stunde. Dass Du Dich so gehenlässt, ganz ehrlich, das hätte ich nicht von Dir gedacht. Die Karin Wagner, die ich kenne … «

»Blaa blaa blaa … «, brumme ich leise vor mich hin. Ich habe Liebeskummer. Ein gebrochenes Herz und der Klumpen schlägt trotzdem einfach immer weiter. Da darf ich mich doch wohl mal ein paar Tage gehen lassen, ohne dass mich jemand dafür kritisiert. Aber anscheinend ist mir nicht mal das vergönnt.

Mein ganzes Leben habe ich darauf geachtet, dass alles in geordneten Bahnen verläuft, egal, wie schlecht es mir gerade ging. Einmal aus Versehen die Contenance verlieren. Völlig aus der Reihe schlagen. Na und?

»Ganz ehrlich, Judith, eigentlich wäre es mir lieber, wenn Du einfach wieder gehen würdest. Sag dem Chef, dass ich nächste Woche wieder komme.«

»Das kannst Du vergessen. Ich gehe. Aber. Du. Kommst. Mit.« Wie sie das sagt. Mit einer Stimme, die keinen

Widerspruch duldet. Normalerweise weiß ich genau, wann es an der Zeit ist, ihr nicht länger zu widersprechen. Normalerweise falle ich aber auch nicht in ein tiefes Loch und ertränke meine Zahnschmerzen und meinen Herzschmerz mit Rotwein. Rotwein. Rotes Weinen. Rote Tränen. Ja. Genau so fühle ich mich. Ich brauche kein Kindermädchen, das mir sagt, was ich zu tun und zu lassen habe. Selber groß.

Obwohl sich Widerstand in mir regt, setze ich mich in Bewegung und schlurfe Richtung Dusche. Wer weiß schon, was Judith sich noch alles einfallen lässt, wenn ich nicht mitspiele? Vielleicht fesselt und knebelt sie mich dann und zerrt mich an meinen Haaren aus dem Haus? Dieses Risiko ist mir zu groß.

Bist Du fertig? Dann können wir ja endlich los.« Sie baut sich vor mir auf und schaut demonstrativ auf die Uhr an ihrem Handgelenk. Ihr Autoschlüssel klimpert. Frische Luft streicht mir um die Nase. Das erste Mal seit ein paar Tagen. Ich hole Luft und sauge sie tief in mich hinein. Herrlich. Wäre nicht das unangenehme Gefühl in meiner Brust, würde ich glatt behaupten, dass es mir für den Moment ziemlich gut geht.

»Und wo willst Du jetzt hin?«

»Stellst Du Dich so dumm, oder hat der Rotwein tatsächlich Deine grauen Zellen ausgelöscht?«

»Man wird ja wohl noch fragen dürfen.«, brumme ich und kneife unwillig die Augen zusammen. Schon erstaunlich, wie schnell sich gute Gefühle in Luft auflösen können. Manchmal braucht es dafür nur den Bruchteil einer Sekunde. Und manchmal reichen ein Wort oder ein Satz. Oder die Anwesenheit einer bestimmten Person. Oder die Abwesenheit einer ganz besonderen Person. IHRE Abwesenheit. Warum steht Judith mit dem Schlüssel in der Hand vor mir und nicht SIE?

»Stell Dich nicht so an. Du benimmst Dich so kindisch wie ein Teenager, bei dem die Hormone durchdrehen. Komm schon, Miesepeter. Jetzt ärgerst Du Dich vielleicht noch. In ein paar Stunden wirst Du mir dankbar um den Hals fallen.«

»Wenn Du meinst.« wispere ich zweifelnd in mich hinein und trotte hinter meiner Lieblingskollegin her. Als die Tür meines Hauses ins Schloss fällt, drehe ich mich noch einmal um und schaue sehnsüchtig durchs Fenster.

3. Kapitel – Regina

Vor ein paar Stunden tauchte eine Frau in meinem Laden auf. Sie stellte sich als Judith vor. Judith. DIE Judith.

Eigentlich war sie gekommen, um Antworten zu bekommen. Dabei hatte ich gehofft, dass SIE Antworten für mich hat. Warum Karin untergetaucht und nicht erreichbar ist, zum Beispiel. Oder warum sie die Tür nicht aufmacht, wenn ich draußen stehe und mir den Finger am Klingelknopf plattdrücke. Warum sie Montag Abend nicht zu mir gekommen ist, obwohl es anders ausgemacht war, oder warum seitdem die Rollos unten sind.

Ich habe mir Sorgen gemacht. So sehr, dass ich drauf und dran war, die Polizei zu rufen. Judith hat auf mich eingeredet und konnte mich gerade noch davon abhalten, nach dem Hörer zu greifen und einen Streifenwagen bei Karin vorbeizuschicken. Ich habe erst nachgegeben, als sie mir glaubhaft versichert hat, dass sie gründlicher und mit Sicherheit auch erfolgreicher als die Polizei wäre. Vor allem würde sie die Haustür von Karins Haus heil und in einem Stück lassen. Ein Argument, das nicht von der Hand zu weisen war.

Während Judith und ich bei Kaffee und Kuchen – lieber wären mir zwar Rippchen und ein Guinness gewesen – zusammen saßen, habe ich mich an Montag Abend erinnert. Jonathan Borchert und ich wollten nach unserem erfolgreichen Vertragsabschluss noch kurz im Laden vorbeischauen und überprüfen, ob die Whiskeys, die wir für das firmeninterne Tasting ausgesucht haben, sicher verfügbar sind. Nicht weit von meinem Laden entfernt stand eine Frau. Sie hob die Hand, aber ich fühlte mich nicht angesprochen. Ich dachte, sie hätte jemanden, der hinter uns lief, auf sich aufmerksam machen wollen.

Mein neuer Geschäftspartner hat mich sogar noch auf die Frau hingewiesen und gefragt, ob ich sie kenne, oder zumindest kennen müsste, was ich natürlich verneinte.

Je länger ich mit Judith redete, desto erdrückender schob sich der Verdacht, dass es sich bei der Frau um Karin handelte, in mein Bewusstsein. Ich könnte mir in den Arsch beißen. Ich liebe Karin. So sehr. Und dann erkenne ich meine eigene Partnerin nicht. Langsam wird es wirklich Zeit, dass ich die Karten auf den Tisch lege und endlich ehrlich bin.

Judith hat mich auf ihre charmante Art mit meinem Problem konfrontiert. »Also entweder hast Du Alzheimer, oder ein anderes Problem.«, hat sie gesagt. Wie hätte ich da noch leugnen können, dass ich mir Gesichter einfach nicht merken kann? Nicht mal die Gesichter meiner Kinder würde ich an schlechten Tagen erkennen, wenn ich nicht mit ihnen rechne.

Nie hätte ich gedacht, wie erleichtert ich mich fühlen könnte, aber als alles ausgesprochen war, fühlte ich mich leicht wie eine Feder, vom Wind davon getragen.

Die Frage, warum Karin nicht einfach zu uns gekommen ist und sich stattdessen lieber zurückzieht, beantwortete Judith mir mit einem Wort. Eifersucht. Mein neuer Geschäftspartner und ich waren uns, obwohl wir uns überhaupt nicht kennen, von Anfang an sympathisch. Wir lachten und flachsten zusammen. Wahrscheinlich wurde Karin unabsichtlich Zeugin und hat die falschen Schlüsse gezogen. Ein riesiges Missverständnis. Ich liebe Karin. Mehr als ich jemals einen anderen Menschen geliebt habe oder lieben könnte. Sie ist so tief in meinem Herzen und ich möchte, dass sie da auch bleibt. Für immer.

Bevor Judith ging, zog sie mich in ihre Arme und versprach mir, dass die Dinge sich klären und dass am Ende alles gut wird.

Und jetzt tigere ich wie ein eingesperrtes Raubtier durch meinen Laden.

Die Buchhaltung habe ich immer noch nicht gemacht und auch die Bestellungen sollten eigentlich noch rausgehen. Aber ich kann mich nicht konzentrieren. Meine Gedanken kreisen die ganze Zeit um Karin. Seit Tagen schon bekomme ich nichts mehr auf die Reihe. Montag

Abend hatte ich fest mit ihr gerechnet. Dass sie nicht auftauchte, nicht an ihr Telefon ging und auch sämtliche Nachrichten unkommentiert ließ, zog mir den Boden unter den Füßen weg. Mitten in der Nacht setzte ich mich ins Auto und fuhr zu ihr, doch alle Rollos waren zu. Auf mein Klingeln und Klopfen reagierte sie nicht. Nicht Montag Nacht und auch nicht am Dienstag.

Mein Herz brach mit jedem verzweifelten Versuch, sie doch noch zu erreichen, ein bisschen mehr. Sollten die letzten Monate doch nur eine Farce gewesen sein? Warum hat sie nicht mit mir gesprochen? Wir hätten alles klären können. Aber nein. Karin zog sich zurück und ich hatte nicht den Hauch einer Ahnung, warum.

Ich fühlte mich leerer und zerstörter als nach Toms Tod. Wobei der Schmerz noch tiefer ging als damals. Tom war mein Haltepunkt. Mein Fixstern, um den sich alles drehte. Karin aber ist so viel mehr. Sie ist die Liebe meines Lebens.

Wie erleichtert war ich, als Judith in meinem Laden auftauchte. Während des Gesprächs mit ihr ist die Hoffnung in mein Leben zurückgekehrt. Es wird einen Weg geben. Es muss einfach so sein.

Die Zeit vergeht überhaupt nicht. Wenn ich den Zeiger doch nur vor drehen könnte. Dann würde Karin vor mir stehen und ich müsste nicht mehr warten. Ich hasse warten. Gefühlt habe ich mein ganzes Leben lang gewartet. Auf den einen Moment, der sich für immer in mein Gedächtnis brennt. Auf den einen Menschen, der für immer seinen Platz in meinem Herzen einnimmt. Und schon wieder muss ich warten.

Mein Blick fällt auf die Uhr. Keine drei Minuten später als bei meinem letzten erfolglosen Versuch, an ihr vorbeizukommen, ohne die Stellung der Zeiger zu fixieren.

Zeit ist wirklich unfair. Erlebt man Momente, die nicht enden sollen, schreitet sie so schnell voran, dass sie einem förmlich durch die Finger rinnt. Will man aber, dass sie schneller vorbeigeht, haut sie die Bremse rein und läuft manchmal sogar rückwärts. So fühlt es sich jedenfalls für mich an.

Ich sortiere Flaschen, schiebe sie von der einen Seite des Regals auf die andere. Sogar Tee-Packungen zähle ich. Es sind dreiundzwanzig. Von Earl Grey bis Irish Breakfast Tea ist alles dabei. Mein Laden ist tatsächlich besser sortiert, als ich dachte. Wieder ein Blick auf die Uhr. Mahaaaaann. Zeit, vergeh endlich. Wo bleibt Judith?!?

Ich fange an zu schwitzen. Schweiß rinnt über meinen Rücken. Die Tür steht schon offen. Frische Luft? Fehlanzeige. Dafür ist es draußen noch zu warm. Ich trete vor meinen Laden und taste den Marktplatz nach zwei Frauen, die zielstrebig auf mich zukommen, ab. Aber ausgerechnet jetzt liegt der Marktplatz wie leer gefegt vor mir. Ich stöhne unterdrückt. Warum habe ich mir Judiths Nummer nicht geben lassen? Ich könnte mich … Zu spät, mich darüber aufzuregen.

Also gehe ich wieder in den Laden und schiebe die Whiskey-Flaschen wieder an ihren alten Platz zurück und zähle die Tee-Packungen ein weiteres Mal. Es sind immer noch dreiundzwanzig. Mein Blick fällt auf die Uhr über der Eingangstür.

WAS?!? Erst siebeneinhalb Minuten vergangen?!? Ich glaube es nicht. Wie soll ich die Zeit nur überstehen?

Schlimm genug, dass ich mir die ganze Zeit Karins Reaktion ausmalen muss. Wie wird sie schauen? Was wird sie machen? Wird sie mir zuhören? Oder gleich wieder gehen? Wird sie mich in ihre Arme schließen? Mich küssen? Oder gibt sie mir den Laufpass? Wird sie überhaupt kommen? Manchmal würde ich wirklich gerne die Fähigkeit besitzen, wie ein Hacker auf einen Computer, auf anderer Leute Gehirn zugreifen zu können. Dann wüsste ich wenigstens immer, was Karin denkt und fühlt.

4. Kapitel – Karin

Eine rote Ampel! Volltreffer! Ich könnte doch … Meine Hand fummelt am Türgriff herum. Es klickt. Ich sitze fest. Verdammt! Seit wann kann Judith Gedanken lesen?

Ich drehe mich um und starre sie mit weit aufgerissenen Augen an. Sie starrt zurück – und sagt nichts. Dafür dreht sie die Musik auf. Volle Lautstärke dröhnt mir Helene Fischer in die Ohren. *Das wird ja immer schlimmer,* denke ich und versuche, meine Konzentration auf meine Fluchtpläne zu lenken.

Es ist ja nicht so, dass ich Regina nicht sehen will. Im Gegenteil. Wenn nur der Stachel nicht wäre. Er steckt tief in meinem Herz und tut höllisch weh. Ich will hier raus! Jetzt!

Ich weiß selbst nicht, warum ich so zickig bin. Liegt es an Helene, die so laut aus den Lautsprechern trällert, dass ich das Gefühl habe atemlos zu sein? Oder an der Tatsache, dass ich mir wie ein Vollidiot vorkomme? Oder doch eher an den Hormonen? Vielleicht bekomme ich ja meine Tage. Genau. Das muss es sein. Ich hormoniere.

Und zwar so richtig. Gestern Abend war ich noch mutig und stark und hätte jederzeit den Kampf mit Hulk aufgenommen. Unbesiegbar stark wie ich mich gefühlt habe, hätte ich mich am liebsten ins Auto gesetzt um Regina zu sagen, was ich von ihr und Mr. Grinsefresse halte. Heute sind die Umdrehungen weg und mit ihnen der Mumm. Nur der Kater ist mir geblieben, der komische Geschmack im Mund und das Hämmern in meinem Kopf. Brrrrr. Nie wieder Alkohol. Jedenfalls nicht in solchen Mengen, wie in den letzten Tagen.

Judith starrt stur aus dem Fenster. Auch recht. Schaue ich halt auch raus. Solange sie die Autotür nicht öffnet, bleibt mir sowieso keine Wahl. Ich bin ihr und ihrem Schmerz erzeugenden Musikgeschmack ausgeliefert. Bäume, Büsche, Häuser und Straßenschilder fliegen förmlich an mir vorbei. Alles viel zu schnell für mein malträtiertes Hirn. Ich seufze und reibe über meine Stirn. Der Bass dröhnt in meinen Ohren. Meine Nackenmuskeln sind verspannt. Ich bin ein Jammerlappen. Und was für einer.

»Dass Du mir ja nicht auf die Idee kommst zu flüchten. Kannst Du gleich vergessen.«

Ah, es spricht. Wieder mit mir. Allerdings klingt ihre Stimme so bestimmend, dass ich den Kopf sicherheitshalber wieder einziehe. Dabei könnte ich ihren Zuspruch brauchen. Ein bisschen Halt wäre auch nicht verkehrt. Auf dem Weg zum Schafott schadet es nicht, wenn einem jemand die Hand hält. Mein Herz pocht so kräftig, dass die Ader an meinem Hals pulsiert. Ich bin nicht bereit, Regina gegenüber zu treten. Nicht jetzt. Ausgerechnet heute fühle ich mich doch sowieso so klein. Wie ein Mäuschen. Oder ein Grashüpfer. Ein Floh?

»Judith, ich bin Dir wirklich dankbar, dass Du mir helfen willst. A … «

»Nichts zu danken, Wagner. Ab und zu brauchst Du einfach einen Tritt in den Hintern. Dein aber kannst Du auch gleich stecken lassen.«

»Dann eben äber … Äber ich bin noch nicht bereit für das endgültige Ende.«

»Wer sagt denn, dass es zu ende ist? Das bildest Du Dir nur ein. In Deinem süßen Köpfchen. Ich kann mich an keine Andeutung in diese Richtung erinnern. Jetzt komm schon.«

Das Ortsschild. Vor ein paar Tagen habe ich es zum letzten Mal gesehen. Ich seufze. Judith bremst scharf, der Wagen steht. Er ist aus. Jetzt könnte ich doch … Ich drehe meinen Kopf in alle Richtungen und suche verzweifelt nach einem Ausweg. Judith legt ihre Hände auf meinen Rücken und schiebt mich ungnädig vor sich her – egal wie laut ich jammere und wimmere.

»Du bist so eine Lusche, Wagner. Liebst Du sie?« Mein Kopf fährt auf und ab. Natürlich liebe ich Regina. Mehr als mein eigenes Leben. Mehr als Ostern und Weihnachten. Mehr als alle größten Erfolge meines Lebens zusammen.

Deswegen bin ich in den letzten Tagen ja so durch die Hölle gegangen. Deswegen habe ich mehr getrunken als mir gut tut. Auch die Angst, die mein Herz umklammert, empfinde ich nur deswegen. Was, wenn sie mich jetzt ablehnt? Wenn sie das Interesse an mir verloren hat? Ich könnte es ihr nicht mal verdenken. Schließlich benehme ich mich seit ein paar Tagen wie eine sture alte Bergziege, die immer mit dem Kopf durch die Wand muss. Statt mit ihr zu reden, habe ich mich zurückgezogen und meinen Schmerz mit Alkohol und Schmerztabletten hinuntergespült.

Normalerweise tendiere ich überhaupt nicht zu solchen Aktionen. Im Gegenteil. Aber in diesem Fall musste ich eine Ausnahme machen. Ich habe mich einfach auf ausweglosem Posten gefühlt. Die Liebe meines Lebens, die ich nach zwanzig Jahren endlich für mich gewinnen konnte und ein wildfremder Typ, mit dem sie sich bestens zu unterhalten schien. So gut, dass sie mich einfach ignorierte. Wie hätte ich die Situation anders interpretieren sollen?

Judith hat von einem Missverständnis gesprochen. Was soll das sein? War der Typ etwa eine Fata Morgana? Ein Gebilde meiner Einbildung? Bestimmt nicht. Dafür war seine Stimme eindeutig zu einprägsam. Und Reginas Lachen zu fröhlich.

»Zerbrich Dir nicht Dein süßes Köpfchen. Komm jetzt endlich und benimm Dich nicht wie eine Pubertierende.

Regina braucht eine Frau und kein drittes Kind. Also ... « Gnadenlos, wie so oft in letzter Zeit, schiebt Judith mich immer weiter. Ihre Stimme und ihre Hände dulden keinen Widerspruch und schon gar kein Ausbrechen. Ich bin mir sicher, dass sie sich meiner Verzweiflung und Unsicherheit bewusst ist. Trotzdem zeigt sie keine Gnade. Gerade jetzt könnte ich ... Mir fällt viel ein, was ich könnte. Aber nichts davon kommt für den Augenblick in Frage. Sie meint es ja gut. Das weiß ich ja auch. Aaaaaber ...

Wir sind keine hundert Meter von Reginas Laden entfernt. Ungefähr an der gleichen Stelle, an der sie sich vor ein paar Tagen mit diesem Typen befand, als ich sie auf mich zukommen sah. Mein linker Fuß bewegt sich einen Schritt nach vorn. Mein rechter will lieber zurück gehen.

»Also entweder nimmst Du den rechten Fuß auch vor, oder Du machst gleich einen Spagat.« Judith lacht. Dieses glockenhelle und einnehmende Lachen. Ich drehe mich zu ihr um. Sie funkelt mich an. Sehe ich da etwa Boshaftigkeit in ihren Augen aufleuchten?

Keine zwei Minuten später hat sie mich erfolgreich bis zur Tür von Reginas Laden verfrachtet. Und das, obwohl meine Beine sich mit aller Macht sträubten. Mein Herz pocht so hektisch, dass ich nach Luft schnappe. Ich komme mir vor wie ein Karpfen, der aus Versehen an Land geraten ist und nun in der Schlinge zappelt und seinen Mund weit aufreißt. Luft. Ich brauche Luft. Wo, verdammt nochmal, ist der Sauerstoff hin? Ich japse und rudere mit den Armen. Judith lacht. Ein dreckiges Lachen. Wie kann sie, während ich mich in höchster Not befinde, so unverschämt lachen und sogar noch Spaß dabei empfinden? Sie greift nach dem Griff der Eingangstür. Das Glöckchen über der Tür bimmelt.

Ich sehe nichts. Ich höre nichts. Beam me up, Scotty. Eine Tarnkappe wäre auch nicht schlecht. Nichts dergleichen habe ich. Niemanden, der mich weg beamt und auch keine Tarnkappe. Dafür eine nervige Kollegin, die es sich zur Aufgabe gemacht hat, für mein Glück zu sorgen – oder zumindest für das, was sie für mein Glück hält.

»Was kann ich für Sie … « Reginas Stimme stockt. Sie starrt mich an. Ihre Augen sind gerötet, die Lider geschwollen. Sie sieht aus, als hätte sie geweint. Ihr Blick fährt über meinen Körper. Ich stottere und hüstle. Und weiß nicht, was ich sagen soll. Meine Hände verknoten sich ineinander. Auch meine Zunge scheint nicht mehr als ein dicker Knoten zu sein. Nicht ein Wort findet den Weg über meine Lippen. Sogar ein schüchternes »Hallo« bleibt irgendwo zwischen Hirn und Stimmbändern stecken.

Ich sehe nur noch Regina. Sie hat geweint. Wegen mir. Meine Hand fährt vor und krallt sich an Judith fest. Allein kann ich nicht mehr stehen. Der Boden ist zu wackelig für mich. Meine Ohren rauschen. Sie ist so wunderschön. Sie schaut so traurig aus. Ich habe sie vermisst. Wie sehr wird mir langsam immer bewusster. Und ich habe sie verletzt. Und mich selbst.

Statt mit ihr zu reden, habe ich mit Bardolino und Zinnfadel gesprochen. Ihnen habe ich mein Herz ausgeschüttet. Und dann habe ich sie ausgeschüttet. Sachen gibt's. Ich seufze unterdrückt.

5. Kapitel – Regina

Wie schön sie ist. Mein Blick gleitet über ihren Körper und bleibt an ihren Augen hängen. Rote Ränder. Dunkle Augenringe. Sie hat geweint. Und alles nur wegen mir.

Ich schlucke. Die Tränen, die in mir nach oben krabbeln, hinunter. Lautes Schluchzen grollt tief in meiner Brust. Ich bin so eine richtig dumme Muhkuh. Rindviech wäre wohl der passendere Ausdruck. Aber klingt das nicht doch etwas hart? Wie gut, dass ich mich selbst nicht sehen kann. Judiths glockenhelles Lachen schiebt sich in mein Bewusstsein.

»Ihr müsstet Euch mal sehen. Wie Ihr Euch beäugt. Ich glaube, ich lasse Euch dann mal allein.«, sagt sie und ist schon an der Tür, als Karin sie aufhält.

»Das ist mies. Erst schleifst Du mich hierher und dann lässt Du mich hocken, kaum dass wir da sind.«, knurrt sie.

Sie will nicht mit mir allein sein. Die Erkenntnis trifft mich wie ein Schlag in die Magengrube. Fast gleichzeitig beginnt der Boden unter meinen Füßen zu wackeln. Meine Hand zuckt vor. Ich kralle mich am nächstbesten

Gegenstand fest. Ein Kleiderständer, der noch nie besonders stabil war. Es knackst. Es kracht. Wie in Zeitlupe kommt der Boden meinem Gesicht immer näher. Eine Runde freier Fall. Ich rudere mit den Armen. Was für ein ruhmreicher Abgang – und das ausgerechnet vor Karins Füßen.

»Mist verdammter!«, grunze ich und öffne vorsichtig erst das linke Auge und dann das rechte. Sternchen tanzen um mich herum. Ich könnte wetten, dass ich sogar irgendwo den Saturn entdeckt habe. Oder ist das ein Heiligenschein? Ach Du dickes Ei. Das kann jetzt nicht sein. Oder doch? Schnell schließe ich die Augen wieder. Was nicht sein darf ist auch nicht. Der Ring muss zum Saturn gehören. Denn wäre es ein Heiligenschein, wäre ich… Nein. Ich bin nicht tot. Ich lebe noch. Solange der Körper wehtut, lebt man doch noch, oder?

Zarte Hände streichen über meinen Kopf. Ich stöhne und lehne mich in die Berührung. Wer auch immer mich da anfasst, muss ein Engel sein. Moment. Engel? Heiligenschein? Scheiße! Bin ich etwa doch … Ich reiße die Augen auf. Nur ganz langsam lichtet sich der Nebel, der mich umgibt. Gott sei Dank. Nicht tot. Quicklebendig ist allerdings auch übertrieben. Mein Schädel dröhnt. Es riecht nach Blut. Meinem Blut. Übelkeit steigt in mir auf.

»Was machst Du nur für Sachen?«, flüstert eine Stimme.

»Nur eine kleine Schramme.«, kommentiert eine andere. Hallo? Für eine kleine Schramme dröhnt mein Schädel aber schon ziemlich ordentlich. Ich stöhne und sinke zurück auf den Bod … Nein. Die Unterlage ist weich. Und sanft. Und zärtlich. Und sie hat zwei Hände, die mich liebevoll umarmen. Karin.

»Hey Karin.«, lalle ich mit schwerer Zunge. »Ich bin so froh, dass Du da bist. Ich muss dringend.«, will ich sagen. Heraus kommt nur da und reden. Mehr geht nicht. Meine Zunge ist einfach zu schwer. Ich fühle mich dusselig. Fast so, als hätte mir jemand einen Baseballschläger über das Hirn gezogen.

»Sch sch sch … Alles gut. Bleib ruhig liegen. Judith? Wo bleibt das Klammerpflaster?«

»Woher soll ich denn wissen, wo Deine Angebetete ihren Erste-Hilfe-Kasten versteckt hat.«

»Schreibtisch. Keller.«, stöhne ich und schiebe »Eis.« hinterher. Hoffentlich interpretiert Judith meine Worte richtig und findet den Erste-Hilfe-Kasten und den kleinen Kühlschrank unter meinem Schreibtisch. Ihre Schritte entfernen sich rasch. Zärtlich streichen Karins Finger über meinen Kopf. Wäre die Lage, in der ich mich befinde, nicht so misslich, würde ich die Berührungen genießen und mich noch enger an sie schmiegen. So bin ich einfach nur froh, dass sie da ist.

Ich hätte den Kleiderständer schon lange entsorgen sollen. Ist ja gemeingefährlich. Nicht auszudenken, was passiert wäre, wenn jemand anderes … Ich will lieber nicht darüber nachdenken. Lieber betrachte ich Karin, die gedankenverloren immer wieder über meinen Kopf streichelt. Sie hat die Augen geschlossen.

»Ich habe Dich so sehr vermisst.«, murmelt sie und spricht mehr zu sich selbst als mit mir.

»Donnerwetter. Das ist mal ein Keller.« Judiths Stimme klingt fröhlich. Aus den Augenwinkeln sehe ich, dass sie neben dem Erste-Hilfe-Kasten und einem Eisbeutel eine der edelsten Flaschen in meinem Lager in der Hand hält. Meine Mundwinkel verziehen sich zu einem Grinsen. Angeblich hat Judith keine Ahnung von Whiskeys. Doch so richtig mag ich nicht daran glauben. Dafür muss ihr Griff ins Regal eindeutig zu zielsicher gewesen sein. So lange, dass sie sämtliche Flaschen angeschaut haben kann, war sie nicht weg.

»Eis auf die Stirn und dann versuch mal, langsam wieder aufzustehen.«, kommentiert Karin ein paar Minuten später, mit einer Stimmlage, die richtig nach Oberlehrerin klingt. Wenn sie mich jetzt noch über den Rand der Brillengläser anschaut, schreie ich. Ich hasse es, wenn jemand mich so anschaut. Toms Mutter setzt diesen Blick immer auf, wenn sie etwas an mir auszusetzen hat. Und das ist häufig der Fall. Eigentlich immer.

Zaghaft schüttle ich den Kopf.

»Geht nicht.«, jammere ich. Nur noch ein paar Minuten in Karins Armen liegenbleiben. Ein paar Minuten ihre Nähe genießen. Bevor sie mich zum Schafott führt und mich einen Kopf kleiner macht. Wer könnte es ihr verübeln?

Drei Monate sind wir nun zusammen. Und ich habe es nicht geschafft, ihr mein Problem zu beichten. Die Stunde der Wahrheit naht. Sie weiß es. Ich weiß es. Und doch winde ich mich und versuche, das unausweichliche so lange wie möglich hinauszuzögern. Warum ich mich so anstelle, ist mir immer noch nicht ganz klar. Sophie liegt mir schließlich schon seit Wochen in den Ohren. Aber manchmal bin ich einfach bockig und stur. Wie ein alter Esel.

Ich bin hart im Nehmen und kann vieles verkraften. Wenn jemand mir etwas erzählt, fühle ich mit und versuche zu helfen. Aber genau das will ich nicht. Ich will kein Mitgefühl. Und schon gar kein Mitleid. Hilfe will ich auch nicht. Schließlich bin ich nicht krank. Ich habe nur ein *kleines* Problem mit Gesichtern.

Eine gefühlte Ewigkeit später hänge ich wie ein Schlückchen Wasser in der Kurve in dem gemütlichen Sessel, der in einer Ecke meines Ladens steht. Auf dem Tischchen vor mir steht ein Glas Wasser. Karin hat auf einem alten verbeulten Whiskeyfass Platz genommen und baumelt mit den Beinen. Sie betrachtet mich aufmerksam.

»Sollen wir nicht doch lieber ins Krankenhaus fahren?«, fragt sie und schaut abwechselnd von mir zu Judith und wieder zurück. Ich schüttle den Kopf. Kein Krankenhaus. Ich brauche keine Krankenschwester, die alle halbe

Stunden meinen Blutdruck kontrolliert und mit einer grellen Lampe in meine Augen leuchtet. Was ich brauche, kann mir keine Krankenschwester und keine Ärztin der Welt bieten. Ich brauche Karin. Und vielleicht etwas Ruhe.

»Ich muss mit Dir reden, Karin.« Freudig stelle ich fest, dass meine Stimme langsam wieder einigermaßen nach mir klingt. Nicht mehr so belegt. Auch nicht mehr so zittrig.

Karin wollte gerade nach einem Wasserglas greifen, zieht ihre Hand aber wieder zurück. Ich habe noch nie gesehen, dass ein Mensch so schnell seine Gesichtsfarbe ändern kann. Aschfahl schaut sie aus. Ihre Hand zittert. Mein Gott. Was habe ich angerichtet? Sie verschränkt die Arme vor ihrer Brust. Schaut mich nicht an. Ihr Blick verliert sich irgendwo zwischen Whiskey-Flaschen und Deko-Artikeln.

Die Glocke über meiner Ladentür bimmelt.

»Regina, ich bin´s, Jonathan!«

»D – d – das ist der Mann.«, stottert Karin. Den Blick auf meinen neuen Geschäftspartner Jonathan Borchert gerichtet, springt sie von ihrem Fass und läuft Richtung Tür.

»Mist!«, schimpft Judith und läuft ihr nach. Jonathan Borchert interpretiert die Situation richtig und baut sich vor der Tür auf.

»Aus dem Weg!«, knurrt Karin und versucht sich an ihm vorbeizuschieben.

»Geschlossen!«, brummt er. Aus den Augenwinkeln sehe ich, dass er die Tür nicht freigibt. Alles geht so schnell, dass ich das Geschehen kaum verfolgen kann. Meine Augen und meine Auffassungsgabe sind noch nicht wieder ganz hergestellt. Ich stöhne auf und greife mir an die Stirn. Der Raum um mich herum dreht sich.

»SIE! SIE sind das! Lassen Sie Regina in Ruhe. Sie gehört zu mir.« Karin ballt die Hand zur Faust. Einerseits freut mich das, was sie sagt. Auf der anderen Seite schockiert mich, wie sie es sagt. So kenne ich Karin gar nicht. Breites Grinsen huscht über Jonathan Borcherts Gesicht. Im Gegensatz zu mir scheint ihn die etwas eigenartige Situation zu amüsieren.

»Eigentlich wollte ich nur nachfragen, ob mit Freitag Abend alles glatt läuft. Aber ich kann auch gerne morgen wiederkommen.« Dankbar nicke ich ihm zu und warte, bis die Ladentür hinter ihm ins Schloss fällt. Dann erst richte ich mich auf. Ich muss alle Kraft aufbringen, um mich aus dem Sessel zu erheben und einigermaßen gerade vor Karin und Judith zu stehen. Meine Beine wackeln. Meine Stimme zittert.

»Du wolltest Jonathan jetzt nicht schlagen, oder?«

»Grmbl. Hmpf. Pfff. Und wenn schon? Er hat ein Milchbubigesicht. Ein hübsches kleines Veilchen gibt ihm wenigstens einen leichten männlichen Touch. Ich wusste gar nicht, dass Du auf Milchbubis stehst.«

»Also hör mal!«, schimpfe ich und baue mich, mit in die Seiten gestemmten Händen, vor ihr auf. Meine Augen sind zwei schmale Schlitze. Ich schaue auf Karin herunter. Sie zu mir hoch. Die Luft um uns herum vibriert.

»Soll ich sicherheitshalber schon mal einen Rettungswagen bestellen? Nur für den Fall … «, mischt Judith sich in den Kampf, der sich vor allem zwischen Karins und meinen Augen abspielt. Ihre Stimme klingt nicht mehr so selbstsicher wie sonst.

Ich schüttle den Kopf. Auch wenn Karin und ich uns im Moment wie kleine Kinder, die sich im Sandkasten um ein Förmchen streiten, benehmen, sind wir doch erwachsen. Und Erwachsene sollten in der Lage sein, zu sprechen, statt sich gegenseitig fertig zu machen. Wie wir das anstellen sollen, weiß ich allerdings noch nicht.

»Erstens ist Jonathan Borchert kein Milchbubi.«

»Und zweitens ist er gut im Bett. Du brauchst nicht weiter sprechen. Ich verstehe auch so.«

»Nichts verstehst Du. Karin … Jonathan ist nur ein neuer Geschäftspartner. Er will einmal im Monat ein Tasting für seine Firma veranstalten.«

»Nur ein Geschäftspartner also. Und warum hast Du nichts von ihm erzählt? Na? Naaa? Jetzt fällt Dir nichts mehr ein, was?«

»Ich wollte es Dir erzählen. Montag Abend. Aber Du bist ja nicht aufgetaucht.«

»Ich habe Euch gesehen. Dich und dieses. Milchgesicht. Du hast mich ignoriert. Bist einfach so an mir vorbeigegangen. Ihr habt sogar über mich gelacht. Ich konnte Euch hören. Wie Du Dich vielleicht erinnern kannst, stand ich nur ein paar Meter weit entfernt.« Karins Stimme bebt vor Wut und Enttäuschung. Und ich kann es ihr nicht einmal verübeln. Wie hätte sie die Situation anders interpretieren sollen?

»Habt Ihr Euer Pulver verschossen? Dann könnten wir vielleicht wie gesittete Menschen miteinander reden.« Judith hat spontan die Moderation übernommen und versucht, Karin zu beruhigen. Wie auf einen lahmen Gaul redet sie auf sie ein und streicht beruhigend über ihren Rücken.

Ich atme tief ein und aus. Karin ist hier. Sie ist wütend. Es würde mich nicht einmal überraschen, wenn sich ihre Haut grün färben würde, so sehr schäumt sie vor Wut.

»Wenn Du mir jetzt erzählst, dass alles nur ein Missverständnis ist, schreie ich.«, knurrt sie.

»Aber es ist doch … ein Missverständnis.«

Karins Schrei donnert um meine Ohren. Dumpf und laut und wild.

»Ich habe Dich gewarnt!«, zischt sie. »Komm, Judith. Wir gehen.« Judith schüttelt den Kopf. »Erst wenn Du Dir angehört hast, was Regina zu sagen hat.«

»Ich habe Dich nicht erkannt.«, platzen die Worte aus mir heraus. Karin dreht sich um. Starrt mich an. Von oben bis unten. Plötzlich lacht sie. Laut und hysterisch.

»Nicht erkannt?«, fragt sie mit kieksender Stimme und ungläubigem Gesichtsausdruck. »Wie lange teilen wir jetzt Tisch und Bett? Drei Monate? Und dann willst Du mir sagen, dass Du mich nicht erkannt hast? Vergiss es, Regina.« Sie spuckt die Worte nur so aus. Ich zucke zusammen. Womit habe ich denn gerechnet? Dass sie meine Worte sofort als Wahrheit annimmt? Dass sie mir, blind vor Liebe, in die Arme fliegt und mir sagt, wie sehr sie mich vermisst hat? Meine Stimme zittert.

»Wirklich. Du musst mir glauben. Ich bin ... ääh ... ich bin gesichtsblind.«

Ich schaue sie hilflos an. Ihr Kopf fährt herum. In ihren Augen eine Mischung aus Verwunderung und Misstrauen.

6. Kapitel – Karin

Gesichtsblind? Was soll das denn jetzt wieder? Will sie mich verarschen?

»Ich habe Dich nicht ignoriert. Ich habe Dich wirklich nicht erkannt.«, flüstert sie so leise, dass ich sie kaum verstehe. Ich schaue Judith an. Sie nickt. Offensichtlich glaubt sie den Schwachsinn, den Regina uns als Wahrheit auftischen will.

»Kannst Du Dich an Schweden erinnern? Ich habe Dich nicht erkannt.«

»Das kann passieren. In zwanzig Jahren verändern sich Menschen ja auch.«

»Daran liegt es nicht. Karin. Ich kann mir Gesichter nicht merken. Ich konnte es noch nie. Ich habe mir nur immer anders geholfen. Habe mir Stimmen gemerkt. Und den Geruch. Den Gang. Den Kleidungsstil.«

»Und warum hast Du nie etwas gesagt?« Ich bin mir nicht sicher, was ich von alldem hier halten soll. Der Ausdruck in Reginas Augen ist so treuherzig. So unschuldig. So eine nette Mischung aus Dackel und Baby. Babydackel?!? Ich lege meine Stirn in Falten und schüttle über mich selbst den Kopf. Wie so oft, wenn ich nicht weiß, was ich denken soll, sorgt mein Hirn dafür, dass alles noch etwas verworrener und komplizierter – und vor allem dämlicher – wird.

Verdammt. Kann mir bitte irgendjemand sagen, was ich denken und fühlen soll? Er wäre mir eine große Hilfe. Gesichtsblindheit. Ich habe schon davon gehört. Bei den meisten Menschen tritt sie nach traumatischen Erlebnissen, wie Unfällen oder Schlägen auf den Kopf auf. Auch Tumore oder Schlaganfälle kommen als Ursache in Frage. Eigentlich alles, was Teile des Gehirns zerstört.

»Hattest Du einen Unfall? Oder einen Schlaganfall?«

Regina bewegt ihren Kopf langsam hin und her. Die Bekanntschaft, die sie vorhin mit dem Boden gemacht hat, scheint sie noch etwas auszubremsen. Ihre Blicke irren zwischen Judith und mir hin und her. Sie schaut hilflos aus.

»Ich bin schon immer gesichtsblind. Bitte keine dummen Sprüche. Ich kenne sie alle. Was meinst Du, warum ich immer wollte, dass Du Dich bemerkbar machst, sobald Du den Laden betrittst? Ich weiß, ich hätte es Dir sagen sollen. Jetzt schaust Du mich so mitleidig an. Und genau das wollte ich doch vermeiden. Ich wollte, dass Du mich siehst und nicht mein Problem. Verstehst Du?«

Oh ja. Ich verstehe. Und wie ich verstehe. Sie hat mir nicht zugetraut, dass ich damit umgehen kann. Und vielleicht lag sie damit nicht mal so verkehrt. Ich hätte es merken müssen. Schon in Schweden hätte es mir auffallen können. Außer mich hat sie niemanden mit Namen angesprochen. Die ganzen zwei Wochen nicht. Ich bin ein unaufmerksamer Stoffel. Judith hat die ganze Zeit geahnt, dass etwas mit Regina nicht stimmt. Sie hat immer wieder versucht, mich darauf hinzuweisen, aber ich habe ihre Einwände ignoriert. Sie als Phantastereien abgetan. Vor allem aber habe mich an dem erfreut, was Regina und ich haben. Ich wollte nicht sehen.

Es muss anstrengend sein, nicht zu wissen, wer einem gegenübersteht. Ich kann es mir nicht einmal ansatzweise vorstellen. Das ganze Leben ein Spießrutenlauf. Ja, Regina hat recht. Ich habe Mitleid mit ihr. Es tut mir leid, dass ihr Leben durch ihre Gesichtsblindheit um ein Vielfaches komplizierter ist als meines. Bestimmt ist sie als Jugendliche oft ausgegrenzt worden. Vielleicht sogar als blöd hingestellt, wenn sie an Menschen, die sie hätte kennen müssen, vorbeiging, ohne zu grüßen. Jeden Tag neue Gesichter, die sie schon viele Jahre kennt. Ich wüsste nicht, ob ich damit klarkommen würde.

Die Erfahrung, die sie seit jungen Jahren mit Menschen gemacht hat, haben sie mit Sicherheit zu dem Menschen gemacht, der sie heute ist. Zurückhaltend, fast schüchtern. Sie hat so gut wie keine Freunde und kämpft sich mehr oder weniger allein durchs Leben. Jetzt weiß ich auch, warum. Schon wieder klopft das Mitleid an die Innenwand meines Herzens. Ich bin so ein Vollidiot. Ich hätte sie einfach auf mich aufmerksam machen müssen. Dann wären uns die letzten Tage erspart geblieben. Mir vor allem. Mein Schädel brummt immer noch, wenn ich nur daran denke. Bardolino und Zinnfadel eignen sich nicht als Freunde. Der Kontakt mit ihnen beschert einen üblen Nachgeschmack. Stumm grinse ich in mich hinein. Regina schaut mich unsicher an.

»Und was ist mit Jonathan Borchert?«

»Nichts. Er ist ein Geschäftspartner. Mehr nicht. Ich wollte Dir von ihm erzählen. Er hat mir ein großartiges Angebot gemacht. Ein Tasting im Monat für rund zwei bis dreihundert Leute. Sogar in den Sommermonaten. Eigentlich wollte ich am Montag mit Dir feiern. Sophie und ich haben extra Dein Lieblingsessen gekocht.« Der Vorwurf in Reginas Stimme lässt mein Herz verkrampfen. Ich habe sie verletzt. Und das nur, weil ich zu verblendet war, um sie anzusprechen – und dann zu verbittert, um ihr die Tür zu öffnen. Ich wollte leiden. Anders lassen sich meine Reaktionen nicht erklären.

»Es tut mir leid. Ich wusste doch nicht … Ich wollte nicht … « Wenn ich noch etwas weiter so herum eiere, zweifelt sie bestimmt bald an meinem Verstand. Ich bin eine studierte Frau, aber im Moment komme ich mir eher grenzdebil vor. Judith grinst breit.

»Wenn alles geklärt ist, kann ich ja gehen. Oder braucht Ihr noch etwas?« Ihr Blick fällt auf die Whiskey-Flasche, die sie vorhin vom Keller mit hoch gebracht hat.

»Danke.«, flüstert Regina und lächelt schief. »Die kannst Du mitnehmen. Das bin ich Dir schuldig.«

»Ich wollte nicht … Dankeschön.« So wortkarg kenne ich Judith gar nicht. Was ist das für eine Flasche? Und seit wann kennt sie sich mit Whiskeys aus?

»Seit dem Tasting vor zwei Wochen liebe ich diesen Whiskey.«

»Du warst bei einem Tasting?« Die Überraschung steht mir bestimmt ins Gesicht geschrieben. Kann jemand noch dümmer schauen als ich? Oh ja. Regina. Sie legt ihre Stirn in Falten und grinst verschmitzt.

»Ich hatte diesen Whiskey letztes Mal im Angebot. War ein Premium-Tasting. Nur edelste Stöffchen. Du warst da… Warum hast Du nichts gesagt?«

»Ich wollte wissen, was mit Dir los ist. Als ich keinerlei Erkennen in Deinem Gesicht sah, hatte ich eine Ahnung. Sorry. Ich glaube, ich gehe dann besser. Danke für die Flasche.«

Bevor Regina oder ich noch etwas erwidern können, zieht sie mich in ihre Arme.

»Versau es nicht.«, brummt sie. »Ich kann nicht jedes Mal als Puffer herhalten.«

Ich nicke. Eine kleine Träne kämpft sich aus meinem Auge und kullert langsam über meine Wange. Sie hinterlässt eine heiße Spur. Ich finde keine Worte. Die Gefühle, die mich übermannen, lassen sich nicht so einfach beschreiben. Dankbarkeit ist nicht das richtige

Wort. Es ist so viel mehr als das. Ich bin einfach überglücklich. So glücklich, dass ich die ganze Welt umarmen könnte. Ein Lächeln huscht über meine Lippen, während sie ein leises »Danke.« formen.

Die Glocke über der Tür von Reginas Laden bimmelt. Judith ist weg.

»Was machen wir jetzt?«, frage ich vorsichtig. Ich bin mir nicht sicher, ob Regina mir mein überreagieren so schnell verzeihen kann. Ich kann mir ja selbst nicht verzeihen. Noch nicht. Wie kann ich da von ihr verlangen, dass sie …

»Du könntest mich zum Beispiel in den Arm nehmen. Mich küssen wäre auch keine ganz schlechte Idee. Ich meine … natürlich nur, wenn Du willst. Wir können auch erst reden. Jetzt rede ich mich um Kopf und Kragen.« Wie süß sie ist, wenn sie so bedröppelt aus der Wäsche schaut. Dieser Blick. Wie sehr ich sie liebe.

Die Buchstaben fliegen in meinem Kopf durcheinander. Erzeugen einen Brei und lassen sich nicht sortieren. Nicht zu unsinnigen Gedanken. Und schon gar nicht zu brauchbaren. Ich schaue Regina an. Mein Blick verfängt sich mit ihrem. Sie spielt mit mir. Flirtet mit mir.

Wie von einem unsichtbaren Band angezogen setzen sich meine Füße in Bewegung. Einen Schritt. Und noch einen Schritt. Ich lasse sie nicht aus den Augen und bin bereit, stehen zu bleiben, wenn es ihr doch zu viel ist.

»Das dauert mir zu lange.«, brummt sie, macht einen großen Schritt und zieht mich in ihre Arme. Ihre Lippen liegen auf meinen. Ihr Seufzen mischt sich mit meinem. Mein Herz pumpt das Blut so schnell durch meinen Körper, dass sich der Raum um mich herum zu drehen beginnt. Ich sauge ihren Duft tief in mich auf. Endlich darf ich sie wieder spüren. Ihre weichen Lippen auf meinen. Ihr Herz so nah bei mir. Ihre Br …

»Vergeben und vergessen?«, unterbricht sie mit ihrer Frage meine Gedanken, bevor sie noch weiter auf die Reise gehen können und sich Dinge ausmalen, die ich hier und jetzt noch nicht bekommen kann. Heute Abend. Vielleicht.

»Vergeben ja. Vergessen kann ich nicht, was ich getan habe.«

»Und was hast Du getan?«, murmelt sie zwischen zwei Küssen. Sie gibt meine Lippen kaum frei. Wie soll ich da sprechen? Oder einigermaßen vernünftige Gedanken fassen?

»Gesoffen.«

»Seit Montag?« Ich nicke zaghaft. Stolz bin ich nicht gerade. Hätte jemand gesagt, dass mir so etwas einmal passieren würde, hätte ich ihn ausgelacht und nicht mehr aufgehört. Mein Herz pocht. Nie hätte ich gedacht, dass ich meinen Frust jemals mit Alkohol ertränken würde. Normalerweise habe ich wenig Verständnis für Menschen, die so etwas tun. Aber diese Woche war eine Ausnahmesituation, wie ich sie noch nie erlebt habe. Mein

Herz liegt in ihren Händen. Ich war so verletzt wie noch nie zuvor.

Montag war noch ziemlich lustig. Dienstag Mittag erschrak ich vor der Frau, die mich aus dem Spiegel anglotzte, rief beim Lieferdienst an und ließ mir die nächste Runde bringen. Ein paar Stunden schlafen und weiter ging der Spaß. Am Abend bestellte ich die nächste Runde, wenn auch nicht mehr ganz so ausufernd. Heute bin ich am Ende. Judith kam genau zur richtigen Zeit. Noch einen Tag länger hätte ich vermutlich nicht durchgehalten.

»Machst Du sowas öfter?«

»Nö. Eigentlich gar nicht. Irgendwie war auf einmal alles zu viel. Der Zahnarzt, Du, dieser Jonathan Borchert. Und überhaupt.«

»Du hast die Tabletten nicht mit Alkohol hinuntergespült, oder?«

»Ich glaube schon. So genau weiß ich das nicht mehr. Amnesie. Weißt Du?« Mit meiner freien Hand ziehe ich kleine Kreise vor meiner Stirn.

»Lassen wir das, Karin. Versprich mir nur eines. Bevor Du das nächste Mal zur Weinflasche greifst, rufst Du mich an und wir klären alles.«

»Ich verspreche es. Hoch und heilig. Und jetzt küss mich endlich.«

7. Kapitel – Regina

Und wie ich Karin küsse. Ich kann einfach nicht mehr aufhören. Die Tage ohne sie fühlten sich wie Liebesentzug an. Ich bin ihr verfallen. Mit Haut und Haaren. Ich will sie. Nur sie. Für den Rest meines Lebens will ich sie lieben. Sie auf Händen tragen. Ihr zeigen, was sie mir bedeutet. Meine Stirn sendet noch leichte Schmerzen an mein Hirn, doch das ist mir egal. Kein Schmerz kann so groß sein wie der, den ich in den letzten Tagen empfunden habe. Aber das ist vorbei. Kein Herzschmerz, kein klopfender Schmerz an meiner Stirn. Kein lästiger Kleiderständer, den ich gleich morgen hochkant aus dem Laden werfe werde. Wer mir so einen Abgang beschert, hat seine Berechtigung, weiterhin bei mir zu sein, eindeutig verspielt. Karin ist hier. Endlich ist mein Leben wieder so wie es sein soll.

Ich lege all meine Gefühle in meinen Kuss. Streichle ihre Zunge mit meiner. Fordere sie heraus. Necke sie. Und spiele mit ihr. Und sie spielt mit mir. Ich sehe es. Ich spüre es. In ihren Bewegungen. In ihrem Seufzen. Sie presst sich an mich.

»Wann schließt Du den Laden?«, stöhnt sie.

»Wenn es nach mir geht … Sofort.«

Ich schiebe sie vorsichtig von mir, was sie mit einem Wimmern kommentiert. Der Schlüssel klimpert, als ich ihn nach dem dritten Versuch endlich ins Schlüsselloch bekomme. Es klackt. Die Tür ist zu.

»Komm.«, flüstere ich und greife nach ihrer Hand. Ich gehe nicht langsam. Langsam war gestern. Heute zerre ich sie hinter mir her. Durch den Laden. Die Treppe hinunter. In den Gewölbekeller, den ich mir einigermaßen wohnlich eingerichtet habe.

»Was machst Du, wenn noch ein Kunde vorbeikommt?«, fragt sie sinnigerweise und schaut mich so liebevoll an, dass mein Herz sofort noch eine Nuance hektischer klopft.

»Kann wieder gehen.«, murmle ich. »Ich werde nicht gerne gestört. Nicht dabei … «

»Was hast Du denn vor?«, fragt sie, mit diesem schelmischen Ausdruck in den Augen, für den ich sie immer knuddeln könnte.

»Ich will Dir mein Whiskey-Lager zeigen. Links findest Du die Schotten, daneben die Iren. Auf der rechten Seite die Amerikaner und Kanad … « Weiter komme ich nicht. Sie reißt mich in ihre Arme und zieht mich mit einem Ruck an sich. Mein Herz wummert. Mindestens so laut wie die Bässe in einer Disco. Es fühlt sich so an, als würde es aus meiner Brust springen wollen. Das Blut rauscht in meinen Ohren.

Ihr Kuss hat jede Sanftheit und Weichheit verloren. Sie drängt sich an mich und sinkt mit mir auf den Boden. Über mir Karin. Unter mir der dick gewebte Schafwollteppich. Ihre Hand gleitet unter mein Oberteil und zerrt an den Verschlüssen des BH. Kleine Schweißperlen bilden sich auf meiner Haut.

»Brauchst Du Hilfe?«, flüstere ich. Ihre Antwort ... ein knurriges Wimmern. Ich will sie. Und sie will mich. Während sie sich abmüht, nestle ich an den Knöpfen ihres Hemdes. Warum kann sie nicht einfach Hemden mit Druckknöpfen tragen? Gibt es so etwas überhaupt? Wahrscheinlich schon. Aus schnell trocknendem Material. Mit Karomuster. Von einem Outdoorausstatter. Nicht Karins Kragenweite. Ich liebe es, wenn sie Hemden trägt. Sie stehen ihr besonders gut und betonen ihre sportliche Figur. Wenn ich sie ausziehen will, würde ich ihr am liebsten den Stoff einfach vom Körper reißen. Ah. Endlich. Offen. Sie beugt sich über mich. Sucht meine Lippen mit ihren. Ihre Zunge stößt hart in meinen Mund. Nimmt sich, was sie will. Sie atmet flach. Und hektisch. Abgehackt.

»Komm endlich.«, flehe ich. Sie kichert leise. Der Druck des BH lässt nach. »Geschafft.« Sie richtet sich auf. Ihre Augen finden meine. Ihr Blick jagt einen heißen Schauer über meinen Körper. In ihm steht so viel Liebe. Und Verlangen. Ich ziehe sie zu mir herunter. Ich will sie spüren. Jetzt.

Ihre Zunge gleitet über meinen nackten Oberkörper und hinterlässt eine heiße Spur auf meiner Haut. Ich stöhne leise. Kehlige Laute schlüpfen aus meiner Kehle. Ihr Gewicht auf mir. Jede Berührung wirkt dadurch noch intensiver. Ich greife zwischen uns und öffne die Knöpfe meiner Jeans. Länger warten ist nicht. Jetzt will ich sie spüren. So tief wie möglich.

Sie wird doch jetzt nicht … Irritiert halte ich inne. Sie richtet sich auf. Schaut mich an. Ihre Blicke schicken den kläglichen Rest, der von meinen Hirnzellen noch übrig ist, ins geistige Nirwana.

Als sie neben mich gleitet und ihre Brüste meinen Oberkörper berühren, kann ich nicht mehr denken. Ich bestehe nur noch aus Zellen, die sich ihr hilflos entgegen heben.

Ihre Hand gleitet an mir herunter, fährt in meine Jeans. Und dann … endlich ist sie da. Sie dringt in mich. Mit ihrer Zunge in meinen Mund. Mit ihren Fingern in meinen Schoß. Sie reizt mich. Lockt mich heraus. Jagt mich von einem Gipfel auf den nächsten. Ich presse mich in ihre Hand. Nehme sie in mir auf.

»Karin!«, stöhne ich und sinke in ihre Arme.

8. Kapitel – Karin

Komm doch einfach mit.« »Aber was soll ich denn da?« Verlegen trete ich von einem Bein auf das andere. Dass Regina sich für das Whiskey Tasting so aufbrezelt gefällt mir nicht. Lauter Geschäftsleute. Und allen voran – Jonathan Borchert.

Obwohl wir in den letzten Tagen viel geklärt und Missverständnisse aus der Welt geschafft haben, liegt er mir immer noch wie ein riesiger Fels in der Magengrube. Ich traue ihm nicht. Er ist ein Mann. Und er hat Augen im Kopf. Ich habe die Blicke gesehen, mit denen er Regina beäugt hat.

»Du könntest mir zum Beispiel zur Hand gehen. Für zweihundertfünfzig Leute drei Whiskeys ausschenken ist nicht wenig. Das sind eine Menge Gläser.« Regina lächelt verschmitzt und durchwühlt ihren Schrank nach passender Kleidung. Ich hätte kein Problem damit, wenn sie so bleiben würde, wie sie jetzt angezogen ist. Allerdings müsste sie dann da bleiben. Das Tasting absagen. Ich würde schon dafür sorgen, dass sie abgelenkt ist. Meine Augen gleiten über ihren Körper. Ich schnappe nach Luft. Vielleicht habe ich Glück und der neue Spitzen-BH und die lässigen Hotpants lösen sich vor meinen Augen in Luft auf, wenn ich sie nur lange genug anstarre.

»Und?«

Was? Wie? Worüber haben wir gerade gesprochen? Ich kann mich nicht erinnern. Das einzige, was ich sehe, ist sie. Fast nackt. Vor meiner Nase. Das ist gemein. Ich will. Und ich darf nicht. Oooooh, ich könnte gerade …

»Kommst Du mit?«

»Wohin soll ich mitkommen?« Meine Stimme klingt sogar für meine Ohren ziemlich kläglich.

»Hast Du mir überhaupt zugehört? Wo bist Du nur mit Deinen Gedanken?« Oh, das kann ich Dir sagen. Im Bett. Nackt. Und Du liegst unter mir. Sicherheitshalber halte ich aber lieber den Mund. Sie dreht sich zu mir um. Schaut mich an. Von oben bis unten. Ihre Augen funkeln.

»Du bist gemein, Karin.«

Ich lege mein unschuldigstes Gesicht auf und lächle sie gewinnend an. Wenn hier jemand gemein ist, dann ist das eindeutig Regina. Schließlich reagiere ich nur.

»Du könntest mir sagen, was ich anziehen soll. Dann wäre ich schneller fertig.«

Ich soll Regina beraten? Nichts leichter als das. Meine Mundwinkel zucken steil nach oben. Es fällt mir schwer, mir meinen bevorstehenden Triumph nicht zu sehr anmerken zu lassen. Ich schiebe mich an ihr vorbei. Natürlich berühre ich sie nur rein zufällig und völlig unbeabsichtigt. Zufrieden stelle ich fest, dass sich ihr Atem beschleunigt. Ich schwöre. Völlig unabsichtlich. Zielsicher greife ich in den Schrank. Zwei Kleidungsstücke platschen auf das Bett.

»Bitteschön. Das ist perfekt.«

Ich wende mich ab. Lautes Lachen gurgelt in meinem Inneren nach oben. Ich darf sie nicht anschauen. Sonst breche ich an Ort und Stelle zusammen und kugle über den Boden.

»Perfekt?« Reginas Stimme kiekst. Ich kann nicht mehr. Mit beiden Händen kralle ich mich am Türstock fest. Meine Beine zittern. Mein Bauch krampft sich zusammen.

»Das ist nicht Dein Ernst.«, brummelt sie. Es reicht schon aus, mir ihr Gesicht vorzustellen, um einen Heiterkeitsanfall in mir auszulösen. Langsam drehe ich mich um. Immer noch mit unschuldigem Gesichtsausdruck.

»Doch. Warum denn nicht?«

»Jogginghosen und Schlabbershirt?«

Ihr Blick. Einfach Gold wert. Ich lache. Und wiehere. Und huste unterdrückt. Dieser kurze Moment ist ein kleines Fest, das ich einfach genießen muss. Es passiert nicht so oft, dass Regina nicht weiß, was sie sagen soll. Ich muss es einfach auskosten.

»Karin!«, schimpft sie. Doch je mehr sie schimpft und mich mit ihren Blicken erdolcht, desto mehr muss ich lachen. Ich kann mich einfach nicht mehr zurückhalten.

Die Vorstellung, wie sie in Jogginghosen und Schlabbershirt vor den zweihundertfünfzig Geschäftsleuten steht. Ein Fest für meine Phantasie.

»Ich habe keine Zeit für solche Spielchen. Eigentlich bin ich sowieso schon viel zu spät dran. Ich muss mich jetzt wirklich sputen. Also … Kommst Du jetzt mit?«

Warum eigentlich nicht? Judith hat von Reginas Tasting geschwärmt. Und ich habe sie noch nie in Aktion gesehen. Sie geht auf in ihrem Job. Wenigstens einmal möchte ich erleben, wie sie mit ihrem Charme und ihrem Witz eine Gruppe mehr oder weniger begeisterter Whiskey-Fans einwickelt und mit den Feinheiten einzelner Whiskeys vertraut macht.

Sie wendet sich ab und greift mit beiden Händen in ihre Nachttischschublade. Es knallt. Ein dickes Buch. Wobei der Ausdruck Buch wohl nicht wirklich passend ist. Michael Jackson steht auf dem Einband des edel anmutenden und bestimmt dreihundert Seiten starken Wälzers.

»Michael Jackson? Ich wusste gar nicht, dass es so eine üppige Biographie über ihn gibt. Oder sind da CDs und Filme drin?«, huschen die Worte über meine Lippen, bevor ich sie hätte zurückhalten können. Bestimmt hält sie mich jetzt für total bescheuert, oder zumindest für einen Kulturbanausen. Vielleicht bin ich das sogar. Also … ein Kulturbanause.

»Ha ha ha. Bist Du ein Scherzkeks. Das ist DER Michael Jackson. Die Bibel für Whiskey Fans und ein Muss für jeden, der mit Whiskeys zu tun hat. Während ich mich fertig mache, kannst Du schon mal anfangen, die Beschreibungen für heute Abend auswendig zu lernen. Du bist ja Lehrerin. Sollte Dir also nicht so schwer fallen. Die entsprechenden Seiten sind markiert.«

Ich öffne meinen Mund. Will etwas sagen. Aber mir fällt nichts ein. Also klappe ich ihn wieder zu und starre Regina an. Dieses Lächeln. Triumphierend und fast ein bisschen arrogant.

»Und wann soll ich mich anziehen? Und vor allem, was?«

Regina fährt herum und zeigt auf die Jogginghosen und das Schlabbershirt. Oooh nein. Ich schüttle den Kopf. Das kann nicht ihr Ernst sein. Doch. Ist es.

»Du hast doch schon Sachen raus gelegt. Die sollten perfekt sein.«

Nun lacht sie. Tief und laut. Und ich stehe da. Wie ein begossener Pudel. Ich lege meine Stirn in Falten und kratze mich am Kopf. Wer ist das? Was hat sie mit meiner Regina gemacht?

Eineinhalb Stunden später finde ich mich in einer riesigen Scheune wieder. Meine Augen tasten den großen Raum ab. Grundsätzlich mag ich so große Räume nicht, aber dieser hier ist etwas besonderes.

Die Besitzer haben die Scheune so ausgebaut, dass sie viel kleiner und gemütlicher wirkt, als sie ist. Sitzgruppen, die wie eigene kleine Räume mit Balken und alten Regalen voneinander abgetrennt sind. Um die Balken ranken sich Efeu und anderes Grünzeug, das ich leider nicht kenne. Im Zentrum ist ein riesiger offener Kamin. Eigentlich schade, dass es noch so warm ist. Ich brauche keine Phantasie, um mir vorzustellen, wie urig ein Winterabend in dieser Scheune sein kann. Nicht schlecht. Wirklich nicht schlecht.

Auf der Stirnseite haben die Besitzer eine große Bühne installiert, auf der mehrere Musiker damit beschäftigt sind, die Akustik auszutesten. Regina steht schweigend neben mir. Was sie wohl jetzt gerade denkt?

»Ach Du scheiße. Ich habe nicht gewusst, dass die Scheune so groß ist.«, brummt sie. Trotz sauber aufgelegter Schminke wirkt ihre Haut aschfahl. Ihre Hände zittern. Ich lege meine Hand auf ihre Schulter und drücke sie sanft.

»Mach Dir keine Sorgen. Alles wird gut. Du bist gut. Und Du wirst sie einwickeln.«, raune ich mit leiser Stimme und schenke ihr ein aufmunterndes Lächeln. Ein Mann eilt mit langen Schritten auf uns zu. Er trägt Anzughosen und ein hellblaues Oberteil. Die oberen Knöpfe sind offen. Sein krauses Haar trägt er heute ordentlich aus dem Gesicht gekämmt. Seine Augen leuchten. Ich knurre unverständliche Worte in mich hinein. »Behalt Deine Pfoten bei Dir.« sind nur fünf davon. Die anderen sind nicht wirklich netter. Aber was soll ich machen? Er mag ja ganz nett sein, für mich ist er trotzdem ein rotes Tuch.

»Das ist Jonathan Borchert.«, flüstere ich und ernte ein dankbares Lächeln.

»Regina! Ich freue mich so.«, flötet er. Wie er sie wieder anstarrt. Als würde er sie am liebsten nackt sehen. Aber das darf nur ich. Und niemand sonst. Besitzergreifend lege ich meinen Arm um Reginas Schultern. »Meins.«, sagt mein Blick. Jonathan Borchert zieht eine Augenbraue hoch. Er studiert mich eingehend. Vielleicht wägt er sogar ab, wie hoch seine Chancen trotz meiner Anwesenheit sind.

»Das ist Doktor Karin Wagner. Meine Freundin.«

»Hallo Frau Doktor Wagner. Schön, Sie kennenzulernen. In welcher Fachrichtung haben Sie promoviert? Im Boxen?«

Reginas Augenbrauen schießen hoch. Die Farbe ihres Gesichts wechselt innerhalb weniger Sekunden von aschfahl zu leuchtend rot. Ich weiß, worauf er anspielt und sie weiß es auch.

»Vielleicht erinnern Sie sich noch an unser erstes Aufeinandertreffen. Kein sehr glücklicher Start, meinen Sie nicht?« Er lächelt süffisant. Ich frage mich, was Regina an ihm findet. Ich mag ihn nicht. Er ist mir zu glatt. Viel zu glatt. Bestimmt so ein reicher Schnösel, der das Geschäft von seinem Vater übernommen hat und nun alles umkrempeln will.

»Entschuldigen Sie mich bitte. Ich muss meine Geschäftspartner begrüßen.« Mit diesen Worten lässt er uns stehen. Regina dreht sich zu mir um. Ihre Augen blitzen.

»Das war nicht nötig.«, schimpft sie leise auf mich ein. »Ich habe Dir doch gesagt, dass ich nichts von ihm will.«

»Du vielleicht nicht von ihm. Aber er von Dir. Dem sind fast die Augen aus dem Gesicht gekullert. Du solltest mal schauen, nicht, dass sich eines zwischen Deine Brüste verirrt hat.«

»Karin!«

»Was denn? Ist doch wahr. Dein sauberer Jonathan Borchert ist nicht so sauber wie er tut. Bestimmt hat er an jeder Hand fünf Frauen.«

»Und wenn schon? Ist das mein Problem? Siehst Du? Eben nicht. Ich liebe DICH, Karin. Bekomme das bitte endlich in Deinen Schädel. Es ist mir völlig egal, ob er etwas von mir will.«

»Und wenn er nicht aufhört, Dich anzubaggern?«

»Dann werde ich mich schon zu wehren wissen. Und jetzt komm. Wir haben zu tun.«

Wie auf Knopfdruck schaltet sie von schüchtern und unsicher auf selbstbewusst um. Sie pflanzt ein breites Lächeln in ihr Gesicht, grüßt verschiedene Leute, deren Namen sie nicht kennt, und führt mich in einen

Nebenraum, in dem sage und schreibe siebenhundertfünfzig leere Whiskey-Gläser, verteilt auf mehreren Tischen, darauf warten, befüllt zu werden. Die Flaschen sind noch in Kisten verpackt. Ich bin mir nicht wirklich sicher, ob ich lachen oder weinen soll. Das klingt nicht nach Arbeit. Das klingt nach Stress. So haben wir nicht gewettet. Für Fließbandarbeit und Sklaventreiberei habe ich nicht mein Okay gegeben. Ich betone: Nicht. Flehend schaue ich Regina an, aber sie ignoriert meinen Blick und geht einfach zur Tagesordnung über.

»Als erstes reichen wir den Balvenie Caribbean Cask. Was ist das Besondere an diesem Whiskey?«

Ich gebe mir wirklich Mühe, die Informationen, die ich vor nicht allzu langer Zeit gelesen habe, herunter zu leiern. Caribbean hat etwas mit Karibik zu tun. Und die Karibik mit Rum. Also wird dieses gute Stöffchen wohl in Rumfässern gelagert worden sein. Mein Blick fällt auf Regina. Sie schaut wohlwollend und zufrieden aus.

»Wow. Nicht schlecht. Wichtig ist noch der Abgang. Den solltest Du Dir noch einprägen.«

»Abgang?«

»Der Geschmack, den der Whiskey beim Schlucken erzeugt. Weißt Du noch, was im Whiskey-Buch stand?«

»Schottischer Whiskey trifft auf karibische Lebensfreude. Meinst Du das?«

»Ja. Kommt hin. Außerdem ist dieser Balvenie reich und süß und hat eine fruchtige Note. Ich reiche ihn gerne zum

Beginn eines Tastings, da er sehr leicht ist. Manche Männer behaupten, dass er ein klassischer Frauenwhiskey ist. Und trotzdem werden sie ihn lieben. Du wirst schon sehen.«

Mit leuchtenden Augen holt Regina die Flaschen aus ihrer edlen Verpackung. Es ploppt. Sie reicht mir die offene Flasche. Zarte Düfte in einer Mischung aus Rum und Whiskey streichen mir um die Nase. Ich sehe die Palmen, die sich sanft im karibischen Wind wiegen, förmlich vor mir. Es würde mich nicht mal wundern, wenn jetzt jemand Bob Marleys *No Woman no Cry* auf einer Steeldrum spielen würde.

Lautes Stimmengewirr weht zu uns herüber. Keine Palmen, kein sanfter Wind und schon gar keine Steeldrums. Dafür die Stimmen von gut zweihundertfünfzig gut gelaunten Männern und Frauen, die darauf warten, dass Regina das Tasting eröffnet.

»Meine Damen und Herren. Schön, dass Sie alle für diesen besonderen Abend den Weg zu uns gefunden haben. Für die musikalische Untermalung sorgt die Gruppe Vielsaitig, eine junge Band, die sich dem irischen und schottischen Folklore verschrieben hat.«

Lauter Applaus brandet auf. Regina knibbelt an ihren Fingern herum. Und auch ich spüre, wie die Aufregung durch meinen Körper pulsiert. Bald geht es los. Es kann sich nur noch um Minuten handeln.

»Und nun möchte ich Regina König begrüßen. Sie betreibt den *The Celt* und hat für unseren Eröffnungsabend drei hervorragende Whiskeys ausgewählt.«

Regina drückt die letzte verbleibende Whiskeyflasche an sich. *Hey … Du könntest auch mich drücken. Ich bin viel weicher. Und ich kann Dir Kraft geben.* Als hätte Regina meine Gedanken verstanden, zieht sie mich in ihre Arme und haucht mir einen Kuss auf die Lippen.

»Wünsch mir Glück.«, flüstert sie.

»Ich wünsche Dir Glück. Mach Dir keine Sorgen. Wenn hier jemand weiß, was sie tut, dann bist Du das.« Mit einem kleinen Klaps auf den Po verabschiede ich sie und schiebe sie zur Tür hinaus. Im Gegensatz zu ihrem Job ist der, den ich in den nächsten Minuten vor mir habe, einfach. Flaschen öffnen. Whiskey einfüllen und die dünnen Deckelchen auf die mindestens genauso dünnen Gläser. Solche Gläser habe ich noch nie gesehen, aber Regina hat mir glaubhaft versichert, dass dies spezielle Tasting-Gläser sind. Mit den Deckelchen bleibt das Aroma länger im Glas und kann sich besser entfalten. Sagt sie.

Wieder etwas dazugelernt. Bisschen Whiskey verkaufen, habe ich gedacht, kann doch nicht so schwer sein. Als sie den Whiskey-Führer aufs Bett fallen ließ, bekam ich eine Ahnung, dass ich mich geringfügig auf dem Holzweg befinden könnte. Mittlerweile bin ich überzeugt, dass ich ihre Arbeit vollkommen unterschätzt habe. So viel, was es zu bedenken gibt. So viele Fehler, die man machen kann.

Für mich war immer alles so klar. Fläschchen auf, Stöffchen raus, schluck schluck, Fläschchen wieder zu. Das würde mir auch völlig ausreichen, aber Regina hat mir erklärt, dass ein Whiskey-Tasting ein Stück Kultur ist. Ich bin eine Kulturbanausin.

Vorsichtig öffne ich die Tür und spähe hinaus. Regina hält die Flasche immer noch in ihrer Hand. Allerdings nicht mehr an sich gedrückt, sondern offen und frei. Sie gibt einige grundsätzliche Informationen. Aus den Augenwinkeln sehe ich, wie temperamentvoll sie erzählt. Sie spricht mit Händen und Füßen.

Als sie darauf hinweist, dass der Balvenie Caribbean Cask oft als Frauenwhiskey bezeichnet wird, lachen manche Männer und Frauen hinter vorgehaltener Hand. Andere lachen offen und zeigen ihre Begeisterung.

Wenn ich Regina nicht schon lieben würde, wäre es spätestens jetzt um mich geschehen.

Nicht weit von Regina entfernt sitzt der Veranstalter, Jonathan Borchert. Wenn ich den Namen schon höre, geht mir die Hutschnur. Aber was will ich machen? Er ist Reginas Geschäftspartner. Er wagt es tatsächlich, Regina so anzustarren, als wäre außer ihnen niemand anderes im Raum. Seine Blicke gleiten über ihren Körper. Ihr schwarzes Kleid lässt jede Menge Raum für Phantasie. Und ich verwette meinen Allerwertesten, wenn er nicht daran denkt, wie es wäre, es Regina vom Körper zu streifen. Tja, Pech gehabt, der Arme. Es gibt genau einen

Menschen, der ihr das Kleid vom Körper streift, ihre nackte Haut verwöhnt und sie im Arm hält, wenn sie sich fallen lässt. Es gibt auch genau einen Menschen, den sie liebt und der sie lieben darf. Und dieser eine Mensch ist nicht Jonathan Borchert.

Ein Grinsen huscht über meine Lippen. Eins zu null für mich.

Knappe vier Stunden später kommt es mir so vor, als ob sämtliche Muskeln in meinem Körper sich in Watte verwandelt hätten. Ich pfeife aus dem letzten Loch und bin am Ende meiner Kraft. Schweiß rinnt über meinen Rücken. Ich fühle mich unwohl in meiner Haut. Siebenhundertfünfzig Gläser befüllen und verteilen. Das ist Sklaverei – und Sklaverei ist verboten. Phu.

Ich sinke auf einen Stuhl und strecke meine Beine weit von mir. Das erste Mal seit über vier Stunden darf ich sitzen. Ein Seufzer huscht über meine Lippen. Das harte Holz fühlt sich so bequem an. Herrlich. Fast wie ein weicher Ohrensessel. Für einen kurzen Augenblick schließe ich die Augen und lasse die letzten Stunden noch einmal an mir vorbeiziehen.

Die Teilnehmer des Tastings hingen an Reginas Lippen. Genau wie ich. Sie saugten jedes Wort von ihr auf. Genau wie ich. Zwischen den Whiskey-Gängen wurden sie mit reichlich Essen versorgt. Nicht genauso wie ich. Mein Magen knurrt. Wie ein Elch in der Brunftzeit. Wenn ich nicht bald etwas bekomme, falle ich über alles her, was Fleisch um die Rippen hat.

»Möchtest Du etwas essen?«

Ein gut gefüllter Teller schiebt sich hinter meinem Rücken vor und taucht vor meinem Gesicht auf. Lecker. Meine Augen werden immer größer, der Elch in meinem Bauch immer lauter. Die sanfte Note verschiedener Gewürze steigt mir in die Nase. Aber selbst, wenn auf dem Teller trockenes Brot liegen würde, wäre mir das egal. Hauptsache essen.

»Wie lange noch?«, stöhne ich und schiebe die erste Gabel in meinen Mund. Chickencurry.

»Eine Stunde, denke ich. Maximal zwei.«

»So lange noch?« Meine Hand, mit der ich gerade die nächste Gabel zum Mund führen wollte, erstarrt in ihrer Bewegung. Ungläubig kneife ich die Augen zusammen.

»Das war ein Scherz.«, erwidert Regina lachend. Pha. Was für ein blöder Scherz. »Wenn Du gegessen hast, können wir gleich los.«

Gleich los? Zwei kleine Worte. Nicht mehr als neun Buchstaben – und doch klingen sie wie Musik in meinen Ohren.

Regina legt ihre Arme um meinen Hals und knabbert an meinem Ohrläppchen. Ein heißer Schauer jagt über meinen Körper.

»Ich freue mich, wenn ich Dich endlich für mich alleine habe.«, haucht sie. Ihr heißer Atem streift mein Ohr. Ich schlucke. Hart. Und schiebe eine Gabel nach der anderen in meinen Mund. Bestimmt ist das Essen lecker, doch davon bekomme ich nicht viel mit. Meine Aufmerksamkeit gehört ausschließlich Regina und ihren Händen, die zärtlich über meinen Arm streicheln.

Mit einem Ruck stelle ich den Teller zur Seite. »Lass uns gehen.«, hauche ich atemlos. Meine Stimme klingt heiser.

»Bist Du nicht müde?«, fragt sie jetzt allen Ernstes.

»Müde? Ach … Schlaf wird völlig überbewertet.«, erwidere ich und winke ab.

Ehe sie noch etwas sagen kann, springe ich auf und greife nach ihrer Hand. Wir rennen. Bis zur Tür. Dort bleiben wir stehen und lachen. Sie lehnt sich an mich. Ihre weichen Lippen legen sich auf meine. Ein heißer Schauer jagt durch meinen Körper. Er beginnt seine Reise in meinen Lippen und beendet sie in meinem Bauch, wo er sich wie ein glühend heißer Lavastrom ergießt. Ich japse hektisch.

Meine Hand greift nach dem Türgriff und reißt die Tür auf. Der große Scheunenraum ist noch voller Menschen. Eng nebeneinander schreiten wir, so würdevoll und schnell wie möglich, durch die Menge. Regina nickt einzelnen zu und lächelt freundlich. Ich verwette den Elch in meinem Bauch, dass sie die Gesichter schon zehn Sekunden später wieder vergessen hat.

Das Eingangstor ist nur noch wenige Meter entfernt. Mein Herz pocht. Laut. Und hektisch. Noch ein paar Kilometer, dann sind wir daheim und ich darf endlich diesen süßen schwarzen Hauch von nichts von ihrem Körper streifen. Dann gehört sie mir. Dann werden wir uns in den Laken wälzen und sie wird meinen Namen schreien. Wie praktisch, dass Sophie und Lucas heute bei Freunden übernachten.

»Ah, Regina. Wie gut, dass ich Dich noch erwische. Du hast doch bestimmt noch einen Augenblick.«

Das ist keine Frage, sondern eine Feststellung. Ein »Nein« wird Jonathan Borchert wohl nicht gelten lassen. Ich rolle mit den Augen. Der schon wieder. Regina erstarrt. Sie schaut von mir zum Scheunentor und wieder zurück. Hegt sie den gleichen Gedanken wie ich? Einfach losrennen und so tun, als hätten wir ihn nicht gehört?

»Ich möchte Dir gerne jemanden vorstellen.«, sagt er. NEIN! Regina! Bitte nicht! Doch meine Worte verhallen ungehört. Regina wendet sich Jonathan Borchert zu. Sie setzt ein Lächeln auf, öffnet den Mund und ich fürchte schlimmstes.

»Es tut mir leid, Jonathan. Ich habe noch etwas vor.« Ich könnte sie knutschen. Sein Gesicht … Ich werde diesen Ausdruck tief in mein Gedächtnis einbrennen. Wie ihm die Gesichtszüge entgleiten. Herrlich. Einfach herrlich.

»Aber … « Regina schüttelt den Kopf. Er kennt sie nicht. *Nein* heißt bei ihr *Nein* und nicht *Vielleicht* oder sogar *Ja*. Es ist mir ein Rätsel, dass es Menschen – vorzugsweise Männer – gibt, die dieses kleine Wort nicht verstehen. Ich unterdrücke ein Grinsen und nicke bedächtig. Wie gerne würde ich jetzt meinen Triumph auskosten, aber damit würde ich mir bestenfalls einen bösen Blick einfangen.

»Aber … ich möchte Dich gerne jemandem vorstellen. Er ist so begeistert von Dir. Bitte …, Regina … « Jetzt fleht er fast. Das wird ja immer besser hier. Was kommt als nächstes? Kriecht er ihr in den Allerwertesten? Oder rollt er den roten Teppich aus? Dieser Mann wird mir immer suspekter. Regina ringt mit sich. Ich sehe die Hilflosigkeit in ihrem Blick. Soll ich ihr jetzt helfen, oder …?

»Sorry, Jonathan. Es reicht für heute. Ich will nur noch heim und ins Bett.« Jonathan Borchert zieht die Augenbraue hoch. Dann wendet er sich mir zu. Seine Blicke sprühen Funken.

»Frau Doktor Wagner, vielleicht können Sie auf Regina einwirken? Ich brauche sie wirklich nur eine halbe Stunde. Maximal eine Stunde. Es geht um Leben und Tod.« Oookay. Jetzt wird er theatralisch – und drückt auf die Tränendrüse. »Ein amerikanischer Geschäftsmann. Er wäre unser Ticket in die Staaten. Regina, was verlangst Du?«

»Nichts. Sorry, Jonathan. Ich bin wirklich am Ende. Es war ein langer Tag. Besucht mich doch einfach am Montag im Laden.«

»Geht nicht. Er fliegt morgen schon wieder ab. Er ist ein vielbeschäftigter Mann, musst Du wissen. Komm schon, Regina. Nur ein paar Minuten. Gib Dir einen Ruck.«

Regina holt Luft. Ich hole auch Luft. Hilfesuchend starrt Jonathan Borchert uns an. Mit einem Seufzen lassen wir die Luft wieder entweichen.

»Mit ihm könnten wir den amerikanischen Markt erobern. Bitte, Regina. Ich werde Dir auf ewig dankbar sein.«

Nächster Versuch: Dackelblick. Oh man, wie tief kann ein Mann nur fallen? Ich kichere unterdrückt.

»Okay. Zehn Minuten. Wir treffen uns draußen.«, schlägt Regina zuvorkommend vor. Ich weiß genauso wie sie, dass sie Jonathan Borchert einiges verdankt. Ihn gleich nach dem ersten Tasting zu verärgern ist nicht die beste Werbung für sie und ihren Laden. Obwohl ich sie viel lieber für mich allein hätte, kann ich es nachvollziehen, dass sie einen kleinen Schritt auf ihn zugehen muss. Solange aus den zehn Minuten nicht eine Stunde oder mehr werden, kann ich damit gut umgehen. Ich werde ihm schon zeigen, dass sich nichts geändert hat und ihr Interesse an ihm ausschließlich geschäftlicher Natur ist und bleibt.

»Tut mir leid.«, flüstert sie keine Minute später und lehnt sich leicht an mich. Kühle Nachtluft schlägt uns entgegen. Nach der Hitze des Tages eine Wohltat. Der

Wind stricht sanft um unsere erhitzten Wangen. Ihr Blick gleitet über meinen Körper.

»Du bist wunderschön.« Wenn sie wüsste, wie sehr sie mir mit diesen paar Worten zusetzt. Ich halte es doch sowieso kaum noch aus. Wenn sie so weitermacht, kommen wir nicht bis nach Hause. Dann parke ich am Straßenrand und …

»Ah, da seid Ihr ja.« Mist. Bei manchen Menschen wäre ich wirklich dankbar, wenn sie einen Ausschaltknopf hätten. Bei Jonathan Borchert zum Beispiel. Da er aber leider keinen solchen Knopf hat, kann ich nicht verhindern, dass er mit langen Schritten auf uns zu eilt. An seiner Seite ein hoch gewachsener Mann, der ihn locker um einen Kopf überragt. Eine riesige Erscheinung, dieser Mann.

»Danke, dass Ihr gewartet habt. Regina König und Doktor Karin Wagner, Arthur McInnes.« Bilde ich es mir nur ein, oder zittert Jonathan Borcherts Stimme tatsächlich?

»Ah, Sie … Ich freue mich, Sie kennenzulernen.« Der Amerikaner mit den schottischen oder irischen Wurzeln deutet eine leichte Verbeugung an. Ein Lächeln umspielt seine Lippen.

»Es war ein großartiger Abend. Vielen Dank. Ich habe mich sehr gut unterhalten gefühlt. Woher wissen Sie so viel über Whiskeys?« Oh oh, er zieht eine Schleimspur.

Von hier bis Boston. Mindestens. Hoffentlich rutscht er nicht darauf aus und …

»Danke für das Kompliment. Ich betreibe seit ein paar Jahren einen kleinen Laden für Whiskeys und Geschenkartikel. Wenn Sie wieder einmal in der Stadt sind, können Sie gerne vorbeikommen.«

»Danke. Das ist nett. Ich denke allerdings nicht, dass ich so schnell wieder hier sein werde. Aber ich möchte gerne Whiskeys bestellen. Sagen wir, ein Paket pro Monat? Ich habe viele Geschäftspartner und Ihre Idee mit den Tastings finde ich einfach grandios. Wenn Sie zufällig in der Nähe von Seattle sind, würde ich mich sehr freuen … «

Seine Augen blitzen vergnügt. Wenigstens legt er mehr Charme als Jonathan Borchert an den Tag. Auf einer Skala von eins bis zehn liegt er damit immerhin schon bei einer guten siebeneinhalb. Vielleicht sogar bei einer acht.

»Ich hätte so gerne einen eigenen Whiskey. Kennen Sie zufällig eine Destillerie, die so etwas anbietet?«

Regina zuckt mit den Schultern und lächelt höflich. Ich sehe die Rädchen, die in ihrem Kopf arbeiten, förmlich vor mir.

»Ich bin mir nicht sicher. Aber ich kann mich schlau machen, wenn Sie wollen.«

»Oh ja. Das wäre sehr schön. Außerdem brauche ich jemanden, der mich berät. Ich möchte … « So in diesem Stil geht es weiter. Er präsentiert seine Ideen und in allen spielt Regina eine wichtige Rolle. Stolz überflutet mich.

Meine süße Regina mausert sich tatsächlich zu einer Geschäftsfrau, die trotz vorgerückter Stunde knallhart verhandelt. Mit etwas Abstand beobachte ich die Interaktion. Herr McInnes und Regina scheinen sich in gewissen Charaktereigenschaften ähnlich zu sein. Wie sie, redet auch er mit Händen und Füßen. Wie praktisch, dass vor der Scheune eine Feuerschale mit einem kleinen Lagerfeuer steht. So kann ich auch seine Gesichtszüge in aller Ruhe betrachten. Um seine Augen bilden sich tiefe Fältchen. Wie alt er wohl ist? So auf Anfang bis Mitte fünfzig würde ich ihn schon schätzen.

»Ich müsste dann wieder rein gehen und mich um meine anderen Gäste kümmern.« Jonathan Borcherts Stimme klingt so leise, dass ich ihn verwundert anschaue. Wenn mich nicht alles täuscht, schwimmen seine Felle für eine Expansion auf dem amerikanischen Markt in einem reißenden Fluss davon, während meine Regina … Ein Grinsen huscht über meine Lippen.

»Gehen Sie ruhig, Mr. Borchert. Ich bringe die Damen noch zum Auto und werde mich dann auch verabschieden. Vielen Dank für den schönen Abend.« Die Worte von Arthur McInnes klingen nicht nach »Klar, lassen Sie uns Geschäfte machen.«. Eher ausweichend und zurückhaltend. Wer weiß, vielleicht ist Jonathan Borchert ihm ja genauso angenehm wie mir. Es würde mich nicht wundern.

»Wir bleiben in Kontakt?« Die Stimme des Veranstalters wird so leise, dass er langsam beginnt, mir leid zu tun. Er strampelt sich ab, aber irgendwie verläuft sein Plan ins Leere. Ich weiß nicht, wer dieser Arthur McInnes ist und was er macht, aber er scheint viel Geld zu haben, so wie Jonathan Borchert herumeiert, sich verbiegt und verrenkt, um ihm alles recht zu machen.

»Können wir machen. Meine Nummer haben Sie ja.« Mit diesen Worten wendet der Amerikaner sich wieder Regina und mir zu. Jonathan Borchert ist abgemeldet. Yeah. Wie cool ist dieser Typ denn bitte? Er lässt sich nicht mit schönen Worten einlullen. Für ihn zählen die Fakten. Und die sprechen augenscheinlich weit mehr für Regina als für den Veranstalter des Tastings.

»Ein seltsamer Mensch, dieser Jonathan Borchert. Finden Sie nicht auch? Ich kann ihn nicht richtig einschätzen.« Oh ja. Und wie ich finde. Mein Kopf fährt heftig auf und ab.

»Also die Idee mit seiner Firma finde ich schon ziemlich interessant.«, antwortet Regina zurückhaltend. »Er zeigt doch damit, dass er sich seiner Verantwortung bewusst ist.«

»Ich weiß nicht. Was macht er, wenn die Geschäfte nicht mehr so laufen? Dann muss er Leute entlassen, oder Gehälter kürzen. Chef sein bedeutet auch, unliebsame Entscheidungen zu treffen. Wie soll das gehen, wenn jeder die gleichen Rechte und Pflichten hat? Er ist bestimmt ein guter Mann. Aber als Chef braucht man mehr als das. Wir werden sehen. Ich werde ihn auf jeden Fall beobachten. Vielleicht landet er wirklich einen Treffer. Wer kann schon wissen, wie sich der Markt der Zukunft entwickelt?«

Normalerweise interessiere ich mich nicht besonders für wirtschaftliche Fragen. Mein Spezialgebiet ist eher die Wissenschaft. Aber dieser Arthur McInnes hat etwas, was mich neugierig macht. Ich muss mich unbedingt schlau machen über ihn. Und über Jonathan Borchert.

»Danke für den schönen Abend. Kommen Sie gut nach Hause.«

Er reicht uns die Hand und übergibt Regina eine Visitenkarte. »Und vergessen Sie nicht, sollten Sie zufällig in Seattle sein, lassen Sie es mich wissen. Ich freue mich jetzt schon darauf, mit Ihnen Geschäfte zu machen.«

9. Kapitel – Regina

Das heiße Wasser spült das Duschgel über meinen Körper. Ich seufze zufrieden und lächle still vor mich hin.

Ein ereignisreicher Tag liegt hinter mir. Ein sehr besonderer Tag. Tiefe Dankbarkeit zieht in mein Herz. Selbst wenn das Wasser eiskalt wäre, würde ich die Wärme, die sich in mir ausbreitet, fühlen können.

Karin und ich haben Hand in Hand zusammengearbeitet, fast so, als hätten wir nie etwas anderes getan. Dabei war es unser erstes Mal. Meine Gedanken driften ab. Sie sah so sexy aus, in ihrem Outfit. Nach dem ersten Whiskey-Gang wirkte sie noch ziemlich fit und schenkte mir ihr Sieger-Lächeln, was sich aber schon nach der Hälfte des zweiten Ganges änderte. Fünfhundert Gläser musste sie allein füllen, weil ich von den Whiskey-Neuentdeckern im Raum vollständig in Beschlag genommen wurde.

Als ich in den Nebenraum kam, hetzte sie, mit einer Flasche in jeder Hand von Glas zu Glas. Ihre Haare waren vom Schweiß an den Spitzen bereits ziemlich feucht. Nicht gut für meine überschäumende Phantasie. Ich weiß nicht mehr, was ich den Leuten im großen Saal erzählt habe, was ich gedacht habe, als ich sie sah, weiß ich dafür noch ganz genau. Danach hatte ich Mühe, mich auf meine Aufgabe zu konzentrieren. Immer wieder driftete ich ab. Ich wette sogar, dass ich das eine oder andere Mal rot anlief.

Karin. Ich weiß nicht, wie ich die zwanzig Jahre ohne sie ausgehalten habe. Jetzt, wo ich erleben darf, wie sich glücklich sein anfühlt, möchte ich nichts anderes mehr haben. Seit ich mit ihr zusammen bin, entwickelt sich alles in meinem Leben in eine positive Richtung.

In Jonathan Borchert habe ich einen neuen Geschäftspartner gefunden, der dazu beiträgt, dass ich mir um meine Finanzen keine Sorgen mehr machen muss. Und wer weiß, vielleicht hat das Event heute Abend sogar eine Tür in einen neuen Markt geöffnet. Anders als er es sich vorgestellt hat. Für mich aber umso besser.

Irgendjemand muss es gut mit mir meinen. Es vergeht kein Tag mehr, an dem ich mich nicht mindestens zehnmal dabei erwische, dass ich von einem Ohr zum anderen grinsend durch meinen Laden laufe und mein Glück doch noch nicht richtig begreifen kann.

Und jetzt liegt diese wunderschöne Frau in meinem Bett und wartet auf mich. Allein die Vorstellung, wie sie sich räkelt und zufrieden vor sich hin brummt, lässt das Blut in meinen Adern pulsieren. Hätte mir vor ein paar Monaten jemand erzählt, dass ich andauernd scharf sein könnte, hätte ich ihn ausgelacht. Und zwar so richtig. Es ist nicht so, dass mir Sex nichts bedeutet hätte, oder dass ich mich nicht gerne selbst erkundet hätte. Aber das, was ich jetzt mit Karin erlebe, ist so neu und aufregend für mich, dass es Tage gibt, an denen ich an nichts anderes mehr denken kann. Karin nackt. Karin auf mir. Karin unter mir. Karin.

Schnell alles abspülen und dann … Ich springe aus der Dusche, trockne mich flüchtig ab und sprinte förmlich ins Schlafzimmer.

Abrupt bleibe ich stehen. Meine Gesichtszüge entgleiten. Das kann doch jetzt nicht … Oh doch, es kann. Karin schläft. Tief und fest. Eingerollt in beide Zudecken. Splitternackt trete ich neben das Bett. Sie schaut so zufrieden aus. So entspannt. Sie seufzt sogar leise.

Ihre Haut duftet nach Whiskey und Schweiß. Ich liebe es, wenn ihr Körper diesen leichten Schweißgeruch verströmt – nicht diesen unangenehmen, sondern den, der nach Sport, Sex und Hingabe riecht. Ich hole tief Luft und sauge den vertrauten Duft tief in mich ein.

Meine Hand streicht über ihre nackte Schulter. Wie gerne würde ich sie jetzt spüren. Aber wenn ich eines in den letzten Monaten gelernt habe, dann, dass es keine gute Idee ist eine schlafende Karin zu wecken. In solchen Momenten steht sie so neben sich, dass sie nur ein paar zusammenhanglose Worte von sich gibt, sich umdreht und weiterschläft. Dann muss ich mich wohl geschlagen geben.

Aufgeschoben ist nicht aufgehoben. Sophie und Lucas kommen frühestens morgen Nachmittag zurück. Zeit genug. Mehr als genug.

Zarte Hände gleiten über meinen Körper. Im Hintergrund rollen sich Wellen sanft im weichen Sand aus. Sie bilden kleine Schaumkronen. Die Sonne brennt heiß auf meiner Haut. Karin neigt sich über mich.

Ich schrecke hoch. Keine Palmen, keine Wellen. Auch kein Sand und keine Schaumkronen. Karins Gesicht über meinem. Ihre Augen leuchten. Kann es einen besseren Start in den Tag geben?

»Wo waren wir gestern stehen geblieben? Bevor ich eingeschlafen bin?«, fragt sie verschmitzt grinsend und schwingt sich über mich. Ihr Gewicht drückt mich in die Matratze. Sie umschlingt mich mit beiden Armen. Ich seufze und brumme zufrieden.

Wann kommen die Kinder?«, fragt sie später. Was weiß ich? Vielleicht in drei Stunden, vielleicht auch schon in zehn Minuten. Ich habe jegliches Zeitgefühl verloren. Erwartet sie jetzt wirklich, dass ich *darüber* nachdenke?

»Irgendwann am Nachmittag.«

»Gut. Das reicht.«

»Reicht wofür?« Wie so oft kapiere ich überhaupt nichts. Manchmal gibt Karin aber auch kryptisches Zeug von sich. Da kann doch kein Mensch folgen. Vor allem nicht *danach…*

»Wir müssen reden.« Ich reiße meine Augen weit auf. Was soll das denn nun wieder? Vor ein paar Minuten haben wir uns noch gegenseitig über höchste Klippen getragen und jetzt will sie reden? Halt! Stopp! Noch mal von vorne bitte. Was habe ich nicht mitbekommen?

»Heeey, ganz ruhig. Ist doch alles gut. Ich … Mist. Lass mich noch mal von vorne anfangen, bitte.«

Ich nicke zaghaft, wage aber nicht, Karin anzuschauen. Der Schock sitzt wie ein Stachel fest in mir. Bohrt sich durch den Brustkorb ins Herz. Ich weiß selbst nicht, warum ich so unsicher bin. Liegt wahrscheinlich wirklich daran, dass sie den Anfang etwas unglücklich gewählt hat. Gespräche, die mit »Schatz, wir müssen reden.« beginnen, sind bekanntlich nie besonders gut. Und meistens weint am Schluss mindestens einer. Obwohl sich ein zaghaftes Lächeln in mein Gesicht mogelt, bleibt das grummelige Gefühl in meinem Bauch.

»Noch mal von vorne. Regina, ich möchte gerne mit Dir reden. Wir müssen etwas ändern.«

Und das soll jetzt besser gewesen sein, Frau Doktor Wagner? Karin schaut mich an. Ich rolle mit den Augen.

»War auch nicht besser, oder?«

»Nicht wirklich. Was willst Du mir sagen?«

»Habe ich es doch gewusst. In Gefühlsdingen bin ich ein absoluter Volltrottel.«

»Möglich.« Nun schleicht sich ein fieses Grinsen in mein Gesicht. Ich habe zwar keine Ahnung, worüber Karin hinaus will, aber dieses süße winden und Hände verknoten liebe ich.

»Dann versuche ich es einfach noch einmal. Irgendein schlauer Mensch hat ja mal gesagt, dass aller guten Dinge drei sind. Eigentlich wollte ich Dich fragen, ob Du vielleicht Lust hast … Naja, ob wir … Du, die Kinder … ich … « Sie stockt und schaut mich hilfesuchend an.

»Sag doch einfach, was Du denkst.«

»Einfach!«, schnaubt sie und rümpft die Nase. »Wenn es so einfach wäre, würde ich mich bestimmt nicht so anstellen.« Sie steht neben dem Bett und tänzelt von einem Bein auf das andere – und ich habe Mühe, ernst zu bleiben. Mittlerweile ahne ich, dass am Ende dieses Gesprächs niemand weint. Jedenfalls nicht aus Traurigkeit. Ich weiß, dass ich gemein bin, aber es bereitet mir einen Heidenspaß, ihr dabei zuzusehen, wie sie sich abmüht. Lautes Lachen gluckst in meinem Bauch. Wie sie vor mir auf und ab läuft und mit den Armen durch die Luft rudert. Und das im Evakostüm. Wie kann ich da ernst bleiben?

Strahlendes Lächeln huscht über ihr Gesicht. Sie dreht sich um, verlässt das Schlafzimmer. Und ich hocke alleine da und warte ab, was als nächstes passiert. Schlüssel klappern. Sie baut sich vor mir auf – immer noch nackt – und wackelt mit dem Schlüsselbund, der an ihrem Schlüsselband baumelt.

»Aha. Und was soll das jetzt?« Hach, ich wusste gar nicht, dass es so viel Spaß macht, sich dumm zu stellen.

»Ich wollte … Ich meine halt … Ach man … Nochmal … Also, im Moment wohnen wir mehr oder weniger in zwei Häusern. Von mir sind ein paar Sachen bei Euch und Eure Sachen sind teilweise bei mir. Ich möchte das gerne ändern. Deswegen wollte ich Dich fragen … ob wir … zusammenziehen wollen.«

Karin hält sich die Brust und schnauft. Sie atmet abgehackt. Ihr Blick ruht auf mir. Sie ist immer noch nackt. Mein Herz tanzt aufgeregt in meiner Brust. Ich könnte sie jetzt sofort an mich ziehen und küssen. Genau danach wäre mir jetzt. Mein Blick fährt über ihren nackten Körper. Sie muss irgendeinen Knopf gedrückt habe. Ich könnte andauernd …

»Was sagst Du dazu?«

»Du machst mich zur glücklichsten Frau der Welt.«

»Heißt das ja?«

»Ja.«, antworte ich mit Tränen in den Augen. Karin hechtet zum Bett, schmeißt sich auf mich und umarmt mich so fest, dass ich fast keine Luft mehr bekomme. Ich küsse ihre Lippen. Ihre Wangen. Sie schmecken salzig. Dicke Tränen kullern über Karins Wangen.

»Ist Dir eigentlich klar, dass ich seit mehr als zwanzig Jahren auf diesen Moment gewartet habe?«, wispert sie und schmiegt sich in meine Arme.

Wenn jemand eine Idee hat, wie ich die Zeit anhalten könnte, dann her damit.

Hallo Mama!« Sophies Stimme donnert durchs Haus. Karin und ich fahren auseinander. Hektisch reibe ich mit der Hand über meinen Mund und robbe im Bett hoch. Karin hält sich den Bauch. Nicht gut, wenn man die Zeit komplett aus dem Auge verliert.

»Mama? Bist Du da?«

»Ja. Ich bin hier.«, krächze ich mit brüchiger Stimme. Gott sei Dank haben wir die Absprache, dass die Kinder sich bemerkbar machen, sobald sie das Haus betreten, getroffen. Nicht auszudenken, wenn sie die Tür aufgerissen hätte, während ich noch zwischen Karins Beinen lag, meine Zunge tief in ihrem Schoß verborgen. Nein. Kopfkino aus. Ich will es mir nicht vorstellen.

»Warte einen Moment. Ich komme gleich.«, rufe ich und rolle mich, Karins Grinsen im Rücken, mit geräuschvollem Ächzen aus dem Bett. Ich rolle mit den Augen. Hätte mein Töchterchen nicht noch zehn Minuten warten können?

Oder zehn Stunden? Alles wäre besser gewesen, als jetzt aus dem Paradies auftauchen zu müssen.

10. Kapitel – Karin

Ich kann mir ein Lachen kaum verbeißen. Es geht einfach nicht. Viel zu intensiv und laut gurgelt es in meiner Brust.

Regina rennt wie ein aufgescheuchtes Huhn durch ihr Schlafzimmer, zerrt Kleidungsstücke aus dem Schrank. In hohem Bogen schmeißt sie die Hosen, T-Shirts und Socken neben mir auf das Bett. Ihre Wangen sind gerötet. Sie fächelt sich Luft zu. Und ich? Was soll ich machen? Ich war kurz davor. Und dann musste Sophie alles zerstören. Sie hätte sich gern noch etwas Zeit lassen können. Lautes Grunzen mischt sich in mein Lachen. Regina hält inne, dreht sich um und starrt mich mit ihren großen, dunklen Augen an.

»Was war denn jetzt bitte das?«

»Ich war so kurz davor.«, brumme ich. Mir steht der Schweiß auf der Stirn. Kurz davor mag ich nicht. Es hätte so schön sein können. Aber nein. Wie gern würde ich jetzt einfach nach Reginas Arm greifen und sie zu mir ins Bett zerren, aber so offen und frei, wie sie ist, wenn wir alleine sind, so zurückhaltend ist sie, wenn ihre Kinder in der

Nähe sind. Da hilft alles Jammern nichts. Deshalb schlucke ich es hinunter und schaue sie nur mit flehendem Augenaufschlag an.

»Später?«, flüstere ich.

»Mal schauen.«, antwortet sie ausweichend. Reginas Haus ist nicht besonders groß. Die Zimmer der Kinder liegen direkt neben ihrem Schlafzimmer. Außerdem ist vor allem Sophie in einem ungünstigen Alter. Sie bekommt viel mehr mit, als uns lieb ist. Noch so ein Grund, warum Regina sich zurückhält, sobald die Kinder in der Nähe sind.

Mein Haus ist größer. Außerdem hat es einen noch nicht ausgebauten Dachboden, aus dem wir eine große Wohnoase für uns machen können. Weit weg von den Kindern, die ihre Zimmer im ersten Stock beziehen würden. Ungeheuer praktisch, so ein großes Haus. Leider ist das noch Zukunftsmusik. Ich seufze unterdrückt.

»Willst Du hier noch weiter rumliegen, oder machst Du Dich jetzt auch langsam fertig?«, brummelt Regina. Ich suche ihre Augen, aber sie weicht mir aus.

»Nicht.«, flüstert sie. »Die Kinder.«

»Sophie und Lucas wissen, dass nicht der Storch die kleinen Kinder bringt. Oder glaubst Du, Sophie und Laurin halten nur Händchen?«

»Hör auf. Ich will es mir nicht einmal vorstellen.« Jetzt klingt ihre Stimme ärgerlich. Sie dreht sich um, baut sich vor dem Bett auf und stemmt ihre Hände in die Seiten.

Ihre Augen funkeln. Wäre sie jetzt angezogen, hätte die Situation durchaus etwas ernstes. So aber eher eine gewisse Situationskomik, der ich mich nur schwer entziehen kann.

»Mama!«, ruft Sophie wieder. »Bist Du im Schlafzimmer?«

»Ja! Ich ziehe mich nur kurz an.«, ruft Regina zurück und wendet sich von mir ab.

»Steh auf und zieh Dich an.« Dieser Nachdruck in ihrem Ton. Normalerweise wendet sie den sonst nur bei ihren Kindern an, wenn sie demonstrieren will, dass jeder Widerspruch zwecklos ist und bestenfalls in eine Katastrophe mündet.

Na gut. Stehe ich eben auch auf. Langsam schiebe ich erst ein Bein aus dem Bett und dann das andere. Der Fliesenboden ist so kalt, dass ich erschrocken zusammenzucke.

»Karin, beeil Dich. Bitte.« Das Flehen in Reginas Stimme ist nicht zu überhören. Wie hat Judith gesagt? Regina braucht eine Frau und kein drittes Kind. Vielleicht sollte ich mich daran ab und zu erinnern. Jetzt zum Beispiel. Ich seufze und springe aus dem Bett. Wortlos drückt Regina mir ein paar Kleidungsstücke in die Hand.

»Ich mache schon mal Kaffee.« Sie haucht mir einen sanften Kuss auf die Lippen und verschwindet aus dem Schlafzimmer. Bilde ich es mir nur ein, oder lag tatsächlich eine unausgesprochene Entschuldigung in ihrem Blick? Und vor allem Bedauern?

Als ich fünf Minuten später in der Küche auftauche, sitzen Sophie, Lucas und Regina am Esstisch und schauen mich mit erwartungsvollen Augen an. Was habe ich nun wieder verpasst?

»Mama hat gesagt, dass Du mit uns reden willst.«, hilft mir Lucas auf die Sprünge. Ach ja? Hat sie das?

»Also … wir wollten Euch fragen, was Ihr davon haltet… « Meine Stimme klingt belegt. Bestimmt ist eine Erkältung im Anmarsch. Heiße Zitrone wäre gut.

»Karin? Bist Du krank?« Sophie schaut mich mit sorgenvollem Ausdruck in den Augen an.

»Sie ist nicht krank. Ihre Stimme ist immer so, wenn sie nach den richtigen Worten sucht. Also, Karin, was wolltest Du mit uns besprechen?« Dieses unschuldige Lächeln. Ich könnte sie …

»Wir wollten Euch fragen, was Ihr davon haltet, wenn wir alle zusammen in mein Haus ziehen.« So, jetzt ist es raus. Gespannt warte ich auf die Reaktionen der Kinder. Lucas scharrt verlegen mit den Füßen über den Boden. Sophie grinst.

»Na endlich. Wir dachten schon, dass Ihr nie auf die Idee kommt. Wann geht's los?« Wenn es nach mir ginge, sofort. Allerdings weiß ich, dass wir vorher noch einiges an meinem Haus verändern müssen, damit es für eine Familie geeignet ist.

»Wenn wir alle zusammen helfen, in zwei bis drei Monaten.«

»Okay. Was müssen wir tun?« Sophies Stimme klingt aufgeregt. Ihre Augen leuchten.

»Der Baumarkt hat noch offen. Wir können Farbe holen und … «, brummt Lucas mit starrem Gesichtsausdruck. Er gehört zu den Menschen, die sich still freuen. Ich kann mich nicht erinnern, wie oft er in den letzten Monaten gesagt hat, dass er das Haus, in dem seine Familie wohnt, nicht mag. Es ist ihm zu eng. Und vor allem zu dunkel. Lucas liebt Licht. Ich brauche nicht viel Phantasie, um mir auszumalen, welches Zimmer er sich in seinem neuen Zuhause aussuchen wird. Mein ehemaliges Schlafzimmer.

»Ich muss Laurin schreiben. Bestimmt hilft er auch mit. Oh, ich freue mich so. Die beste Idee des Tages.« Sophie springt auf und landet mit einem Satz in meinen Armen. »Danke, Karin.«, flüstert sie so in mein Ohr, dass mir ihre Stimme wie schreien vorkommt. Meine Hand streicht über ihren Kopf.

»Was haltet Ihr davon, wenn Ihr ein paar Sachen einpackt und wir zu mir fahren? Dann können wir schauen, was wir alles brauchen und vielleicht schaffen wir es wirklich, kurz im Baumarkt vorbeizufahren.«

Mehr muss ich nicht sagen. Lucas springt so schnell von seinem Stuhl auf, dass dieser umfällt.

»Heute noch?«, fragt Regina mit kieksender Stimme.

»Na klar. Je früher desto besser.« Ich trete hinter sie und lege meine Arme um ihren Oberkörper. Ihr Kopf fühlt sich warm an. Ihre Wangen glühen vor Aufregung und Vorfreude.

Eine Stunde später turne ich mit dem Zollstock bewaffnet durch das Dachgeschoss meines Hauses. Wenigstens muss ich mir keine Gedanken um eine Treppe machen. Der Vorbesitzer hatte anscheinend vor, den Dachboden auszubauen und hat eine feste Treppe installiert. Sogar an die Installationen für ein weiteres Bad hat er gedacht. So müssen wir nur noch isolieren und das offene Dach mit Holz ausbauen. Trittschutz und Kork als Bodenbelag, die Wände verputzen und streichen. Fertig. Ein Kinderspiel. Mit Unterstützung einiger Handwerker sollte der Ausbau nicht länger als zwei Monate dauern.

Meine Vorfreude steigt von Minute zu Minute, während Regina durch den Bodenraum läuft und ihre Ideen auf die Reise schickt.

»Und hier kommt das Bett hin. Und hier ein großes Fenster. Was hältst Du davon, wenn wir einen Teil des

Daches mit Glas ersetzen? Dann könnten wir vom Bett aus in die Sterne schauen.«

»Und der Mann im Mond zündet sich seine Zigarette danach an. Nicht schlecht. Gar nicht schlecht, wenn Du mich fragst.«

»Ja, genau. Ich stelle mir das so schön vor. Bitte, Karin.« Sie legt ihre Arme um meinen Hals und zieht mich an sich. Ihr Blick ist fast so verträumt wie der eines Kindes, wenn es sich etwas besonderes vorstellt, das es unbedingt haben will. Ihre Lippen pressen sich auf meine. Heißer Atem streift meine Wange. Fahrig streichen meine Hände über ihren Rücken.

»Was hältst Du von einer Spielwiese?«, hauche ich mit brüchiger Stimme. Die Ader an meinem Hals pulsiert.

»Eine Art Familienbett nur für uns zwei?« Mein Kopf fährt heftig auf und ab. Oh ja. Genau so habe ich es mir vorgestellt. Jede Menge Platz zum austoben. Regina lehnt sich an mich und raunt »Ich freue mich jetzt schon.«.

11. Kapitel – Regina

Der Moment, wenn Du feststellst, dass Du am Ende Deiner Kraft bist und trotzdem noch mindestens zwanzig – wenn nicht sogar noch mehr – Kisten darauf warten, dass Du sie aus dem Umzugswagen ins neue Haus schleppst. Diesen Punkt habe ich vor gefühlten zehn Stunden erreicht. Ich pfeife aus dem letzten Loch.

Beinahe kommt es mir so vor, als würden die Kisten mich hämisch angrinsen. So ein richtig dämliches Glotzen. Ich lasse mich auf die Ladefläche des Umzugswagens fallen und streiche mit der Hand über meine Stirn. Sie ist nass. Tropfnass, genau genommen. Ich hatte ja keine Ahnung, wie viele Schweißdrüsen ein Erwachsener haben kann. Was für ein erhebendes Gefühl, wenn sich alle verbünden und ihre Waffen ausfahren. Sollten wir jemals wieder umziehen, werden wir lieber mehr Geld bezahlen und den Umzugswagen einen – oder noch besser zehn Tage – länger behalten. Das hält doch kein Schwein aus.

Ich schließe Wetten mit mir selbst ab, wie lange es wohl dauern wird, bis ich nach dem Umzug wieder gerade und einigermaßen schmerzfrei laufen kann.

So viel zu Karins Idee, heute Nacht unser neues Schlafzimmer ausgiebig einzuweihen. Vorher brauche ich einen Saunagang, eine ausführliche Massage, jemanden, der mir gut zuredet – und neue Bandscheiben.

Ich bin keine zwanzig mehr, falls das jemanden interessiert. Hart auf die vierzig gehe ich zu. Umzüge sind etwas für junge Leute, die an den Stellen Muskeln haben, an denen sich bei mir in den letzten Jahren vermehrt Wackelpudding angesetzt hat. Ja, auch am Bauch.

Ich streike. Bleibe einfach sitzen und stehe nicht mehr auf. Sollen die Kisten doch schauen, wie sie ins Haus kommen und sich ausräumen. Ein Roboter wäre nicht schlecht. Wird Zeit, dass jedem Haushalt so ein Exemplar zur Verfügung steht. Nie wieder Kisten schleppen. Nie wieder Fenster putzen. Und nie wieder bügeln. Ein schiefes Grinsen schummelt sich in mein Gesicht. Roboter. Für Haushalte wie unseren Zukunftsmusik, von der wohl bestenfalls meine Urenkel profitieren.

Was einem nicht alles einfällt, wenn man keine Lust mehr auf viel zu viele und vor allem viel zu schwere Kisten hat.

»Na, schon fertig?« Erbost ziehe ich eine Schnute. Karin ist noch viel zu fit. Und viel zu gut gelaunt. Ihr Lachen verfehlt sein Ziel um mindestens vier Meilen. Oder vier

Galaxien? Mindestens. Unfassbar, wie gut sie immer noch drauf ist.

»Fertig trifft es ziemlich gut.«, jammere ich. Fertig mit den Nerven. Fertig mit den Muskeln. Fertig mit den Kartons. Ich habe fertig.

»Wetten, dass ich dafür sorgen kann, dass Du nicht einmal mehr weißt, wie man *fertig* überhaupt schreibt?«, raunt sie und leckt sich anzüglich über die Lippen. Ja. Neee. Ist klar. Ich schüttle den Kopf.

Natürlich freue ich mich, ab heute mit ihr zusammenleben zu dürfen. Wenn die ganzen Kisten – und vor allem ihr Inhalt – nicht wären, würde ich mich noch mehr freuen. Dann würde ich mit einem Grinsen durch die Gegend rennen, das von hier bis Timbuktu reicht. So ziehe ich den Kopf ein und massiere meine Schultern. Verzweifeltes Ächzen huscht über meine Lippen. Ich werfe die Arme in die Luft.

»Das ist doch alles Mist hier.«, schimpfe ich.

»Komm schon. Ist doch gar nicht mehr so schlimm. Den Großteil haben wir doch schon geschafft.« Jetzt legt sie auch noch dieses unverschämt süße Lächeln auf, mit dem sie selbst höchste Mauern in mir einreißen kann. Irgendwie gemein. Damit erstickt sie – wie so oft – jeden weiteren Kommentar im Keim. Meine hilflosen Muskeln geben auf. Ich sinke zurück, was sie offensichtlich fast richtig interpretiert.

Sie beugt sich über mich, haucht einen Kuss auf meine Lippen und streicht eine Strähne aus meiner Stirn.

»Die paar Kisten schaffen wir auch noch.« Sie schiebt sich auf ihre Füße zurück und reicht mir die Hand. »Im Haus schaut es nicht so schlimm aus, wie Du denkst. Judith und Klaus räumen Deine Küchensachen in die Schränke und die Kids sind schon in ihren Zimmern zugange. Alles halb so schlimm. Du kannst mir glauben.«

Meine Mundwinkel schieben sich für ein vorsichtiges Lächeln Richtung Norden. Ich kann mich noch gut an meinen ersten Besuch in Karins Haus erinnern. Eine wunderschöne, große und gemütliche Küche. Auf der großen Arbeitsfläche stand nichts. Nur die Mikrowelle und ihre Kaffeemaschine, natürlich mit Mahlwerk und vom allerfeinsten. Ein edles Teil mit Milchaufschäumer an der Seite, mit dem man im Handumdrehen herrlich leckeren Kaffee mit Milchschaum zaubern kann. Außerdem hat sie so einen coolen amerikanischen Kühlschrank. So einen, wie ich ihn mir immer gewünscht habe. Allerdings war der genauso leer wie der Rest ihrer Küche. Fast keine Töpfe und Pfannen, nur ein paar Messer, Gabeln und Löffel. Und Dosenfutter in allen möglichen Variationen. Nichts, womit sie meinen Gaumen und mich hinter dem Ofen hätte vor locken können.

Ich weiß noch, wie geschockt ich damals war. Heute bin ich genau darüber erleichtert. Können doch so meine ganzen lieb gewordenen Utensilien in ihren leeren

Schränken einziehen. Ungeheuer praktisch, so eine große Küche ohne Inhalt.

Dass Judith mit ihrem Mann die Küche einräumt, stört mich ausnahmsweise überhaupt nicht. Judith kocht noch viel lieber als ich. Sie weiß, wie sie die Sachen einräumen muss, dass ich sie jederzeit mit wenigen Handgriffen erreiche.

Ich brauche keine besonders ausufernde Phantasie, um mir vorzustellen, wie sie durch die Küche tänzelt und, mit vor Freude leuchtenden Augen, meine Pflanzentöpfchen mit Küchenkräuter auf der Arbeitsfläche unter dem großen Fenster verteilt. Eigentlich hätte ich den Kräutern gerne ein Plätzchen im Garten gegönnt, aber das muss noch warten. Noch ist es zu kalt. Diesen Kulturschock würden sie mir mit ziemlich hoher Wahrscheinlichkeit übelnehmen.

Mühsam schiebe ich mich hoch. Mein Blick fällt auf Karin, die einen Karton mit solcher Leichtigkeit hochhebt, dass man meinen könnte, sie hätte die Gene von Hulk, oder Superman. Karin-Super-Hulk, sozusagen. Es sind tatsächlich nicht mehr viele Kisten übrig. Wie sehr sich mein Blickwinkel doch ändert, sobald Karin bei mir ist. Alles, was vorher noch unüberwindbar und schlimm aussah, verliert plötzlich seine Macht über mich.

Lässig gehe ich auf eine der Kisten zu – natürlich ohne zu schauen, was auf dem Karton steht – und hebe sie an. Ich gehe in die Knie. Vor allem aber ächze und stöhne ich.

Hat hier jemand Steine eingepackt? Unfassbar. Dass die Kiste das Gewicht überhaupt halten kann. Mein Blick fällt auf die Aufschrift. Bücher. Volltreffer. War ja wohl klar. Durch mein Stöhnen und Jammern aufmerksam gemacht, dreht Karin sich um. Ihr Lachen donnert durch den Umzugswagen.

»Diese Kiste habe ich extra noch stehen gelassen. Die ist was für Männer, die denken, sie könnten uns mit ihren Muskeln beeindrucken. Lass ihnen ihren Spaß und nimm die daneben. Die ist nicht so schwer.« Ihr Grinsen ist so unverschämt und breit, dass selbst ein Breitmaulfrosch vor Neid erblassen würde. Sie zwinkert mir zu. Natürlich lasse ich die Kiste nicht stehen. Diese Blöße gebe ich mir nicht. Nicht, wenn sie mir dabei zuschaut.

»Wo sind eigentlich die anderen Bücherkisten?«

»Schon im Haus.« Ich will lieber nicht wissen, wie bescheuert ich aus der Wäsche schaue. Sie hat fünf Bücherkisten ins Haus getragen und schaut aus wie das blühende Leben. Ich hingegen … Nein. Diese Blöße kann ich mir keinesfalls geben. Nicht in diesem Leben. Ich ächze und stöhne. Meine Arme werden immer länger. Noch mehr von diesen Kisten und ich kann mich wie ein Affe von Ast zu Ast schwingen. So lang fühlen sich meine Arme nach nur wenigen Metern an. Karin schüttelt den Kopf, sagt aber nichts. Besser ist das auch.

Manchmal bin ich mir nicht sicher, ob sie schweigt, weil sie weiß, dass ein weiteres Wort das Fass zum überlaufen bringen würde, oder ob sie einfach nichts sagt, weil ihr schlicht das Verständnis für meine – manchmal – etwas verworrenen Gedanken fehlt.

Gefühlte zehn Meter längere Arme später lasse ich mich in einen der gemütlichen Lounge-Sessel, die um den großen Esstisch in Karins Küche verteilt sind, fallen. Ein Lächeln huscht über mein Gesicht. Seit heute nicht mehr nur Karins, sondern auch meine Küche. Jetzt, mit all den Töpfchen und den bunten Kaffeebechern in dem offenen Regal, schaut sie auch gar nicht mehr so fremd aus. Nur viel größer als meine alte Küche und viel gemütlicher. Echtholz mit heller Farbe lasiert, rustikale Griffe, die an mittelalterliche Schlösser und Burgen erinnern, der große Gasherd, der große Esstisch, die gemütlichen Lounge-Sessel – ein Ort zum wohlfühlen. Und austoben. Nach Herzenslust.

Darauf freue ich mich schon. Ich werde Karin so verwöhnen, dass die Erinnerung an Dosenfutter und Fastfood ausreicht, um unangenehme Gänsehaut über ihren Rücken zu jagen. Genau das werde ich tun. Nur heute nicht mehr. Für heute ist es mir egal, ob das Abendessen vom Fastfood-Restaurant, aus der Dose oder vom Lieferservice um die Ecke kommt. Hauptsache, es ist fertig. Danach noch eine heiße Dusche und dann will ich nur noch schlafen. Und an nichts mehr denken. Vor allem nicht daran, dass in ein paar Monaten ein weiterer Umzug ansteht.

Seit klar ist, dass wir mit Karin zusammenziehen, liegt sie mir damit in den Ohren, auch den Standort meines Ladens in ihre Stadt zu verlegen und obwohl sie eigentlich gar nicht die Zeit dazu hatte, studierte sie die Anzeigen für Ladengeschäfte. Als sie der Meinung war, eine besonders ansprechende Gewerbefläche gefunden zu haben, konnte sie nicht aufhören, mir von deren Vorzügen vorzuschwärmen. Bis ich nachgab und einen Termin mit ihr ausmachte.

Und was soll ich sagen? In drei Monaten zieht mein Laden um. Die neue Geschäftsfläche ist so groß, dass ich mein Sortiment erweitern kann. Auch das Lager ist viel größer als das, das ich jetzt habe. Sehr hilfreich für mein geplantes Internetbusiness. Als besonderer Clou bietet der Laden unter den Geschäftsräumen einen großen Gewölbekeller, der früher als Kneipe gedient hat. Es gibt sogar eine Schankerlaubnis. Wer weiß, was Karin und mir noch alles einfällt.

Doch bis es soweit ist, müssen wir erst *diesen* Umzug überleben, die letzten Kisten auspacken, jedem Gegenstand einen Platz verpassen und uns an das Zusammenleben gewöhnen.

Unser Renovierungs- und Umzugsvorhaben hat sich tatsächlich etwas in die Länge gezogen. Wir hatten in unserer Planung vergessen, die Weihnachtstage und die Tücken eines alten Hauses zu berücksichtigen. So mussten wir Leitungen austauschen lassen, Kabel neu verlegen und noch so viel mehr machen, womit wir nicht gerechnet hatten.

Karin und ich als Innenarchitekten und Bauherren ist ungefähr so, als ob ein Blinder einem Sehenden die Farben erklärt. Es geht einfach nicht. In ein paar Tagen stehen schon die Zwischenzeugnisse an. Erst danach werden Lucas und Sophie in ihre neue Schule wechseln.

Dieser Wechsel bereitet mir doch noch ziemlich Bauchschmerzen, schließlich werden sie die Schule besuchen, auf der Karin unterrichtet. Obwohl Judith und sie immer wieder versuchen, meine Unsicherheit zu zerstreuen, bleibt ein leichtes Grummeln in meinem Bauch. Was. Wäre. Wenn. Diese drei Worte quälen mich immerzu. Was wäre, wenn Sophie doch nicht so begeistert ist und zurück möchte? Was wäre, wenn sie und Laurin sich trennen? Was wäre, wenn Lucas seine alten Schulkameraden doch zu sehr vermisst?

»Na Du? Grübelst Du schon wieder?« Karin tritt hinter mich und legt ihren Arm um meinen Oberkörper. In der freien Hand hält sie einen dampfenden Becher, den sie vor meiner Nase abstellt. Ich ziehe meine Augenbrauen hoch. War ich etwa so sehr in Gedanken, dass ich nicht einmal die Kaffeemaschine gehört habe? Eigentlich ein Kunststück, bei dem mörderischen Lärm, den das

Mahlwerk zu erzeugen in der Lage ist. Vielleicht bin ich auch kurz eingenickt?

»Worüber hast Du denn nachgedacht?«

»So dies und das.«, antworte ich ausweichend und unterdrücke ein Gähnen. Mir ist klar, dass sie wieder tausend Argumente findet, um mir klarzumachen, dass Sophie und Lucas den Schulwechsel locker schaffen werden. Doch ein einziger Grund reicht aus, den Keim, den der Zweifel in mir erzeugt, zum blühen zu bringen.

»Alles wird gut. Ich verspreche es Dir.«

»Wenn Du meinst.«, erwidere ich zurückhaltend. Manchmal beneide ich sie um ihren Optimismus, aber so bin ich nicht. Ich bin nachdenklich und melancholisch, auch, wenn ich mir damit selbst das Leben schwer mache. Ich kann manchmal einfach nicht aus meiner Haut. Dafür ist in meinem Leben schon zu viel passiert.

Ich bezeichne mich als Realistin und denke lieber weniger optimistisch. Umso schöner ist dann die Überraschung, wenn doch alles viel positiver kommt, als ich es mir ausmale. Ganz schön schräg, ich weiß. Anders hätte ich aber die schlechten Zeiten, die das Leben für mich im Gepäck hatte, nicht überlebt. Die Verzweiflung nach Toms Tod zum Beispiel. Oder die ständigen Gängeleien durch seine Eltern. Ich bin so froh, dass sie noch nicht herausgefunden haben, in welcher Beziehung Karin und ich wirklich stehen. Lucas und Sophie haben ihren Weg gefunden, ihren Großeltern einen Bären aufzubinden, den sie bis jetzt bereitwillig schlucken. Und dabei soll es auch bleiben.

Karin drückt sich eng an mich. Ich spüre den Schlag ihres Herzens in meinem Rücken. Er geht ruhig. Überhaupt strahlt sie so viel Ruhe und Ausgeglichenheit aus. Sie ist ein Mensch, mit dem man sich einfach wohlfühlen muss. Wenn sie ihre Arme für mich öffnet, habe ich das Gefühl, angekommen zu sein. Sie ist so stark, so selbstsicher und so hungrig nach Leben.

Wenn sie von etwas überzeugt ist, gibt es kein Argument, das ihre entkräften könnte.

»Lucas und Sophie schaffen das. Mach Dir keine Sorgen. Sie sind coole Kids und werden schnell Anschluss finden. Denk mal dran, wie leicht sie sich bei der Klassenfahrt getan haben. Du musst nicht von Dir auf sie schließen.«

Der Kaffeebecher, auf halbem Weg zu meinen Lippen, bleibt förmlich in der Luft stehen, so sehr erstarre ich in meiner Bewegung. Die Knöchelchen meiner Hände treten weiß hervor. Fast automatisch verkrampfe ich. Ich mag es nicht, wenn sie die Dinge so direkt beim Namen nennt. Die Rädchen in meinem Kopf arbeiten. Verdammt. Sie hat recht. Nur, weil es mir schwerfällt, mich auf neue Situationen und Menschen einzulassen, muss es bei Lucas und Sophie nicht genauso sein. Sie kommen nach Tom und tragen seine Neugierde für Menschen und ihre Geschichten in sich. Gott seis getrommelt und gepfiffen.

Leichter als ich haben sie es mit dieser Fähigkeit auf jeden Fall.

»Wo sind die Kinder eigentlich?«

»Eingeschlafen?« Karins Grinsen ragt von einem Ohr zum anderen. Sie kratzt sich am Kopf. »Sie waren vorhin schon total im Eimer.« Und etwas leiser fragt sie: »Und Du? Bist Du auch im Eimer?« Ist sie ernsthaft an der Wahrheit interessiert? Ich bin nicht nur im Eimer. Ich bin reif für den Sperrmüll. Gerade, dass ich noch in der Lage war, die leeren Essenskartons im Müll verschwinden zu lassen, den Tisch abzuwischen und erschöpft in den Lounge-Sessel zu kippen. Over and out. Viel mehr geht heute auch nicht. Ich bin froh, wenn ich die Stufen ins Schlafzimmer noch bewältigen kann.

Ich zucke mit den Schultern. Sie freut sich so, dass es mir schwerfällt, sie vor den Kopf zu stoßen. Außerdem lächelt sie zuckersüß. Und legt ihre Lippen auf meine. Die Haut in meinem Gesicht kribbelt. Vielleicht bekomme ich es irgendwie geregelt und kann meine letzten Kraftreserven zusammensuchen, dass es wenigstens für einen kurzen Neues-Schlafzimmer-Begrüßungs-Quickie ausreicht.

12. Kapitel – Karin

Meine Knochen knacken. So jung, wie ich mich gestern gegeben habe, bin ich eben doch nicht mehr. Und vor allem bin ich körperliche Arbeit nicht mehr gewöhnt. Vielleicht sollte ich, wenn ich das nächste Mal über meinen Kollegen Herbert lästere, lieber den Mund halten. Ich bin keinen Deut besser als er.

Vorsichtig drehe ich meinen Kopf zur Seite. Neben mir stapeln sich mehrere Decken, unter denen ruhiges Atmen zu hören ist. Eine einzelne dunkle Strähne lugt unter dem Berg hervor. Meine Mundwinkel verziehen sich zu einem Lächeln.

Reginas körperlicher Zustand ging gestern weit über *im Eimer* hinaus. Aber hundert brennende Teelichter, Muskelentspannungsöl, jede Menge Zuwendung und meine Hände haben möglich gemacht, womit ich schon fast nicht mehr gerechnet hätte. Je näher meine Hände ihrem Zentrum kamen, desto mehr seufzte und stöhnte sie. Ein Blick in ihr Gesicht zeigte mir, dass sie nicht nur vor Schmerzen stöhnte und wimmerte. Sie presste ihren nackten Körper an mich und saugte meine Berührungen in sich auf. Ihre Küsse schmeckten nach so viel mehr. Nach einer heißen Nacht ohne Schlaf zum Beispiel.

Mittlerweile spüre ich Erleichterung, dass es bei einem nicht ganz so ausgeprägten Begrüßungs-Quickie blieb. Ich weiß nicht, ob ich noch länger durchgehalten hätte. Was ich weiß ist, dass ich nach ausgiebigerem Sex heute meine Knochen und Muskeln hätte zusammensuchen müssen. Ein Unding, wenn man bedenkt, wie lässig ich mich gestern noch gegeben habe. Als wäre ich eine steirische Eiche, die nichts so leicht umhaut.

Heute sieht die Sache minimal anders aus. Wahrscheinlich würde ein kleiner Luftzug reichen und ich würde an Ort und Stelle umfallen und liegenbleiben – bis jemand kommt und mir wieder aufhilft.

Der Deckenberg neben mir bewegt sich.

»Guten Morgen, mein Sonnenschein.«, brummelt Regina. Ihre Stimme klingt belegt. Sie gähnt herzhaft.

»Schein, Schein.«, murmle ich, wie immer, wenn sie mich *Sonnenschein* nennt.

Mein Herz klopft. Ziemlich schnell für meinen Geschmack. Regina hat schon so oft neben mir geschlafen, aber heute neben ihr aufzuwachen fühlt sich so anders, so besonders an. So *für immer* mäßig. Regina sagt immer, dass ich in mir ruhe. Irgendwie stimmt das auch, aber erst, seitdem sie ihren festen Platz in meinem Leben endlich eingenommen hat.

Vorher hetzte ich durch die Tage, nahm alles mit, was ich bekommen konnte und empfand doch nie diese Zufriedenheit, wie ich sie heute empfinde. Wahrscheinlich bin ich, ohne es zu merken, mir selbst hinterher gerannt. Mein Leben hatte keinen Sinn, ohne sie. Alles, was ich ohne sie erlebt habe, fühlt sich im Nachhinein nicht mehr richtig an. Was auch immer die Zukunft für uns parat hat, wir werden es gemeinsam erleben. Gibt es etwas schöneres? Etwas besseres? Etwas spannenderes, als den Menschen an seiner Seite zu haben, den man länger als sein halbes Leben liebt? Ich glaube nicht.

Der Deckenberg neben mir regt sich und gibt grunzende Geräusche von sich. Ein Lächeln huscht über mein Gesicht. Während ich dünne Decken bevorzuge und am liebsten nackt schlafe, vergräbt Regina sich in der Nacht unter mindestens zwei, manchmal sogar drei, kuscheligen Decken und trägt Kuschelhosen. Sie liebt weichen Stoff auf ihrer Haut. Dann seufzt sie immer zufrieden und gräbt sich noch etwas tiefer ein. Wie ein Igel, der sich in einem Blätterhaufen zurückzieht und wartet, bis die warmen Sonnenstrahlen sich hinter den dunklen Winterwolken hervor wagen.

»Wir haben heute nichts vor, oder?«

»Äh, doch, aber nur ein paar Kleinigkeiten. Einkaufen und kochen. Du hast Judith, Klaus und Laurin für heute Abend zum Essen eingeladen.«

»Ich habe WAS?!?«, schreit der Deckenberg und fällt mit geräuschvollem Flup auf den Boden. Reginas Haare fliegen in alle Richtungen. Mein Herz klopft noch eine Spur schneller. Sie schaut einfach zuckersüß aus. Vor allem jetzt, mit den zusammengekniffenen Augen und der widerspenstigen Haarpracht.

»Schau mich nicht so an. Wenn ich so ausschaue, wie ich mich fühle, kann ich ab heute Nachmittag meinen neuen Job anfangen. Als Vogelscheuche.«, knurrt sie. Je mehr sie sich aufregt, desto mehr kitzelt mein Bauch. Wenn sie so weitermacht, fehlt nicht mehr viel und ich breche an Ort und Stelle zusammen.

Schnell schiebe ich die Hand vor meinen Mund, so dass nur noch leises Grunzen zu hören ist.

»Dir macht das natürlich alles nichts aus. Du bist ja schließlich Karin-Super-Hulk.«, brummt sie.

»Äääh.«

»Pffff.« Sie rollt sich zur Seite und zeigt mir ihren Rücken.

»Habe ich noch irgendwelche anderen Versprechen gegeben, an die ich mich nicht mehr erinnern kann?«, fragt sie. Ihre Stimme klingt belegt.

»Nicht, dass ich wüsste. Obwohl … jetzt, wo Du es sagst… « Sie dreht sich mit einem Schwung zu mir um und funkelt mich an.

»Was habe ich gesagt?«

»Du hast mir endlose Liebe und endloses Glück versprochen. Und Sex. Ganz viel Sex. Jeden Tag mindestens einmal.«

»Ach sooooo. Na dann.«

Ach so, na dann?!? Ich höre ja wohl nicht richtig. Wie kann sie bei so etwas einfach so tun, als wäre ich überhaupt nicht da?

»Hast Du gehört, was ich gesagt habe?«

»Ja, schon. Aber ich dachte, es ist etwas wichtiges.«

Sind endlose Liebe und endloses Glück etwa nicht wichtig? Und was war mit dem Sex? Obwohl meine Knochen knacken und meine Muskeln sich anfühlen, als wären sie nur vorhanden, um mich daran zu erinnern, dass ich langsam alt werde, verspüre ich schon wieder so etwas ähnliches wie Lust. Hallo? Schließlich liegt die Frau, die ich liebe, neben mir. Außerdem habe ich immer noch nicht die zwanzig Jahre, die ich verpasst habe, aufgeholt. Das dauert auch noch. Mindestens weitere zwanzig Jahre. Und selbst dann bin ich erst auf Null. Also nochmal zwanzig Jahre …

Ich habe Stunden gebraucht, um Regina zu überzeugen, das Bett zu verlassen und mit mir den nächstbesten Supermarkt zu überfallen. So mein Plan.

Reginas sah komplett anders aus, wie ich schnell erkennen durfte.

Ganz im Ernst, ich war noch nie in so einem Geschäft. Lauter Bio-Obst, Bio-Gemüse, Bio-Fleisch und Sachen, die Quinoa und Amaranth heißen. Wörter und Namen, die ich noch nie gehört habe und Produkte, deren Verpackung schon so gesund aussieht, dass es mich schon beim lesen der Schildchen schüttelte.

»Ganz schön teuer hier.«, brummelte ich, zeigte auf die Preisschilder und hoffte, dass sie mich nicht durchschaut.

»Du meinst, nach Dosenfutter und Pizzalieferdienst ist der Kulturschock zu groß?«, fragte sie tatsächlich und lächelte scheinheilig. So schnell hätte ich gar nicht damit gerechnet, dass sie mich ertappt.

»Es schadet Dir bestimmt nicht, wenn Du Dich in Zukunft etwas gesünder ernährst.«

Etwas ist gut. Bei dem, was ich auf den Bildern und Packungen sehe, knirschen mir jetzt schon die Körner zwischen den Zähnen, dachte ich und versuchte mich an einem Lächeln. Vielleicht hätten wir uns doch schon früher Gedanken über die zukünftige Ernährung machen sollen? So kam ich mir, wie in einen eiskalten Tümpel geschmissen vor, in dem das Wasser so naturbelassen ist, dass Algen und Schlingpflanzen mich in die Tiefe zerrten. Das konnte ich ihr natürlich nicht sagen. Sie war so begeistert, aber zu meinem Leidwesen kündigte sie an, in Zukunft öfter in diesem Geschäft einkaufen zu wollen.

Körner, Nüsse, Quinoa und was weiß ich noch alles. Und was ist mit meinem Steak? Und meinem Schnitzel? Ich weiß, dass ich mich manchmal benehme, als wäre ich ein verwöhnter Teenager, dem die Welt und alles, was sich darauf befindet, egal wäre. Aber so schnell stellt man sich doch auch nicht um, wenn man mindestens die Hälfte seines Lebens auf schnelle Küche zurückgegriffen hat. Dieses Öko-Futter ist noch wie ein weißer Fleck auf meiner Landkarte und ich muss erst sehen, ob ich mich damit wirklich anfreunden kann.

Die Küche war normalerweise immer der Raum, den ich am wenigsten mochte. Nur kahle Wände und leere Schränke. Seit gestern ist sogar das anders. Die Gewürze und Kräuter, die Regina unserem Abendessen beimischt, lassen mein Herz höher schlagen. Das Gerücht, dass Liebe durch den Magen geht, stimmt schon irgendwie. Vor allem, wenn die Liebe kurze Shorts und ein knappes Oberteil trägt. Regina ist so damit beschäftigt, unsere Einkäufe in ein Abendessen zu verwandeln, bei dem sogar Judith vor Begeisterung kaum an sich halten kann, dass sie mich nicht bemerkt. Ein Hochgenuss für meine Sinne, sie zu beobachten. Der Lautsprecher ihres Handys hämmert karibische Klänge in meine Ohren. Regina wackelt mit dem Po und es kommt mir so vor, als würde sie das Gemüse sogar im Rhythmus der Trommeln schneiden.

Pfeifen kann sie nicht. Unglücklicherweise tut sie es trotzdem. Ein kalter Schauer jagt über meinen Rücken. Das

Quietschen eines Löffels über einen Teller klingt nicht wirklich schlimmer, als die Töne, die sie aus ihren geschwungenen Lippen zaubert.

Ob sich die Macher der Merengue Musik vorstellen können, dass es tatsächlich Menschen gibt, die ihre Songs so vergewaltigen?

Hühnchen und Gemüse landen in einer Pfanne. Es zischt. Regina hört nicht auf zu pfeifen.

»Aaah.«, stöhne ich und kralle mich am Türstock fest. Abrupt dreht Regina sich um und schwingt den Kochlöffel durch die Luft. Die Anspannung lässt ihr Gesicht verzerrt erscheinen. Trotzdem blitzen ihre Augen. Sie kommt auf mich zu. Langsam. Aber mit einem Gesichtsausdruck, der mich das fürchten lehrt.

»Duuu … «, brummt sie drohend. »Wie lange stehst Du schon da?«

»Ähm … «, stottere ich, unsicher, was ich von ihrer plötzlichen Stimmungsveränderung halten soll.

»Das heißt, Du hast alles mitbekommen? Du weißt aber schon, was Dir jetzt droht?« Nein. Weiß ich nicht. Woher auch? Ich kann sie auch nicht einschätzen. Der Kochlöffel, noch immer in ihrer Hand, fährt durch die Luft. Nur noch ein paar Schritte, dann ist sie bei mir. Ihr Gesichtsausdruck ist unverändert. Ich starre sie mit weit aufgerissenen Augen an, lasse sie keine Sekunde unbeobachtet. Meine Beine zittern. Ihre Haltung löst etwas in mir aus, was ich nicht haben will. Ich fühle mich klein und unsicher. So wie damals, als SIE vor mir stand. Mit dem Kochlöffel, oder der Bratpfanne in der Hand. Manchmal war es auch der Gürtel.

»Das droht Dir.«, haucht Regina und legt ihre Arme um meinen Hals. Ihre Lippen legen sich auf meine. »Lebenslang.«, flüstert sie. Mein Herz pocht und hüpft. Unkontrolliert. Ganz sicher bin ich mir nicht, ob ich dieses Gefühl als positiv empfinden soll.

»Bitte mach so etwas nie wieder.«, flehe ich japsend. Meine Stimme klingt dünn, wie ein kleines Rinnsal, das sich durch die Steine in einem Bachbett schlängelt.

»Was ist denn los mit Dir?« Regina rückt von mir ab und schaut mich ernst an. Meine Beine und Arme zittern immer noch. Hat tatsächlich etwas von einem Schlückchen Wasser in der Kurve. Ich möchte etwas sagen, kann aber nicht, weil meine Zähne so hart aufeinander klappen. Mein Körper zittert und bebt. Egal, wie sehr ich mich anstrenge, ich habe die Kontrolle über ihn verloren. Tränen treten in meine Augen. Nicht nur ein paar, sondern richtig viele. Und alle streben gleichzeitig ihr Ziel an. Den Weg nach Süden. Meine Schultern zucken. Ich schluchze. Und ich falle. Tief. So tief wie noch nie in meinem Leben. Und Regina fängt mich auf.

»Sch sch sch … «, flüstert sie und hält mich mit beiden Armen umfangen. Sie drückt mich an sich und streichelt vorsichtig über meinen Rücken.

13. Kapitel – Regina

Mein Herz pocht bis zum Hals. Was ich sehe raubt mir den Atem. Ein Wort nur. Am besten das richtige. Das wäre jetzt was. Aber mir fällt nichts ein. Mein Hirn ist wie leer gefegt. Karin zittert wie Laub an einem Baum, wenn der Sturm über ihn hereinbricht. Meine liebe, süße Karin. Ich will nicht, dass sie so leidet. Was habe ich nur angerichtet? Ich wollte doch nur einen kleinen Scherz machen. In den Allerwertesten könnte ich mir selbst treten. Karin war vorhin noch so guter Dinge und auf einmal ist sie nur noch ein Schatten ihrer selbst. Und alles nur, weil ich blöde Kuh es nicht lassen konnte, mit dem Kochlöffel durch die Luft zu fuchteln.

Irgendetwas schleppt Karin mit sich herum, was ich unabsichtlich an die Oberfläche befördert habe. Meine Hand fährt ziellos über ihren Rücken, während ich immer wieder »Sch sch sch … « murmle und versuche, die Anspannung aus ihr zu streicheln.

»Alles gut, Karin. Hab keine Angst. Ich tue Dir nichts.« Ich überlege fieberhaft, wie ich ihr helfen könnte. Sie aus ihrer Starre holen könnte, nachdem ich sie so taktvoll über die Klippe geschmissen habe. Manchmal bin ich echt ein Rindviech mit Hang zur Dramatik. Aber wer hätte denn ahnen können, dass mein Scherz so nach hinten losgeht?

»Karin. Lass alles raus. Ich bin bei Dir.«, flüstere ich so leise, dass ich meine Worte kaum selbst verstehe. Karin zittert so sehr, dass ich alle Kraft aufwenden muss, damit sie nicht fällt. Sie schluchzt, wie ich noch nie einen Menschen schluchzen gehört habe.

»Mama! Ich wollte mal fragen, ob … « In der, für sie so typischen Art, reißt Sophie die Küchentür auf und poltert herein. Karin versteift sich in meinen Armen. Sie schnieft und japst. Ihre Schultern zucken.

»Jetzt nicht, Sophie. Ich komme nachher zu Dir.«, sage ich harscher als gewollt. Sophie zieht den Kopf ein, starrt auf Karin in meinem Arm und nickt verständnisvoll. Sie weiß, wie es ist, wenn man traurig ist. Und sie weiß auch, dass Störungen die traurige Stimmung nicht unbedingt anheben. Der Tod ihres Vaters vor ein paar Jahren, mein Zusammenbruch und ihr Umzug ins Heim haben sie sensibler und verständnisvoller für die Probleme und Sorgen anderer Menschen werden lassen. Sie nickt mir kurz zu und schließt die Tür hinter sich. Draußen diskutiert sie mit ihrem Bruder, der sich nur schwer davon abhalten lassen will, ebenfalls die Küche zu stürmen.

»Aber ich habe Durst.«, motzt Lucas. Ich rolle mit den Augen und sehe die Tür förmlich aufspringen.

»Trink Leitungswasser!«, pfeift Sophie ihn zurück. Kluges Kind. Geschickter Schachzug.

»Leitungswasser schmeckt scheiße!« Lucas Stimme wird lauter. »Warum darf ich nicht in die Küche?«

»Weil´s so ist, Du Penner!«

»Ich bin kein Penner! Lass mich in die Küche! Niemand gibt Dir das Recht, die Tür zu blockieren!«

»Doch! Ich!«, rufe ich aus der Küche.

»Verdammt!«, höre ich ihn noch schimpfen. So geräuschvoll wie möglich stampft er die Treppe hoch. Die Tür seines Zimmers fällt mit lautem Scheppern ins Schloss. Dann kehrt endlich wieder Stille in unserem Haus ein. Nur Karin weint und schluchzt noch. Offenbar hat sie von den Streitereien meiner Kinder nichts mitbekommen, was vielleicht auch besser ist.

Der Zeiger der Küchenuhr tickt. So laut, dass er sich wie ein Metronom anhört. Tick-tack-tick-tack Wie spät es wohl ist? Wenn ich nicht rechtzeitig mit dem kochen fertig werde, müssen unsere Gäste eben etwas länger warten. Karin ist wichtiger. Ich weiß nicht, wie lange wir so dastehen, mitten in der Küche. Karin an mich gelehnt, meine Arme fest um ihren Oberkörper. Nach und nach verebbt das Schluchzen. Mein Herz fühlt sich so schwer an. Ich hasse es, Leute leiden zu sehen. Wenn es sich dabei um die drei Menschen, die ich mehr als mein eigenes Leben liebe, handelt, hasse ich es noch mehr. Vor allem aber hasse ich das Gefühl, nicht wirklich helfen zu können.

Jedes Wort, dass ich in so einem Moment sage, kann so verdammt falsch sein. Ich warte ab und streichle sie weiter, während mein Herz so laut in meiner Brust pocht, dass ich schon fast erwarte, dass es jeden Moment herausspringt und laut schreiend und mit wehenden Fahnen davonläuft. So ist das mit der Liebe. Zu zweit löst man Probleme, die man allein gar nicht hätte. So wie jetzt. Jetzt lösen wir Karins Problem. Oder versuchen es zumindest.

»Karin. Rede mit mir.« Meine Stimme klingt mehr nach flehen, als nach einer Bitte. Ihr Zusammenbruch berührt mich so sehr, dass ich nicht weiß, was ich denken oder fühlen soll. Karin schluckt hart, als müsste sie einen riesigen Brocken, der sich irgendwo zwischen Schilddrüse und Luftröhre eingenistet hat, hinunterschlucken. Sie nickt vorsichtig.

»Mache ich. Später. Nicht jetzt, bitte. Ich fange sonst gleich wieder an zu heulen.« Ihre Stimme ist so leise, dass ich mich anstrengen muss, sie zu verstehen. Zaghaft hebt sie den Kopf und versucht sich an einem Lächeln, das jedoch zwischen Mundwinkeln und Nase hängen bleibt.

»Es tut mir leid. Wirklich.«, wispert sie und spricht damit das aus, was ich sowieso schon weiß. Es tut ihr leid. Was tut ihr leid? Dass die starke Karin für einen Moment die Kontrolle verloren hat? Dass ich ein Trampel bin und über ihre Gefühle hinweg gewalzt bin, ohne darauf zu achten, was ich damit anrichte?

»Ich weiß doch, dass Du nur einen Scherz machen wolltest, aber … « Der Rest dessen, was sie vielleicht noch sagen wollte, bleibt in der Luft hängen. Sie schnieft und räuspert sich und fährt mit der Hand über ihre Augen. Das sauber aufgelegte Make-up lässt sich nur noch in Ansätzen erahnen. Eine dicke schwarze Spur zieht sich von ihren Augen über beide Wangen. Sie schaut zum fürchten aus.

»Jetzt habe ich Dich vom kochen abgehalten.«, murmelt sie mit belegter Stimme. Ihre Wangen färben sich vom Kinn bis zu den Haarspitzen. Verlegen schaut sie zur Seite.

»Außerdem sehe ich jetzt bestimmt aus wie Quasimodo. Stimmts?«

Ich nicke bestätigend. »Mindestens. Wenn Du duschen gehst, schaust Du aber gleich wieder wie meine Prinzessin aus.« Auf ihren aufgesetzt lockeren Tonfall einzugehen fällt mir nicht schwer. Besser, die dunkle Wolke für die nächsten Stunden zur Seite schieben und dann schauen wir weiter. Zeit zum reden haben wir, sobald unsere Gäste gegangen sind, noch genug.

14. Kapitel – Karin

Ach Du scheiße!« Ich wende mich schnell wieder ab. Spiegel haben die grausame Angewohnheit, einem die Realität, egal wie hart sie ist, gnadenlos vor Augen zu führen. Und meine Realität ist nicht nur hart. Mich als Quasimodo zu beschreiben, die Untertreibung des Tages.

Erstaunlich eigentlich, dass Regina nicht lauthals losgelacht hat, als sie mich gesehen hat. Wahrscheinlich hat sie sich nur nicht getraut. Bestimmt kugelt sie jetzt über den Küchenboden und kann vor lauter Lachen nicht mehr kochen. Ich habe mich blamiert. Aber so richtig. Wie ein kleines Kind strecke ich meinem Spiegelbild die Zunge entgegen, werfe meine Kleidung von mir und drehe das Duschwasser so heiß wie möglich auf. Dichter Dampf hüllt das Bad, das Regina und ich im Dachgeschoss installiert haben, ein. Dicht genug, dass ich mein Spiegelbild nicht länger ertragen muss. Ein Schock reicht für heute. Mehr brauche ich beim besten Willen nicht.

Ich muss mich fangen. So schnell wie möglich. Schließlich bekommen wir in knapp zwei Stunden Besuch.

Die Blöße, wieder zusammenzubrechen, will und werde ich mir nicht geben. Unbewusst gleiten meine Augen über meinen nackten Körper. Kein blauer Fleck. Keine Schwellung. Auch keine offenen Stellen in der Haut. Tiefes Seufzen huscht über meine Lippen. *Karin, Du bist eine richtig dumme Kuh,* schimpfe ich mich selbst. Regina wird mich nie verletzen. Sie wird nie die Hand gegen mich erheben, oder gar den Kochlöffel. Regina ist nicht SIE, sondern die Frau, die mich liebt und jeden Tag alles dafür tut, mir zu zeigen wie sehr.

Das heiße Wasser prasselt auf meine Haut. Mein Herz hat sich immer noch nicht ganz beruhigt. Es klopft und hämmert in meiner Brust und legt eigenartige Hüpfer ein. Ich liebe Regina. Wie konnte es passieren, dass ich ausgerechnet von IHR auf SIE geschlossen habe? Tiefe Verzweiflung steigt in mir auf. Schon wieder.

»Sie ist nicht SIE!« Ich versuche, mich selbst zu beruhigen. Alles in mir schrie nach Flucht. Reginas Körperhaltung. Die Haltung, mit der sie den Kochlöffel durch die Luft schwang. Ihr Gesichtsausdruck. Ich habe das Grinsen um ihre Mundwinkel nicht bemerkt. Oder den liebevollen Ausdruck in ihren Augen. Ich konnte beides nicht sehen. Weil ich nur noch SIE gesehen habe. IHREN Arm. Die Wut in IHREN Augen.

Ich lehne mich zurück. Kalte Fließen treffen auf meine erhitzte Haut. Meine Augen fallen zu. Ich bin klein. Furchtbar klein. Und hilflos. IHR ausgeliefert.

So klein, hilflos und ausgeliefert, wie ein Kind nur sein kann. SIE mit ihrer harten und unnahbaren Art. Mit der muskulösen Hand, mit der SIE auf das Kind einschlug. Ihr hämisches Lachen, wenn es sich vor Schmerzen krümmte und kaum noch laufen konnte. Ich war dieses Kind.

Obwohl ich sämtliche Kraftreserven zu bündeln versuche, kann ich es nicht verhindern. Tränen brennen in meinen Augen. Schon wieder. Es ist, als hätte Reginas *Scherz* einen ganzen Sturzbach in mir in Gang gesetzt. Einen Sturzbach, den ich schon lange für versiegt gehalten hatte. Mühsam baute ich mein Leben lang alles um den schwarzen Fleck auf meiner Seele. Meine schulische Ausbildung, mein Studium, meinen Doktortitel, meine Tätigkeit als Gymnasiallehrerin, den Kauf meines Hauses, die lange und leere Zeit ohne Regina. Die Liebe, die mich mit Regina heute verbindet. So viel habe ich in den vergangenen Jahren dafür getan, um den dumpfen Schmerz endlich loszuwerden. Aber der schwarze Fleck ist geblieben. Er lässt sich nicht einfach wegdrücken.

Noch schlimmer als die Schläge waren IHRE Worte. Sie waren es auch, die mich brachen. »Du kannst nichts.« »Du bist nichts.« »Aus Dir wird sowieso nie etwas werden.« »Schau Dich doch nur an, Du kleine Heulsuse.« »Ich hätte Dich abtreiben lassen sollen!«

Gewalt gegen Kinder gibt es nur in bestimmten Kreisen. Ha! Von wegen. SIE war Gymnasiallehrerin, genau wie ich. SIE war Meeresbiologin, genau wie ich. SIE war vom

Leben trotzdem enttäuscht und ließ all ihre Wut an mir aus. SIE hasste ihren Job, dem sie jeden Tag nachgehen musste, um sich und mich über Wasser zu halten. SIE hat es mich jeden Tag spüren lassen, wie sehr sie mich dafür hasste.

SIE konnte keine Liebe zeigen. Ich schon. Ich kann Regina zeigen, wie sehr ich sie liebe. Ich reiße meine Augen weit auf. Kann ich das wirklich? Habe ich mich nicht in einem Moment zurückgezogen, der so eine Lappalie war, dass mein Rückzug schon fast kindisch anmutet?

Aber ich empfinde Liebe. Im Gegensatz zu ihr. Habe ich nicht zwanzig Jahre auf Regina gewartet? Immer der Hoffnung hinterher hechelnd, dass sie mich irgendwann wahrnimmt und mir ihr Herz schenkt? Ich war auf der Suche nach Liebe, ohne zu wissen, was Liebe überhaupt ist.

Liebe war für mich ein Schlag ins Gesicht. Ein Schlag auf den Hintern. Ein Tritt in den Bauch. Lange Jahre dachte ich, dass alle Eltern ihren Kindern auf diese Weise ihre Liebe zeigten. Erstaunlicherweise war ich aber die einzige mit blauen Flecken, tiefen Wunden und kleineren Wunden in Form einer Zigarette. Ich war die einzige, die nach dem Wochenende aussah wie durch den Fleischwolf gedreht. Mit tiefen Augenringen und leeren Augen. Schon in der ersten Klasse.

Wochenenden und Ferien waren die schlimmste Zeit. Vierundzwanzig Stunden nur SIE und ich. Ich habe mich in meinem Zimmer eingesperrt. Mich unter meinem Bett versteckt. Ich wollte nicht, dass sie mir zeigt, wie sehr sie mich liebt.

Immer, wenn ich am Ende meiner Kraft zusammengebrochen bin, beugte sie sich über mich, wischte den Schweiß von ihrer Stirn und sagte: »Es tut mir leid, mein Schatz. Ich liebe Dich doch.« Dann ging sie. Und ich war allein. Mit meinem Kummer. Mit meinen Schmerzen. Mit dem Gefühl, das Liebe das schlimmste ist, was einem Menschen passieren kann.

Aber ich habe überlebt. Und ich bin zu dem Menschen geworden, der ich heute bin. Eine erwachsene und erfolgreiche Frau.

Bis zu meinem sechzehnten Lebensjahr habe ich IHRE Gewaltausbrüche über mich ergehen lassen. Habe jedes Gewitter ertragen, egal wie schmerzhaft die Blitze und wie laut die Donnerschläge waren.

Dann kam jener Tag, der mein Leben von heute auf morgen änderte. Ihre Faust donnerte auf mich herab. Immer wieder. Wie ein Hagelschauer mit Körnern so groß wie ein Basketball. Ich fuhr herum. Griff nach ihrer Hand. Drehte sie um. Bis sie schrie. Gellend und laut.

»Du wirst mich nie wieder anrühren!«, schrie ich und ließ meine andere Hand auf ihre Nase knallen. Es knackte. Kurz und heftig. Dann floss Blut und sie sackte in sich zusammen, wie ein nasser Sack. Seitdem habe ich sie nicht mehr gesehen.

Ich ließ das Haus, in dem ich aufgewachsen bin, hinter mir. Ebenso die Straße. Sogar die Stadt. Mit dem Geld, das ich mir in den letzten Jahren von meinem Taschengeld, Geburtstagsgeld und Weihnachtsgeld zusammen gespart hatte, verließ ich SIE. Es berührte mich nicht, dass sie aus der Nase blutete. Es berührte mich nicht, dass sie vor mir saß und mich hilflos anstarrte. Es berührte mich auch nicht, dass sie das Versprechen, mich überall zu finden und mich fertig zu machen, hinter mir her schrie. Es berührte mich nichts mehr. Ich ging. Immer geradeaus. Und ich drehte mich nicht mehr um. Bis heute.

Von diesem Tag an versuchte ich, mein Leben in meine eigenen Hände zu nehmen. Ich besorgte mir einen Pass, der mich als erwachsen auswies, fand eine kleine und bezahlbare Wohnung in einer anderen Stadt, schrieb mich in der Abendschule ein, und jobbte tagsüber, um meine Miete zu finanzieren. Ich löste mich von IHR, entzog mich ihrem Einfluss und versuchte, allein klarzukommen. Keine Schläge mehr. Keine Demütigungen mehr. Mein Leben. Ich war für mich selbst verantwortlich. Kein Erwachsener mehr, der mir sagte, was ich zu tun oder zu lassen hätte – was ich denken oder fühlen sollte.

Warum ich mich für Meeresbiologie als Studiengang entschieden habe, obwohl SIE Meeresbiologin ist? Ich kann es mir nur so erklären, dass sie mit ihrer

Begeisterung für den Ozean und für alles, was darin lebt, Neugierde und Interesse in mir geweckt hat. In ihre Fußstapfen wollte ich nie treten. Dafür hat sie mir zu sehr wehgetan. Noch heute baumelt das Damoklesschwert ihrer Demütigungen über mir. In Momenten wie vorhin zum Beispiel. Dann bin ich plötzlich nicht mehr die erwachsene Frau, die mit beiden Beinen im Leben steht und einigermaßen erfolgreich ist, sondern das kleine Kind, das nicht begreift, was mit ihm geschieht.

Tiefes Seufzen krabbelt aus der Tiefe meiner Brust über meine Lippen. Bestimmt würde sie hämisch lachen, wenn sie mich jetzt sehen würde und mich mit ihrer *liebevollen* Art als Memme bezeichnen.

Meine Mutter als Zynikerin zu bezeichnen, würde ihr nicht gerecht werden. Sie ist so viel mehr als das. Eine intelligente Frau, die in der Welt zuhause gewesen wäre, wäre meine Ankunft ihr nicht in die Quere gekommen. Ich habe ihr Leben zerstört. Jeden Tag hat sie mich ihren Unwillen spüren lassen, manchmal sogar zweimal. Doch damit ist jetzt Schluss. Endgültig. Ich werde mit Regina reden und dann werden wir den schwarzen Fleck auf meiner Seele endgültig aufarbeiten. Soll meine Mutter mit ihrer sadistischen Ader andere zerstören. Auf mich hat sie keinen Zugriff mehr.

»Bist Du okay?« Reginas leise Stimme schiebt sich in mein Bewusstsein. Erst jetzt nehme ich wahr, dass das

Wasser mittlerweile eiskalt ist. Mich schaudert. Sämtliche Härchen auf meiner Haut erheben sich.

»Mir ist kalt.«, jammere ich und springe mit einem Satz aus der Dusche und in das warme und weiche Duschtuch, das sie mir hinhält. Sie legt den weichen Stoff um meinen kalten Körper. Meine Muskeln zittern. Vorsichtig rubbelt Regina mich so lange, bis meine Haut rosig leuchtet und ich langsam wieder warm werde. Erst dann haucht sie einen sanften Kuss auf meine Lippen und schaut mich fragend an.

»War in Gedanken.«, brumme ich, was sie mit einem liebevollen Lächeln quittiert.

»Das habe ich gemerkt. Ich habe ein paar Mal nach Dir gerufen. Eigentlich wollte ich nämlich auch noch duschen.« Ihre Stimme klingt mehr belustigt als anklagend. Ich kann mir gut vorstellen, dass sie, bevor unser Besuch kommt, gerne die Küchengerüche abgewaschen hätte. Wer sitzt schon gerne, nach Olivenöl und Kräutern duftend, am Esstisch? Schuldbewusst ziehe ich den Kopf ein und lächle unsicher.

»Mach Dir keinen Kopf. Ich warte einfach noch ein paar Minuten und hüpfe dann schnell drunter. Notfalls musst Du Judith und die Jungs einfach ein paar Minuten allein unterhalten. Das kriegst Du doch hin, oder?« Zaghaft zucke ich mit den Schultern. Normalerweise kein Problem, aber heute … ?!? Obwohl ich verstehen kann, dass sie die Dusche braucht, wäre mir lieber, sie würde unseren

Besuch in Empfang nehmen. Ich muss erst langsam meine Selbstsicherheit wieder zurückgewinnen – und das kann eine Weile dauern. Erfahrungsgemäß einen oder zwei Tage. Unglücklicherweise bleiben mir aber nicht einmal zwanzig Minuten, bis Judith, Klaus und Laurin vor der Tür stehen.

Ich versuche mich an einem Lächeln. Irgendwie werde ich es schon schaffen, mich zusammenzureißen und Reginas Erwartungen an mich zu erfüllen.

»Sag mir, wenn Du Dir nicht sicher bist. Dann muss die chemische Reinigung eben ausnahmsweise ausreichen.« Meine Mundwinkel zucken leicht nach oben. Sie zwinkert mir zu. Als chemische Reinigung bezeichnet sie den Griff zu Deo und Parfüm, der nur im äußersten Notfall den Sprung unter die Dusche ersetzt. So wie heute zum Beispiel.

»Ich glaube, mir ist lieber, wenn Du gleich mit runter kommen würdest.«

»Okay. Aber gibt Dir trotzdem ein bisschen Mühe, okay? Die anderen freuen sich auf den Abend. Sie können nichts dafür, dass ich Dich so erschreckt habe.«

Zaghaft bewegt sich mein Kopf auf und ab. Viel lieber als die unterhaltsame Gastgeberin zu spielen, würde ich mich im Bett verkriechen und die Decke über mein Gesicht ziehen. Mich für ein oder zwei Tage einigeln, wie eine Raupe in einem Kokon, und erst dann wieder herauskommen, wenn ich meine Flügel wieder ausbreiten und losfliegen kann.

Aber was muss, das muss. Judith, Klaus und Laurin haben uns so geholfen. Sie haben es verdient, dass ich ihnen Respekt entgegenbringe.

Wow. Das ist so lecker. Alle Achtung.« Judith lehnt sich im Stuhl zurück und streicht mit beiden Händen über ihren Bauch. Ihr Gesicht strahlt Zufriedenheit aus und auch in mir zieht langsam die Ruhe, die mich normalerweise auszeichnet, wieder ein.

Laurin verfolgt jeden von Sophies Schritten oder Handgriffen. Er klebt förmlich an ihren Lippen. Eine echte Teenagerliebe. Wie süß.

»Du musst mir unbedingt das Rezept geben.«, fleht Judith und schenkt Regina ihr gewinnendes Lächeln. »Hühnchen karibische Art habe ich noch nie gemacht. Hammerlecker.« Judith hält sich mit Lob nicht zurück. Auch Klaus zeigt sich zufrieden. »Hier kommen wir gern öfter her.«, sagt er. Meine Augenbraue zuckt. Für einen Mann, der nicht viel redet, sind die paar Worte Ausdruck höchsten Lobes. Ich kann mich nicht erinnern, dass er jemals Interesse gezeigt hätte, mich zu besuchen. Wie schnell sich die Dinge doch ändern. Zufrieden lächelnd lehne ich mich in meinem Stuhl zurück. Ich fühle mich wohl, zwischen all den Menschen, die ich mag und die mich mögen.

Zwar fällt es mir manchmal noch schwer, in Laurin nicht nur meinen Schüler, sondern auch den Freund von Reginas Tochter zu sehen, doch daran werde ich mich auch noch gewöhnen. Ohne seinen Blick zu heben, schiebt Laurin einen Zettel über den Tisch. Ein Lächeln huscht über meine Lippen. Eine Einladung. Zum Abendessen. Bei seiner Familie. Für uns alle.

»Mach Dich mal locker, Laurin. Wir sind hier nicht in der Schule. Du brauchst nicht so zu tun, als ob Du unsicher wärst.« Judith schenkt unserem Schüler ein einnehmendes Lächeln. Der junge Mann verknotet die Hände ineinander und murmelt unverständliche Worte vor sich hin. Nur Klaus, der neben ihm sitzt, versteht, was er sagt. Er bricht in schallendes Gelächter aus.

»Ich kann Dich verstehen, Junge.«, sagt er und klatscht ihm seine große Hand auf die Schulter. »Wenn ich Du wäre, hätte ich auch keine Lust, Zeit mit meinen Lehrern zu verbringen.«

Die Zeit vergeht viel schneller als ich dachte. Als unser Besuch aufbricht, zeigt die Uhr über der Küchentür bereits Viertel vor eins.

»Danke für den schönen Abend und das leckere Essen.« Judith nimmt mich zum Abschied in den Arm. »Erzählst Du mir irgendwann, was Dich quält?«, fragt sie und zieht mich noch etwas enger an sich. Ich reiße meine Augen weit auf. »Dachtest Du wirklich, ich würde es nicht merken? Wie lange kennen wir uns jetzt? Zwanzig Tage oder zwanzig Jahre? Siehst Du?«

»Vielleicht.«, murmle ich und weiche ihrem Blick aus.

»Okay. Aber Du weißt, dass Du jederzeit zu mir kommen kannst.« Natürlich weiß ich das. Judith ist eine wunderbare Freundin. Eine Frau, auf die ich mich immer verlassen konnte. Sie stand immer wie ein Fels hinter mir, egal, welchen Unsinn ich verzapft habe. Häufig zerbrechen Freundschaften, oder verändern sich zum negativen, wenn einer einen neuen Partner an seiner Seite hat. Bei Judith und mir ist das anders. Vielmehr kommt es mir so vor, als würden wir noch enger zusammenwachsen, seit Regina ihren Platz in meinem Leben eingenommen hat.

Ich weiß, dass ich mich glücklich schätzen darf, sie in meinem Leben zu haben. Und ich empfinde auch tiefes Glück deswegen. Trotzdem bin ich mir nicht sicher, ob ich mein tiefstes Geheimnis vor ihr ausbreiten möchte. Wir sind nicht nur Freundinnen, sondern auch Kolleginnen und sehen uns jeden Tag mehrere Stunden. Ich will nicht, dass sie mich mitleidig anschaut, oder aus falsch verstandener Rücksicht mit ihrer Meinung hinter dem Berg hält. Ich will, dass sie mir weiterhin den Kopf geraderückt, wenn ich mich verrenne, mir widerspricht, wenn ich mich gedanklich komplett verirre und mir Kontra gibt, wenn ich wieder Ideen habe, die völlig sinnbefreit sind. Ich will einfach, dass unsere Beziehung so bleibt wie sie ist.

»Wie auch immer, ich bin da für Dich, genauso, wie Du für mich da bist. Gute Nacht, Süße.«

Die Tür schließt sich hinter ihr.

»Bist Du zufrieden?«, fragt Regina leise und lehnt sich an mich. Oh ja. Zufrieden ist kein Ausdruck. Ich fühle mich tatsächlich glücklich, was am Anfang des Abends nicht unbedingt abzusehen war.

Ich liebe Dich.«, hauche ich rund drei Stunden und viele Liter Tränenflüssigkeit später. Regina hat mich nicht ausgelassen und gab mir trotzdem die Zeit, mich zu sammeln. Jeder Satz, den ich sagte, riss ein Loch in mein Herz, das sie mit ihrer liebevollen Art füllte.

»Ich liebe Dich auch. Karin, Du bist nicht schwach. Es ist nicht Deine Schuld. Hörst Du? Du kannst nichts dafür. Du warst ein Kind.«

Weiß ich doch. Aber wenn ich ein paar Jahre später auf die Welt gekommen wäre, vielleicht wäre dann alles anders gekommen und SIE hätte mich wirklich geliebt. Ich weiß es nicht. Vielleicht. Vielleicht aber auch nicht. Ändern kann ich an meiner Geschichte sowieso nichts mehr, aber ich kann lernen, damit umzugehen. Ich kann lernen, mit Regina zu reden, statt mich zurückzuziehen.

Sie ist es auf jeden Fall wert. Mehr wert als jeder andere Mensch auf der Welt.

15. Kapitel – Regina

»Maaaaamaaaa!« Sophies Stimme bricht über mich herein wie ein Donnerschlag an einem heißen Sommertag. Sie reißt die Küchentür auf und schiebt ihren Haarschopf in mein Sichtfeld.

»Stell Dir vor, ich bin in Karins Klasse und im Sommer darf ich mit ihr nach Schweden.« Sophie strahlt von einem Ohr zum anderen. Ich lege meine Stirn in Falten. Hatten wir nicht abgesprochen, dass sie nur dann das Gymnasium, in dem Karin unterrichtet, besuchen darf, wenn Karin auf keinen Fall ihre Lehrerin wird? Ich kann mich dunkel daran erinnern, dass wir dieses Thema erst gestern zur Sprache gebracht haben. Und jetzt ist Karin auch noch ihre Klassenlehrerin. So hatten wir nicht gewettet. Tiefe Falten bilden sich auf meiner Stirn. Ich sehe Probleme auf uns zurollen, die wir so leicht hätten vermeiden können. Sollten Sophies neue Mitschüler herausfinden, dass ihre Mutter das Bett mit ihrer Lehrerin teilt, werden sie jede gute Note, die sie bekommt, damit rechtfertigen, dass Karin sie bevorteilt.

»Freust Du Dich gar nicht für mich?« Sophie starrt mich skeptisch an. Die Freude, die in ihren Augen stand, verflüchtigt sich im Bruchteil weniger Sekunden. Ich zucke mit den Schultern. Wie soll ich mich freuen, wenn ich mich nicht ernst genommen fühle? Was hat Karin geritten, sich dafür einzusetzen, dass Sophie in ihre Klasse kommt? Manchmal kann ich ihre Gedankengänge nur schwer nachvollziehen. Sie macht es damit doch nicht nur sich selbst schwerer, sondern auch Sophie. Karin ist eine intelligente Frau, aber manchmal betrachtet sie das Leben leider einfacher, als es in der Realität ist. Sie schaut mit den Augen einer Lehrerin, ich hingegen sehe die Welt mit den Augen einer Mutter. Und als solche trage ich die Verantwortung für meine Kinder. Es ist mein Job, dafür zu sorgen, dass Unglück und Misserfolg einen großen Bogen um sie machen.

Sophie tut mir jetzt schon leid. Ich will nicht wissen, wie oft sie in der nächsten Zeit deswegen am Boden zerstört sein wird. Kinder können grausam sein, vor allem, wenn sie eine Möglichkeit sehen, auf jemandem, der sich nicht wehren kann, herum zu hacken. Die Verzweiflung, die dadurch entsteht, wollte ich Sophie ersparen. Um jeden Preis.

»Ich hätte mir einfach für Dich gewünscht, dass Du in eine andere Klasse kommst.«, erkläre ich meine Zurückhaltung.

»Aber warum denn?« Sophie ist ein Teenager. Natürlich kann sie meine Gedankengänge nicht nachvollziehen. Noch nicht. Wenn meine Befürchtungen eintreten, wird sie mich sehr schnell sehr viel besser verstehen als ihr lieb ist. Und sie wird sich wünschen, alles wäre anders gekommen.

»Weil … « Wie soll ich ihr meine Gefühle erklären? Wie soll ich ihr sagen, dass ich gerade vor Ärger am liebsten auf eine Palme steigen und mit Kokosnüssen werfen würde? Ich bin wirklich ärgerlich. Eigentlich hatte ich gedacht, dass Karin meine Argumente verstanden hat. Nun aber schleicht sich das Gefühl, dass sie lediglich genickt und hinter meinem Rücken ihre Entscheidung getroffen hat, in mir ein. Dass Karin ihren eigenen Kopf hat, ist mir von Anfang an klar gewesen. Dass sie aber so weit gehen und Sophie ans Messer liefern würde, hätte ich nicht gedacht.

»Übrigens … Lucas ist in der Klasse von Judith.« Sophie spuckt mir die Worte förmlich entgegen. Ihr Gesichtsausdruck ist wutverzerrt. Sie stampft mit den Füßen auf den Boden. »Sag mir, was daran besser sein soll!«

Ich rolle mit den Augen. Auch das noch. Muss das denn sein? Es wird nicht lange dauern, dann habe ich hier nicht nur ein Häufchen Elend, sondern zwei. Ich kenne meine Kinder. Sie sind sensibel. Und sie werden wieder umziehen wollen, wenn sie merken, dass ihre Mitschüler auf ihnen herumhacken.

»Hallo Schatz!«, ruft Karin. Mit strahlendem Lächeln im Gesicht betritt sie, nur wenige Minuten nach meiner Tochter, die Küche. »Mhmmm, das duftet aber lecker. Was gibt es denn leckeres?«

»Spaghetti a la Karinese!«, knurre ich und verziehe das Gesicht. Meine Augen schießen Pfeile.

»Ich glaube, ich gehe dann mal lieber. Mama hat auf einer Boxerzeitung geschlafen.« Sophie springt aus ihrem Stuhl und läuft zur Tür, ohne sich noch einmal nach Karin oder mir umzuschauen. Karins Gesicht verfinstert sich.

»Was ist Dir denn für eine Laus über die Leber gelaufen?«, brummt sie und versucht, mich in den Arm zu nehmen und zu küssen. Ich wehre sie ab und weiche einen Schritt zurück.

»Wie konntest Du nur?«

»Wie konnte ich nur was? Was ist denn überhaupt los?« Sie schaut mich ungläubig an, mit diesem Blick, der mich an einen geprügelten Hund erinnert. Während sie mich eingehend mustert verdunkeln sich ihre Augen.

»Warum hast Du dafür gesorgt, dass Lucas in Judiths Klasse und Sophie in Deine Klasse kommt?« Meine Stimme kippt, so sehr rege ich mich auf.

»Mach mal halblang. Ich habe für nichts gesorgt. Du überschätzt meinen Einfluss. Mit der Einteilung habe ich nichts zu tun.«

»Aber Du hast es auch nicht verhindert.«

»Wie hätte ich das tun sollen? Hätte ich hingehen und sagen sollen *Übrigens, die Entscheidung, Lucas in Judiths und Sophie in meine Klasse zu geben ist scheiße. Ich schlafe nämlich mit Sophies Mutter?*« Jetzt, wo sie es sagt, klingt es selbst für meine Ohren etwas eigenartig. Auch glaube ich langsam, dass ich ihr Unrecht tue. Ich werfe die Arme in die Luft und atme hektisch ein und aus. Meine Stirn kitzelt verdächtig. Bestimmt bildet sich auf der linken Seite jetzt wieder dieser komische rote Fleck, der immer dann auftaucht, wenn ich aufgeregt bin oder mich aufrege.

»Ich war genauso überrascht, wie Du jetzt. Glaub mir bitte. Weder Judith, noch ich, haben damit etwas zu tun. Wir haben sogar noch versucht, die Entscheidung zu verhindern. Nur stand da schon alles fest. Bei uns sind Herbert und der Chef für die Einteilungen zuständig. Hätte ich etwas machen können, hätte ich es getan. Das musst Du mir glauben.« Jetzt steht sie direkt vor mir und schaut mich mit diesem flehenden Ausdruck in ihren Augen an. Sie zuckt hilflos mit den Schultern.

»Das ist doch scheiße.«, brumme ich. »Lucas und Sophie sind es nicht gewöhnt, Anfeindungen ausgesetzt zu sein. Und jetzt liefern wir sie ans Messer. Ich hätte sie doch lieber in der anderen Schule anmelden sollen. Mist verdammter. Warum habe ich mich nur bequatschen lassen?«

»Wer sagt denn, dass sie angefeindet werden?«

»Meine Erfahrung sagt mir das, Karin. Du bist doch selber ein Lehrerkind. Kannst Du Dich nicht daran erinnern, wie es damals für Dich war? Hattest Du keine anderen Lehrerkinder in der Klasse? Ich schon. Du glaubst nicht, was die alles über sich ergehen lassen mussten, dabei sind sie nicht mal von ihren Eltern unterrichtet worden.«

»Aber ich bin doch gar nicht Sophies Mutter.«

»Mensch, Karin. Du schläfst aber mit Sophies Mutter. Das ist fast das gleiche. Wir lieben uns. Wir leben zusammen. Du übernimmst für die Kinder die Rolle ihrer zweiten Mutter.«

»Oh.«, sagt sie. Mehr nicht. Aus ihrem Gesicht lässt sich ablesen, dass sie soweit bis jetzt nicht gedacht hat. Ich weiß, dass ich nicht von ihr verlangen kann, dass sie die Verantwortung für die Kinder in Zukunft mit ihr teilt. Dass sie die Situation nicht zusätzlich erschwert kann ich aber verlangen. Wir können über alles diskutieren, im Zusammenhang mit den Kindern müssen wir uns einig sein, sonst funktioniert unser Zusammenleben nicht auf Dauer.

»Es wird schon alles gut gehen. Hab Vertrauen. Unser Chef macht nichts unüberlegt.«

»Er vielleicht nicht. Aber bei Deinem Kollegen Herbert bin ich mir da nicht so ganz sicher.«

»Ich auch nicht.«, gibt Karin mit leiser Stimme zu.

Die Rädchen in meinem Kopf beginnen zu arbeiten. Karins Kollege Herbert ist also maßgeblich daran beteiligt, dass Sophie in Karins Klasse eingeschult worden ist. Hmh… Das gefällt mir nicht. Überhaupt nicht. Er hat noch mehrere Rechnungen mit Karin offen. Außerdem ist er auf den Stuhl des Direktors scharf. Die einzige Konkurrentin, auf seinem Weg nach ganz oben, ist Karin. Vielleicht hat auch er nicht unüberlegt agiert. Vielleicht hat er …

»Ich werde das Gefühl nicht los, dass er etwas damit bezweckt. Sei vorsichtig, bitte und pass auf, dass Ihr Euren Disput nicht auf Sophies Schultern austragt.«

»Ich bin vorsichtig, okay? Bekomme ich jetzt einen Begrüßungs-Kuss?«

Sie schaut mich so treuherzig und liebevoll an, dass ich ihrem Blick nicht länger standhalten kann. Die Mauern, die ich innerhalb der letzten Minuten aufgebaut habe, bröckeln nicht. Sie fallen ein. Mit einem Schlag. Ich lehne mich vor und lege meine Arme um Karins Oberkörper. Sie rückt näher und schmiegt sich an mich. Ihre Haut ist so weich. Wie Seide.

»Keine Spaghetti Karinese mehr?« Obwohl mein Herz immer noch schwer in meiner Brust liegt, schüttle ich den Kopf. Im Moment kann ich sowieso nichts anderes tun, als abzuwarten. Sollte Herbert wirklich etwas im Schilde führen, werden wir es sowieso bald mitbekommen. Dann können wir immer noch aktiv werden.

»Du kannst Sophie und Lucas nicht vor allem bewahren. Sie müssen ihre eigenen Erfahrungen machen.« Als ob ich das nicht selbst wüsste. Trotzdem … Die zwei haben für ihr junges Alter schon so viel erlebt. Wenn ich Unglück von ihnen fernhalten kann, werde ich es tun. Das bin ich ihnen schuldig. Und Tom auch. Vor allem aber bin ich es mir selbst schuldig.

Während meiner Krise habe ich viel zu viel zugelassen. Ich habe zugesehen, wie die Sozialarbeiterin die Kinder in ihr Auto verfrachtete und in die große Jugendhilfeeinrichtung brachte. So etwas wird mir nie wieder passieren, habe ich mir damals geschworen. Und diesen Schwur werde ich nicht brechen. Niemals. Und wenn ich dafür zur Helikopter-Mutter mutieren muss.

»Lass locker. Die zwei finden ihren Weg. Außerdem passt es nicht zu Dir, wenn Du Dich wie eine Helikopter-Mutter aufführst.«

Ich zucke mit den Schultern. Der Gedanke, dass ich Sophie und Lucas mit meiner Angst um ihr seelisches Befinden einenge, gefällt mir ja selbst nicht. Aber ich stecke eben in meiner Haut und aus der kann ich nicht so einfach raus. Eine Raupe braucht schließlich auch ihre Zeit, bis sie sich zum Schmetterling entwickelt hat, ihre Flügel ausbreitet und davonfliegt. Vielleicht bin ich ja so eine Art Schmetterling. Es kann gut sein, dass ich erst herausfinden muss, wie es sich anfühlt, eine Helikopter-

Mutter zu sein, damit ich die Freiheit für uns alle wieder zu schätzen weiß.

»Maaaamaaa! Schau mal, ich habe eine Einladung für die Schulmannschaft. Du musst nur noch unterschreiben.« Lucas stürmt zur Tür herein und wedelt mit einem Zettel unter meiner Nase.

»Hallo Lucas. Ich freue mich auch, Dich zu sehen.«

»Sorry, Mama. Hallo.« Schnell drückt er mir einen Schmatz auf die Wange.

»Was ist nun mit der Schulmannschaft?«

»Welche Schulmannschaft?«

»Wir haben in Sport Fußball gespielt und da meinte der Lehrer, dass sie noch einen guten Spieler brauchen könnten. Du musst nur unterschreiben. Ach bitte, Mama.« Er hat sich Karin zum Vorbild genommen. Dieser flehende Unterton in der Stimme und dieser Blick. Wie ein Hundewelpe. Wie soll ich diesem Blick standhalten?

»Gib schon her. Solange Du nicht vergisst, zu lernen, spricht nichts dagegen.«

»Du bist die allerbeste Mama auf der ganzen Welt.«, jubelt er und drückt mir die Anmeldung und einen Stift in die Hand. Natürlich ignoriert er meinen Zusatz, dass er nur in der Mannschaft spielen darf, wenn er seine schulischen Aufgaben nicht vergisst. Aber was erwarte ich eigentlich? Er kommt langsam in die Pubertät. Da ist alles andere wichtiger als das, was Eltern wollen. Und am unwichtigsten ist die Schule. Definitiv. War bei mir damals auch so.

Vielleicht geht ja doch alles gut, denke ich hoffnungsvoll und setze ein Lächeln auf, das minimal zu breit ist, um als normal durchzugehen. Lucas ist so begeistert von der unterschriebenen Anmeldung, dass er davon nichts mitbekommt. Im Gegensatz zu Karin. Sie runzelt die Stirn.

»Regina, alles wird gut. Dafür werden wir schon sorgen.«, raunt sie mir so leise zu, dass Lucas nichts davon mitbekommt.

»Holst Du bitte Deine Schwester?«

»Die hat keinen Bock zu kommen.«, brummt er zwei oder drei Minuten später und lässt sich auf seinen Stuhl fallen. Hätte ich mir eigentlich auch denken können. Ich schnaufe ergeben und setze mich langsam in Bewegung. Ich habe Sophie das Kraut ausgeschüttet und dafür gesorgt, dass ihr schöner Tag von einer Sekunde auf die andere alles andere als schön war. Jetzt muss ich mich darum kümmern, dass sie mir verzeiht. Ich mache mir doch nur Sorgen um sie und ihren Bruder. Warum begreift sie das nicht? *Weil sie ein Teenager ist.* Ich hole tief Luft, straffe die Schultern und gehe langsam die Treppe hinauf.

Für gewöhnlich ist Sophie sehr reif für ihr Alter. Sie begreift Zusammenhänge schneller als mancher Erwachsene. Ab und zu kommt es vor, dass ich deswegen vergesse, dass sie trotzdem noch ein Kind ist. Noch dazu eines mitten in der Umbauphase. Ich muss mir schleunigst etwas einfallen lassen, wenn ich verhindern will, dass ihr erster Schultag in der neuen Schule komplett zum Fiasko wird.

Langsam hebe ich die Hand und klopfe zaghaft an ihre Tür. »Sophie?«, rufe ich leise.

»Ich will Dich nicht sehen!«, knurrt sie. »Lass mich einfach in Ruhe!« Sie schnieft und schluchzt. Und alles ist meine Schuld. Arriba. Fettnäpfchen ich komme. Yihaaa. Mitten rein. Mit Volldampf. Bis zum Hals.

»Es tut mir leid. Wirklich.«

»Dafür kann ich mir auch nichts kaufen!«

»Darf ich bitte reinkommen?«

»Nein!«

»Sophie!«

»Lass mich!«

»Ich habe Dein Lieblingsessen gekocht.«

»Ist nicht mehr mein Lieblingsessen. Ich bin Vegetarierin.«

»Seit wann denn das?«

»Seit jetzt.«

Aha. Verzweifelt werfe ich die Arme in die Luft. Wir hatten schon länger keine größere Auseinandersetzung mehr. Ich bin es gar nicht mehr gewöhnt, wenn sie so ist, wie sie jetzt ist. Es fällt mir nicht leicht, mir einzugestehen, dass ich überfordert bin. Gott, bin ich froh, dass wir solche Auseinandersetzungen nur alle paar Wochen haben. Wie dramatisch muss es in anderen Familien, in denen sie zum täglichen Alltag gehören, zugehen.

»Sophie. Es tut mir wirklich leid.«

»Was ist an *Lass mich in Ruhe* so schwer zu verstehen? Geh einfach.«

Was soll ich jetzt tun? Sie sich selbst überlassen und mich zurückziehen? Hartnäckig bleiben und so lange nerven, bis sie aufgibt und mich in ihr Zimmer lässt? Ich habe die Wahl und instinktiv spüre ich, dass es im Prinzip völlig egal ist, wie ich mich entscheide. Gehe ich, wird sie mir danach aufs Brot schmieren, dass ich kein Interesse an ihrem Befinden habe, bleibe ich, wird sie mir vorwerfen, dass ich ihre Grenzen nicht respektiere. Was ich auch mache, es ist sowieso verkehrt. So ist das nun mal, wenn man Mutter einer Pubertierenden ist.

»Lass mich mal versuchen.« Von mir völlig unbemerkt, ist Karin neben mir aufgetaucht. Sie schaut mich liebevoll an. »Manchmal macht es Sinn, wenn jemand einen Streit beendet, der damit nichts zu tun hat.«

Ich nicke und versuche mich an einem Lächeln, bin mir aber alles andere als sicher, dass Karin Erfolg bei Sophie hat.

»Sophie?«

»Was denn?« Erstaunt zuckt meine Augenbraue hoch. Die Stimme meiner Tochter klingt schon weit weniger wütend, als ein paar Sekunden zuvor bei mir.

»Darf ich reinkommen? Ich würde gerne mit Dir sprechen.«

»Ist Mama noch da?«

»Nein. Ich bin alleine.« Karin wendet sich mir zu und gibt mir zu verstehen, dass ich gehen soll. Sie wird alles daran setzen, dass Sophie einlenkt und mir verzeiht. Mehr als abwarten kann ich jetzt sowieso nicht tun. Abwarten. Ich hasse abwarten. Trotzdem nicke ich resigniert und trotte langsam die Treppe hinunter.

16. Kapitel – Karin

Okay. Du kannst reinkommen. Aber nur Du. Mama will ich nicht sehen.« Die Hand noch auf dem Türgriff, schiebe ich erst einen Fuß in Sophies Reich und dann den anderen. Obwohl mir nicht danach ist, pflanze ich ein Lächeln in mein Gesicht.

Bei aller Liebe, die ich für Reginas Tochter empfinde, kratzt Sophies Verhalten ihrer Mutter gegenüber, hart an meiner Geduld. Regina hat einen Fehler gemacht. Vielleicht. Vielleicht aber auch nicht. Vor allem aber wollte sie ihre Kinder schützen. Es tut weh zu erleben, wie hart Sophie deswegen mit ihr ins Gericht geht. Meine Füße schieben sich nur langsam vorwärts. Am liebsten würde ich auf dem Absatz kehrt machen und sie weiter schmollen lassen. Sie bockt und bocken mag ich nicht.

Wenn ich nur wüsste, wie ich das Gespräch beginnen soll. Als Lehrerin fällt mir so etwas nie schwer. Aber in der Position, in der ich jetzt bin, war ich noch nie. Was soll ich nur tun? Bitte wirf doch jemand Hirn vom Himmel.

»Warum ist Mama so sauer?«, fragt Sophie und nimmt den Ball, den ich noch nicht einmal ins Spiel gebracht habe, auf.

»Regina ist nicht sauer. Sie macht sich nur Sorgen.«

»Aber warum denn?«

»Sie hält es für keine so gute Idee, dass Du in meiner Klasse bist. Wir leben zusammen. Das ist fast so, als würde sie Dich unterrichten.«

»Das klingt gruselig, Karin. Ich möchte nicht von meiner Mutter unterrichtet werden.«

»Siehst Du? Das meint sie.«

»Aber Du bist doch nicht meine Mutter.« Ha! Genau das gleiche habe ich Regina auch erzählt. Unglücklicherweise lässt sich ihr Argument, dass ich durch unsere Beziehung automatisch zu Sophies Ziehmutter werde, trotzdem nicht einfach widerlegen.

»Mama interessiert sich doch überhaupt nicht für das, was wir wollen.« Ich rolle mit den Augen. Das ist so ein typischer Teenagerspruch. Innerlich muss ich trotzdem schmunzeln. Wie oft habe ich selbst so etwas über meine Mutter gedacht? Damals, als ich in Sophies Alter war? Täglich mindestens einmal. Im Gegensatz zu Regina interessierte sich meine Mutter allerdings wirklich nicht für mich. Außer sie brauchte einen lebenden Sandsack, an dem sie ihre Wut auslassen konnte. Aber das gehört nicht hierher. Jetzt geht es nicht um mich, sondern um Regina und Sophie.

Ich muss Sophie den Kopf gerade rücken, bevor sie sich noch weiter verrennt und wir eine Situation haben, aus der wir nur schwer wieder herauskommen. Was würde ich jetzt den Eltern meiner Schüler erzählen, wenn sie mich um Rat fragen würden?

»Hör mal, Sophie, Regina meint es nicht böse. Sie will nur verhindern, dass Du verletzt wirst. Jugendliche können grausam sein, weißt Du? Als ich in Deinem Alter war, war ich in der gleichen Schule, in der meine Mutter Lehrerin war. Es war keine leichte Zeit für mich, das kannst Du mir glauben. Immer, wenn ich eine gute Note geschrieben habe, glaubten meine Mitschüler, dass ich nur so gut war, weil die Kollegen von meiner Mutter mir einen Vorteil verschafft haben. Ich hatte kaum Freunde in der Schule. Regina will verhindern, dass es Dir ähnlich geht wie mir damals.«

»Was hast Du dann gemacht? Bist Du in eine andere Schule gegangen?«

»So ungefähr. Ich bin weggezogen.«

»Allein? Oder ist Deine Mutter mit Dir mitgekommen?«

»Ich bin allein gegangen. Aber Dir davon zu erzählen würde zu lange dauern.«

»Warum? Ich habe Zeit.«

»Ich aber nicht. Ich habe nämlich Hunger. Deine Mutter hat Spaghetti gekocht. Wenn wir nicht bald kommen, sind sie so weich, dass wir das Seniorenheim beliefern können. Kommst Du mit?«

»Okay. Aber nur, wenn Mama nicht mehr sauer ist.«

»Schatz, sie ist nicht sauer. Sie meint es nur gut. Sie liebt Dich. Tu mir den Gefallen und sei wieder die normale Sophie.« Ein Lächeln huscht über meine Lippen. Sophie grinst breit.

»Okay. Schmollen ist sowieso scheiße. Aber was soll ich denn jetzt machen, Karin?«

»Ganz einfach. Wenn in der Schule etwas ist, was ich nicht mitbekomme, musst Du mit Regina oder mir darüber reden. Wir müssen wissen, wie es Dir geht, damit wir Dir helfen können.«

»Aber ich bin doch keine Petze.«

»Deswegen bist Du doch keine Petze. Du musst mir wirklich versprechen, dass Du mit einem von uns sprichst, wenn etwas ist, oder wenn jemand komische Sachen zu Dir sagt.«

»Ich bin froh, dass Du da bist.«, flüstert Sophie und drückt ihr Gesicht zwischen meine Brüste. »Mama liebt Dich, weißt Du?« Ich nicke und betrachte die junge Frau in meinem Arm liebevoll.

17. Kapitel – Regina

»Kann ich noch einen Teller haben?«, fragt Sophie. Obwohl das Gespräch mit Karin keine Stunde gedauert hat, verhält sie sich wieder fast normal. Ich kann nicht sagen, wie erleichtert ich darüber bin. Ich werde Karin einen dankbaren Blick zu. Meine Partnerin grinst spitzbübisch und schiebt ihren Stuhl zurück. Was in aller Welt führt sie jetzt im Schilde?

Sie steht auf, geht zum Schrank, holt einen Teller heraus und drückt ihn in die Hand meiner Tochter. Sophie schaut sie verwundert an. Dieses Kitzeln in meinem Bauch. Als ob eine Herde Ameisen sich über meinen Magen hermacht, solange, bis nichts mehr übrig ist. Dieser Blick. Warum habe ich nur meine Kamera nicht griffbereit? Lucas hebt sein Handy. Es klickt.

»So ein blödes Gesicht muss man einfach festhalten.«, kommentiert er. Sein freches Grinsen reicht von einem Ohr zum anderen.

»Was soll ich denn mit dem Teller?«

»Du wolltest doch noch einen Teller haben, oder habe ich etwas falsch verstanden?« Karin ist der Brüller. Wie sie am Tisch sitzt und in aller Seelenruhe eine Gabel nach der anderen in ihrem Mund verschwinden lässt. Und dann dieser Blick. Die Unschuld vom Lande ist nichts gegen sie.

Die Gesichtszüge meiner Tochter entgleiten. Sie kneift ihre Lippen zusammen. Bitte … Nicht schon wieder. Nicht wieder abblocken. Sophie grunzt. Und lacht. Tränen schimmern in ihren Augen.

»Du bist gemein, Karin. Warte nur ab, das bekommst Du zurück.« Sie fährt mit der Gabel in die Schüssel mit den Nudeln und … Oh nein. Bitte nicht. Es platscht. Dreimal nacheinander. Spaghetti auf der Lampe. Spaghetti in Karins Haaren. Vorsichtshalber ducke ich mich und verschwinde zur Hälfte unter dem Tisch. Nicht auszumalen, wenn mich … Es platscht. Und noch einmal. War das jetzt Bolognesesoße?

Karin, Sophie und Lucas schreien durcheinander. Manchmal habe ich wirklich das Gefühl, dass ich neuerdings mit drei Teenagern zusammenlebe. Ich lege meine Stirn in Falten. Und wer darf nachher wieder alles aufräumen? Garantiert ich. Wenn es ums Spaß haben geht, sind alle sofort zur Stelle, sobald ich aber zum aufräumen pfeife, haben es plötzlich alle eilig oder sind schwer beschäftigt. So leicht kommen sie mir heute nicht davon.

Ich schiebe mich unter dem Tisch hervor und bewege mich langsam und leise Richtung Küchentür. Der Schlüssel klickt. Die Tür ist zu. Ha! Wer zuletzt lacht, lacht am besten. Ich werde mich jetzt gemütlich aufs Sofa legen, alle Viere von mir strecken und den lieben Gott einen guten Mann sein lassen. Die Küchentür sperre ich erst auf, wenn alles aufgeräumt ist.

Schon erstaunlich, wie schnell sich die Stimmung eines Teenagers ändern kann. Von himmelhoch jauchzend zu zu Tode betrübt und wieder zurück. Und das oft innerhalb weniger Minuten. Manchmal so schnell, dass ich nicht mehr hinterher komme. In solchen Momenten fühle ich mich alt. Schrecklich alt. Spätestens wenn mein Blick auf Lucas und Sophie fällt, wird mir auf grausame Weise vor Augen geführt, dass ich nicht mehr zum jungen Gemüse gehöre. Jung und attraktiv, das war einmal. Heute bin ich nur noch und.

Lucas ist mittlerweile dreizehn und Sophie auf dem besten Weg dahin, erwachsen zu werden. In einem Jahr will sie den Führerschein machen. Oh, mein Gott. Kann nicht endlich mal jemand eine Maschine erfinden, mit der man das Alter zurückdrehen kann? Nur das Alter natürlich. Nicht die Erfahrungen. Ich wäre gerne noch mal Anfang zwanzig, mit dem, was ich mir in den vergangenen Jahrzehnten an Wissen angeeignet habe, im Gepäck. Das wärs. Dann würden meine Knochen nicht knacken und ich wäre jung und attraktiv. Gleichzeitig würde mich die Erfahrung, die ich mitnehme, davor bewahren, meine Fehler von damals zu wiederholen.

Ah, jetzt einen Kaffee. Ich habe so richtig Kaffeedurst. Dummerweise hat die Sache einen entscheidenden Haken.

Die Kaffeemaschine steht in der Küche und in der findet gerade die größte Spaghetti-Schlacht, die diese Welt je gesehen hat, statt.

Also werde ich wohl noch warten müssen. Innerlich vor mich hin brummelnd wackle ich zum Sofa und lasse mich genüsslich in das weiche Polster sinken. Ein paar Minuten muss ich einfach die Füße hochlegen und meinen freien Tag genießen.

Regina! Heheeeey! Regina! Aufmachen!« Ich fahre hoch. Meine Arme und Beine zittern. Wie spät ist es? Und warum springt Karin auf der Terrasse auf und ab und fuchtelt wie wild mit den Armen? Warum benützt sie nicht einfach die Tür? Verdammt! Kann sie ja gar nicht. Ich habe sie und die Kinder ja in die Küche gesperrt. So schnell meine alten Knochen es mir erlauben, hechte ich vom Sofa hoch und springe zur Terrassentür. Karin schaut verfroren aus.

»Wir haben bestimmt tausendmal nach Dir gerufen. Warum hast Du uns eingesperrt?«

Ich murmle Worte, die selbst mich nur erahnen lassen, was ich eigentlich sagen will. Karin grinst breit.

»Alles erledigt. Wir hatten sogar noch Zeit, um einen Kuchen zu backen. Kommst Du?«

Sie legt ihre Arme um meinen Oberkörper und schiebt sich mit mir Richtung Küche.

»Seid Ihr fertig mit austoben?«

»Oh ja. Wir hatten ja auch fast drei Stunden Zeit.«

Drei Stunden? Habe ich jetzt wirklich drei Stunden geschlafen? Das kann doch gar nicht sein.

»Du verschaukelst mich doch. Ich habe mich doch nur kurz hingelegt.«

»Wenn drei Stunden für Dich kurz sind ... « Den Rest ihres Satzes schluckt Karin hinunter. Trotzdem springt mir ihr Zweifel an meinen Worten förmlich entgegen. Ich verwette meinen Allerwertesten, dass sie davon überzeugt ist, dass ich sie und die Kinder habe absichtlich so lange schmoren lassen.

Sie öffnet die Küchentür. Vorsichtig luge ich hinein. Die Küche blitzt und strahlt – noch sauberer als vor der Spaghetti-Flugshow, die die drei veranstaltet haben. Sophie und Lucas sitzen mit gefalteten Händen am Tisch und schauen mich liebevoll lächelnd an. Fehlt nur noch der Heiligenschein über den Köpfen. Irgendwie kommt mir die Stimmung suspekt vor. Normalerweise würden Sophie und Lucas jetzt aufspringen und auf mich ein schimpfen. Doch nichts dergleichen geschieht.

»Schau mal, Mama. Wir haben Kuchen gebacken.«

Lucas erhebt sich und kommt mit einem Teller in der Hand auf mich zu.

»Möchtest Du Sahne? Oder einen Kaffee? Oder beides?«, zwitschert Sophie mit höchsten Tönen.

Bin ich gar nicht wach und das hier ist alles ein Traum? Oder habe ich noch viel länger geschlafen und eine Zombie-Apokalypse ist über meine kleine Familie hereingebrochen? Genau. Das muss es sein. Ich sollte mich in acht nehmen. Sophie und Lucas sind nicht echt. Sie sind Zombies. Mit vollkommen starren Zügen im Gesicht eingepflanzt.

Vorsichtig, ohne Sophie und Lucas dabei aus dem Auge zu lassen, drehe ich mich zu Karin um.

»Was ist denn hier los?«, frage ich atemlos. Die Situation ist so eigenartig. So surreal. Das macht mir schon fast Angst.

»Was hast Du mit Sophie und Lucas gemacht?«

»Nichts. Wir wollten Dir nur eine kleine Freude machen. Freust Du Dich gar nicht.«

»Bitte seid alle wieder normal.«, stöhne ich. Meine Augen tränen. Ich bin immer noch müde. Bleiern müde. Der Stress des Umzugs sitzt mir noch in den Knochen. Obwohl ich mir manchmal wünsche, dass Sophie und Lucas sich etwas rücksichtsvoller mir gegenüber benehmen und nicht immer ihren Ärger an mir auslassen, wünsche ich mir, dass alles wieder normal ist.

Karin zwinkert den Kindern zu. Sophie und Lucas atmen auf.

»Boah, Mama. Ich muss so pissen.«, schimpft Lucas, drückt mir den Teller mit dem Kuchen in die Hand und rennt an mir vorbei. Er läuft etwas eigenartig. Wahrscheinlich kneift er bei jedem Schritt die Beine zusammen.

»Mach einen Knoten rein. Ich muss als erstes.«, schreit nun auch Sophie und rennt an mir vorbei. Ihr Kopf ist hochrot angelaufen. Schweißperlen bilden sich auf ihrer Stirn.

»Mamaaaa! Kann ich ausnahmsweise Euer Bad nehmen? Lucas hat sich eingesperrt und ich mache gleich in die Hosen.«

Ach ja. Wieder alles so wie immer. Gott sei Dank.

»Ihr seid ganz schön fies.«, brumme ich und grinse Karin an.

»Fies? Das sagst ausgerechnet Du? Wer hat uns denn drei Stunden in der Küche schmoren lassen? Apropos. Ich muss auch. Bin gleich wieder da.«

Da nun auch Karin an mir vorbeirennt und mich stehenlässt, folge ich ihr mit den Augen. Ihr Gang hat einen leichten Drall nach rechts. Sie kneift die Beine bis zu den Knien zusammen und wackelt wie der Schwanz eines Hundes. Lautes Lachen gurgelt in meinem Inneren hoch. Um nicht umzukippen, kralle ich mich mit der freien Hand am Türstock fest und starre meiner Partnerin hinterher.

18. Kapitel – Karin

»Frau Doktor Wagner! Kommen Sie bitte in mein Büro!« Der Kaffee in meinem Becher schwappt auf den Schreibtisch vor mir, so abrupt halte ich inne.

Was will denn der Chef von mir? Und warum klingt seine Stimme so, als wäre er äußerst übler Laune?

Ich straffe meine Schultern und folge ihm mit großen Schritten.

»Setzen Sie sich!«, brummt er kurz angebunden. Seine Brille hängt, wie immer, knapp über der Nasenspitze. Zwischen seinen Augen bildet sich eine tiefe Falte. Er tut nicht nur so, er hat äußerst üble Laune.

»Was gibt es denn?«, erkundige ich mich freundlich und versuche mich, trotz des offensichtlich heraufziehenden Ärgers, an einem Lächeln.

»Sagen Sie es mir.« Würde ich ja, wenn ich nur wüsste, worauf er anspielt. So kann ich ihn nur hilflos anschauen und abwarten, dass das Gewitter sich über mir entlädt.

»Mir ist etwas zu Ohren gekommen und ich will einfach nicht glauben, dass etwas wahres dran ist.« Aha. Jetzt weiß ich ungefähr genauso viel wie vorher.

»Wenn Sie mir sagen würden, wovon Sie reden … «

»Davon!« Er knallt ein Foto vor mir auf den Tisch. Wäre er nicht so offensichtlich wütend, müsste ich glatt lachen.

»Vielleicht können Sie mir jetzt sagen, was das soll, Frau Doktor Wagner?«

»Natürlich kann ich das. Das ist Sophie König.«

»Das weiß ich auch. Warum legen Sie Ihren Arm um den Oberkörper einer Sechzehnjährigen? Haben Sie eine Beziehung mit Fräulein König?« Nicht mit dem Fräulein. Aber mit der Frau. Ich verdrehe die Augen. Das wird ja immer origineller hier. Kann mir mal bitte jemand sagen, wo die Kameras versteckt sind? Ich komme mir vor wie im falschen Film. Wenn das ein Scherz sein soll, ist er ziemlich daneben. Mir so etwas zu unterstellen grenzt schon fast an Beleidigung. Oder eher Rufmord?

»Nein. Natürlich habe ich keine Beziehung mit Sophie. Wie Sie wissen ist Sophie meine Schülerin.«

»Dann erklären Sie mir bitte, was das soll.« Er unterstreicht jedes seiner Worte, indem er mit dem Zeigefinger pausenlos auf das Bild hämmert. Seine Finger hinterlassen dumpfe Geräusche. Wenn es nicht so traurig wäre, müsste ich glatt lachen. Der Fotograf hat ganze Arbeit geleistet und Sophie und mich tatsächlich in einem innigen Moment erwischt. Ich kann mich sogar noch genau an diesen Moment erinnern. Sophie hat, nach etwas mehr als zwei Monaten in meiner Schule, die erste schlechte Note bekommen und war darüber mehr als enttäuscht. Ich habe sie in den Arm genommen und ihr gut zugeredet. Dass der Fotograf im perfekten Moment abgedrückt hat, lässt sich nur schwer ignorieren. Mist. Verdammter. Anscheinend hatte Regina doch recht und wir alle haben uns zu sicher gefühlt.

»Sophie ist die Tochter … meiner Partnerin. Ich lebe mit ihrer Mutter zusammen.«, stammle ich. Meine Stimme klingt brüchig und ich fühle mich wie das kleine Sünderlein, dabei habe ich mir rein gar nichts vorzuwerfen.

Jetzt greift mein Chef nach seiner Brille und wirft sie auf den Tisch. Hektisch wirkt er, fast panisch. Er angelt ein Taschentuch aus seiner Tasche und wischt sich den Schweiß von der Stirn. Erst dann schaut er mich direkt an.

»Also keine Beziehung?«

»Das kommt darauf an, was Sie unter Beziehung verstehen.«

»Gut. Offensichtlich wollen Sie mich nicht verstehen. Deshalb frage ich Sie ganz direkt: Führen Sie eine sexuelle Beziehung mit Sophie König?«

Obwohl die Situation alles andere als komisch ist, huscht ein kurzes Glucksen und Lachen über meine Lippen. Irgendwie surreal.

»Ich führe keine sexuelle Beziehung mit Sophie.« Mein Blutdruck steigt an. Ich rutsche auf dem Stuhl hin und her und kann mich kaum ruhig halten. Dass mein Chef mir so etwas überhaupt zutraut, grenzt schon fast an Wahnwitz. Leider ist der Vorwurf nicht im geringsten komisch, weiß ich doch aus Erfahrung, dass bei solchen Vorwürfen immer etwas haften bleibt, selbst wenn ich die besten Gegenbeweise liefern kann.

»Sophies Mutter und ich kennen uns schon sehr lange.«, beginne ich meine Erklärung. »Bei meiner letzten Klassenfahrt nach Schweden habe ich sie wiedergetroffen. Seitdem sind wir ein Paar. Kurz vor den Zeugnissen sind wir zusammengezogen. Deshalb wollte ich auch nicht, dass Sophie in meine Klasse kommt. Warum haben Sie eigentlich anders entschieden?«

»Herbert hielt es für eine gute Idee, da Sophie Sie kennt und somit einen leichteren Start hat. Das waren seine Worte. Weiß er von Ihnen und Sophies Mutter?« Ich zucke mit den Schultern. Dann nicke ich. Ob er wirklich weiß, was Regina und mich verbindet, ist mir nicht ganz klar. Aber auf jeden Fall ahnt er etwas. Außerdem will er Schulleiter werden, wenn unser Chef in Pension geht. Ich traue ihm einiges zu, aber das?!? Eigentlich nicht. Hinter diesen Anschuldigungen und dem Beweisfoto muss ein Mensch stecken, der sehr viel besser planen kann als Herbert.

Jemand, der mir nicht nur den Chefsessel streitig machen will, sondern mich beruflich komplett zerstören will. Die Anschuldigung, ich hätte eine Beziehung mit Sophie König wiegt so schwer. Das kann ich nicht einfach auf mir sitzen lassen.

»Sagen Sie mir bitte, von wem Sie das Bild haben.«, flehe ich mit leiser Stimme.

»Das kann ich Ihnen leider nicht sagen. Es handelt sich um jemanden, der sich Sorgen um Sie macht.« Also tatsächlich nicht Herbert. Der würde sich niemals um mich sorgen. Obwohl … Diese Art *Sorge* vielleicht schon. Ich rolle mit den Augen und kneife die Lippen zusammen.

»Was werden Sie jetzt tun?«

»So leid es mir tut und so gerne ich Ihren Worten Glauben schenken möchte, ich muss den Fall leider prüfen lassen. Stellen Sie sich vor, wenn das Foto in die falschen Hände gerät. Wir können uns keine schlechte Publicity leisten. Bis dahin werde ich Sie leider freistellen müssen. Sie wollten doch sowieso nach Patagonien gehen. Gehen Sie und kommen Sie erst dann wieder, wenn etwas Gras über die Sache gewachsen ist.«

Ich starre ihn mit großen Augen an. Das kann doch jetzt nicht etwa sein Ernst sein. Fehlt nur noch, dass er sagt, dass ich ein bis zwei Jahre verschwinden könnte, oder so lange, bis er seinen Stuhl geräumt hat und endlich im Ruhestand ist. Er ist unübersehbar genervt, dass er sich so kurz vor der Pension mit so einem Fall herumärgern muss.

Einen Fall, der Kreise ziehen könnte, die nicht nur für mich unangenehme Konsequenzen hätten.

»Machen Sie es mir nicht so schwer, Frau Doktor Wagner. Gehen Sie. Ich verspreche, dass ich mich darum kümmern werde.«

Das vielleicht schon … Aber wann denn? In drei Jahren? Tränen steigen in meine Augen. Die letzten Wochen waren so entspannt, dass Regina und ich nicht mehr an ihre Ängste nach Sophies Einschulung dachten. Wir vergaßen sie schlicht. Und genau das rächt sich jetzt. Kaum etwas unvorsichtiger, nutzt irgendein Idiot seine Chance und schlägt gnadenlos zu. So muss sich ein Absturz vom Paradies in die Hölle anfühlen. Mein Herz klopft hektisch und hüpft unkontrolliert in meiner Brust.

Ich balle meine Hand zur Faust und haue mit aller Kraft auf den Tisch meines Chefs. Er zuckt zusammen.

»Mäßigen Sie sich, Frau Doktor Wagner.«, schimpft er.

Mäßigen! Pha! Ich bin wütend. Und traurig. Aber vor allem bin ich enttäuscht, dass mein Chef tatsächlich zu glauben scheint, ich hätte eine Beziehung mit Reginas Tochter. Einer Sechzehnjährigen. So ein Schwachsinn.

»Sie können Sophie König fragen. Sie wird Ihnen bestätigen, dass wir nichts miteinander haben. Außerdem ist sie mit Laurin zusammen.«

»Ich werde Sophie König befragen, verlassen Sie sich darauf. Und jetzt gehen Sie bitte. Ich melde mich bei Ihnen.« Er wendet seinen Kopf der Tür zu, ein unmissverständliches Zeichen, dass das Gespräch an dieser Stelle beendet ist.

Ich stehe auf, gehe zur Tür, durch die Tür hindurch, zu meinem Platz und von meinem Platz Richtung Haupteingang.

»Gehst Du schon?« Wie durch dichte Watte dringt Judiths Stimme in mein Bewusstsein.

»Ich gehe und komme, wie es aussieht, auch nicht mehr wieder.«

»Aber warum? Karin, was ist los? Du weinst ja.« Sie legt ihren Arm um meine Schultern und zieht mich um die Ecke.

»Das solltest Du lieber nicht tun. Kontakt mit mir kann Dir schnell zum Verhängnis werden.«

»Aber was ist denn los?«

»Komm nach dem Unterricht zu mir, dann sage ich es Dir.«, raune ich, drehe mich auf dem Absatz um und lasse sie stehen. Ich muss gehen. Jetzt. Bevor ich noch irgendetwas mache, was meine Situation noch mehr verschlechtert – falls das überhaupt noch möglich ist.

Ich lasse die Eingangstür hinter mir ins Schloss fallen, gehe die Treppe hinunter bis zur Straße. Ich drehe mich nicht um. Wohin jetzt? Links? Rechts? Geradeaus? Im Prinzip völlig egal. Ich laufe einfach. Und nehme nichts um mich herum wahr. Bäume, Häuser, Gärten mit gepflegtem Rasen, Gärten, die eher an einen Urwald erinnern, Straßen und Autos lasse ich hinter mir. Ab und zu höre ich meinen Namen. Die Tränen, die sich in meinen Augen sammeln, bilden einen dichten Schleier und versperren mir die Sicht. Egal. Ich will sowieso niemanden hören oder sehen. Heute können mich alle kreuzweise. Okay … Fast alle.

»Karin Wagner, Du bist so ein Idiot!«, schimpfe ich mit mir selbst. Wie konnte ich nur so kurzsichtig sein und Reginas Ängste belächeln? Wie recht sie doch hatte. Wer weiß, wie viele Fotos noch im Umlauf sind. Was, wenn jemand uns seit Monaten beobachtet und nur auf den perfekten Moment gewartet hat? Den Moment, den ich ihm auf dem Silbertablett geliefert habe. Ich könnte mich… Wenn ich nur wüsste, wer … Ich würde ihn zur Rede stellen. So richtig zusammenfalten, bis er ganz klein ist – mit Hut. Und wenn ich ihn für meine Rehabilitation am Haarschopf zum Chef zerren müsste, würde ich selbst das tun. So wahr ich hier gehe.

Mein Gesicht ist schmerzverzerrt. Ich habe ja schon viel erlebt, aber sowas? So etwas betraf sonst nur die anderen. Die männlichen Kollegen. Aber doch nicht mich. Ich trage eine rein weiße Weste. Ganz im Ernst. Noch nie habe ich mir etwas zu schulden kommen lassen, wenn man von den gefälschten Papieren vor mehr als zwanzig Jahren absieht. Noch nicht einmal diverse Verkehrsdelikte kann man mir anhängen.

Wer auch immer mich fertig machen will hat gut recherchiert. Und vor allem ziemlich geduldig und gründlich. Und er hat mich am einzigen Punkt gepackt, an dem er mich richtig fertig machen kann. So fertig, dass ich nicht mehr hoch komme. Egal von welcher Seite ich mein Problem betrachte, das Ergebnis ist immer gleich. Ich bin geliefert. Im Prinzip kann ich auch gleich meine Sachen packen, das Haus verkaufen und mit Regina und den Kids das Land verlassen.

Ich habe nichts getan, außer das Kind meiner Partnerin in die Arme zu schließen. Trotzdem werden all jene, die mich fallen sehen wollen, dafür sorgen, dass ich kein Bein mehr auf den Boden bekomme. Nicht in meiner Schule und auch in keiner anderen. Aber wer legt es darauf an? Wirklich nur Herbert? Oder habe ich in der Schule andere Kontrahenten, von denen ich nichts weiß? Ursula und Gerhard zum Beispiel? Oder Fabrizio? Egal, wie schwer es mir fällt, den Tatsachen ins Auge zu schauen, im Prinzip kommt außer Judith jeder meiner Kollegen als potenzieller Täter in Frage. Obwohl ich seit fast zwei Jahrzehnten mit ihnen zusammenarbeite, kann ich nicht weiter als vor ihre Stirn schauen. Was tatsächlich in ihnen vorgeht, was sie mit sich herumtragen, kann ich nicht wissen.

Patagonien. Ha! Wie weit will mich der Chef noch weg haben? Kann es vielleicht sogar sein, dass ER dahintersteckt? Warten, bis genügend Gras über die Sache gewachsen ist. Der hat sie ja wohl nicht mehr alle. Als ob ich die Zeit hätte, zu warten. Ich lege meine ganze Wut und Trauer in den Tritt, mit dem ich einen ziemlich großen

Stein weg kicke. Er fliegt weit. Mindestens zwanzig Meter, und kommt mit einem dumpfen Grollen auf der ungepflegten Rasenfläche zwischen den Fahrbahnen auf.

»Aaaaaaaah!« Der Schrei kommt von tief unten. In ihm liegen die ganze Wut und Verzweiflung, die mich förmlich übermannen. Er hallt zwischen den Häusern und Bäumen wider und kehrt zu mir zurück. Allerdings klingt er nicht mehr nach Aaaaah, sondern eher wie »Karin, Du bist eine blöde Kuh. Blöde Kuh. Blöde Kuh.« Vielen Dank auch. Als ob ich das nicht selbst wüsste. Blöd. Das trifft es voll auf den Punkt.

Als ich vor ein paar Stunden das Haus verlassen habe, hielt ich mich für den glücklichsten Menschen. *Wie schnell sich das Blatt doch wenden kann,* denke ich voller Zynismus. Mein Herz fühlt sich leer an. Und stumpf. Eben wie ein Muskel, dessen einzige Aufgabe es ist, mich am Leben zu halten, damit ich die Schmach noch etwas intensiver erleben kann.

19. Kapitel – Regina

Frau König? Ihre Lieferung ist da!« Ein Lächeln huscht über meine Lippen. Obwohl der Fahrer des Paketdienstes immer viel zu schleppen hat, behält er sich seinen Humor und hat ausnahmslos immer ein nettes Wort für jeden übrig.

»Hallo!«, rufe ich gut gelaunt und laufe ihm entgegen. Eine Kiste nach der anderen stellt er in meinem Laden ab. Er ist verschwitzt. Ich nicke ihm entschuldigend zu. So große Bestellungen wie heute, bekomme ich nur einmal im Monat. Diesmal sind zusätzlich zur normalen Großbestellung ein paar Kisten sehr exquisiter Whiskeys dabei. Für das nächste Tasting, das ich mit Jonathan Borchert veranstalte.

»Gibt es einen Whiskey, den Sie mir empfehlen würden? Einen, der meiner Frau UND mir schmeckt? Und nicht zu teuer ist?«

»Klar. Da wüsste ich einige. Warten Sie einen Augenblick.« Ich hatte schon lange vor, mich bei dem Paketfahrer zu bedanken. Ist jetzt nicht der perfekte Moment dafür?

»Machen Sie sich ein paar schöne Abende mit Ihrer Frau.«, sage ich ein paar Minuten später und drücke ihm zwei verpackte Tasting-Gläser, eine Packung Shortbread und eine Flasche in die Hand. Nicht die teuerste Flasche, die ich im Lager habe, aber bei weitem auch nicht die billigste. Ich bin mir ziemlich sicher, dass er begeistert sein wird.

»Ich fürchte, das kann ich mir nicht leisten.« Er schaut mich traurig an.

»Jetzt nehmen Sie schon. Und wenn Sie ihn trinken, können Sie ja gerne kurz an mich denken. Ich wünsche Ihnen einen schönen Abend.«

»Danke.« Seine Stimme ist leise geworden. »Bis die Tage, Frau König.«

Er geht und ich schaue ihm auch dann noch hinterher, als die Glocke über der Eingangstür längst verstummt ist. Dann erst drehe ich mich um und widme meine volle Aufmerksamkeit den Kisten, die darauf warten, ausgepackt zu werden. Vorsichtig lasse ich das Cutter-Messer durch das Klebeband gleiten. Die Ware ist kostbar. Ich kann es mir nicht leisten, eine der Whiskey-Verpackungen oder eines der Kleidungsstücke durch eine kleine Unaufmerksamkeit zu ruinieren.

Das Telefon klingelt. Ich springe auf und eile mit großen Schritten hinter den Tresen. Trotzdem bin ich zu langsam. Der Anrufbeantworter springt an. Judiths Stimme klingt aufgeregt.

»Hallo Regina, Judith hier. Wenn Du da bist, nimm bitte ab.«

»Hey, Judith. Alles klar?«

»Kannst Du Deinen Laden für heute dicht machen?« Sie hält sich nicht lange mit Smalltalk auf, sondern fällt gleich mit der Tür ins Haus. Die Härchen in meinem Nacken stellen sich auf. Sie klingt so hektisch, fast panisch.

»Nicht wirklich. Ich habe eine große Lieferung bekommen. Bevor ich gehen kann, muss ich alles auspacken, auszeichnen und in die Regale räumen. Warum fragst Du?«

»Es geht um Karin.«

»Was ist mit ihr?«

»Wenn ich das wüsste.«

Ich lege meine Stirn in Falten. Dass Karin manchmal in Rätseln spricht, bin ich ja gewöhnt. Aber Judith? Wenn sie nicht so aufgelöst klingen würde, würde ich glatt meinen, sie will mich veräppeln.

»Sie hat heute schon kurz nach acht die Schule wieder verlassen, wollte mir aber nicht sagen, warum. Von unseren Kollegen weiß niemand etwas, und selbst wenn, würden Sie es mir nicht sagen. Regina, ich mache mir ehrlich Sorgen. Vor und nach ihrem Ausraster vor ein paar Monaten habe ich sie nicht so erlebt. Ich habe sie zig Mal angerufen, aber sie geht nicht ran. Wir haben uns nach der Schule bei Euch verabredet. Da wollte sie mir alles erzählen, aber sie ist nicht da. Bitte … «

Okay. Das klingt wirklich seltsam. Bis auf den Ausrutscher vor ein paar Monaten, als Karin mich mit Jonathan Borchert gesehen hat und ich sie nicht erkannt habe, ist das Verhalten, das Judith beschreibt, überhaupt nicht Karins Art. Irgendetwas muss vorgefallen sein. Mit dem Telefonhörer zwischen Kinn und Schulter hole ich meine Sachen aus dem Lager, ziehe mich an, schreibe ein Schild für die Ladentür und lasse mein Geschäft hinter mir.

Judith kennt Karin seit mehr als zwanzig Jahren. Wenn SIE sich Sorgen macht, gibt es dafür auf jeden Fall einen guten Grund.

»Hast Du eine Idee, was passiert ist?«

»Nein. Sie hat nur gesagt, dass es mein Verhängnis wäre, wenn mich jemand mit ihr sieht.«

Verhängnis. Hmh. Während ich mit großen Schritten zu meinem Auto eile, zermartere ich mir das Hirn, doch alles, was mir durch den Kopf schwirrt, ergibt so gar keinen Sinn.

»Machst Du Dich auf den Weg?«

»Ja. Ich bin in spätestens fünfundvierzig Minuten da.«

»Okay. Aber fahr vorsichtig. Nicht, dass Dir jetzt noch was passiert. Bis gleich. Ich warte auf Dich. Hoffen wir mal, dass Karin in der Zwischenzeit hier auftaucht.«

Oh ja. Das hoffe ich auch. Und wie ich es hoffe. Ich drehe den Schlüssel im Schloss um. Der Motor startet mit tiefem Brummen. Erfahrungsgemäß ist um diese Uhrzeit nicht so viel Verkehr, so dass ich eigentlich gut durchkommen müsste.

Verhängnis. Dieses eine Wort hämmert immer wieder auf mein Hirn ein. Warum soll Kontakt mit Karin für Judith zum Verhängnis werden? Und warum hat Karin so früh die Schule wieder verlassen? Ich kann mir nur erklären, dass sie mit einem ihrer Kollegen oder Schüler so aneinander geraten ist, dass sie nichts mehr in der Schule gehalten hat. Allerdings weiß ich, dass Karin ziemlich viel aushält und sich nicht so schnell aus der Ruhe bringen lässt.

Es muss sich also um eine sehr drastische Auseinandersetzung handeln, die sie so sehr aus der Bahn geworfen hat, dass sie nicht mehr geradeaus denken kann.

Ein Autofahrer hupt mich an. Er fährt das Beifahrerfenster hinunter und zeigt mir seine Faust. *Du mich auch,* denke ich und lenke meine Aufmerksamkeit von ihm ab. Was kann ich dafür, dass er letzte Nacht auf einer Boxerzeitung geschlafen hat? Außerdem habe ich andere Sorgen als das Befinden anderer Verkehrsteilnehmer.

Kaum sehe ich das Ortsschild im Rückspiegel, trete ich aufs Gas. Der Motor heult auf. Vor lauter Aufregung habe ich den falschen Gang eingelegt. Egal, solange das Auto mich brav nach Hause bringt.

Kommt es mir nur so vor, oder zieht jemand die Strecke immer dann in die Länge, wenn ich es besonders eilig habe? Ein Traktor. Und das ausgerechnet an einer Stelle, an der ich nicht einfach überholen kann. Ich runzle die Stirn und hämmere auf den Lenker ein. Auf der eingelegten CD singt Johnny Cash von einem Feuerring. So ungefähr fühle ich mich. Als ob jemand einen brennenden Ring um mein Herz gelegt hätte.

Noch fast zwanzig Kilometer. Ich schaue auf die Uhr. Die dreiviertel Stunde ist schon fast vorbei und ich komme einfach nicht vorwärts. Wenn das so weitergeht, bin ich zu Fuß noch schneller. Ein Lächeln mogelt sich auf meine Lippen. Wäre Karin hier, wäre sie garantiert begeistert von dem Zufall, dass die Lautsprecher ausgerechnet jetzt ihr Lieblingslied *I walk the line* durchs Auto schmettern.

Am Anfang unserer Beziehung habe ich mich über ihren Musikgeschmack noch lustig gemacht, aber mittlerweile finde ich das, was Johnny Cash gemacht hat, gar nicht mehr so schlecht. Etwas countrylastig, handwerklich aber gut gemacht. Ich versuche, die Unruhe, die sich in mir ausbreitet zu bekämpfen und singe lauthals mit. Mir muss niemand sagen, dass Johnny selbst im Vollrausch besser geklungen hätte als ich jetzt.

Noch zehn Kilometer. Meine innere Unruhe steigt von Minute zu Minute. Was ist in der Schule vorgefallen? Was hat Karin so sehr getroffen, dass sie den Boden unter den Füßen verloren hat und einfach wegläuft?

Ich hoffe so sehr, dass sie in der Zwischenzeit nach Hause gekommen ist. Meine Finger zittern, als ich in meiner Handtasche nach der Zigarettenschachtel suche, die ich für besondere Notfälle immer bei mir trage. Eigentlich rauche ich nicht mehr. Aber das hier ist ein Notfall und besondere Notsituationen brauchen besondere Maßnahmen. Rauch steigt auf. Ich nehme einen tiefen Zug. Zu dumm, dass die Ruhe, die ich mir von der Zigarette versprochen habe, nicht eintritt. Ich zünde eine weitere an.

Als ich endlich in unsere Straße einbiege, sehe ich schon von Weitem Judith. Sie trägt die gleiche Mütze wie immer. Sehr hilfreich. Neben ihr taucht die kleinere Gestalt von Karin auf. Ihre Schultern sind eingefallen. Sie hält ihren Kopf gesenkt.

Karin ist zerstört, ein Schatten ihrer selbst. Von Selbstbewusstsein keine Spur mehr. Wer auch immer ihr das angetan hat, er hat ganze Arbeit geleistet.

Ich bremse mit quietschenden Reifen, reiße meine Tasche vom Beifahrersitz und springe aus dem Auto. Ohne ein Wort zu sagen, schließe ich Karin in meine Arme. Ihre Wangen sind genauso feucht wie ihr Haar, das stumpf und leblos an ihr herunterhängt. Ich streiche über ihren Kopf und wechsle einen Blick mit Judith, doch die zuckt nur mit den Schultern. Anscheinend weiß sie genauso viel wie ich.

»Lass uns ins Haus gehen.«, flüstere ich und lege meinen Arm um Karin. Mit der freien Hand angle ich nach meinem Schlüssel und versuche, ihn ins Schlüsselloch zu bekommen. Er sträubt sich mit aller Kraft. Meine Hand zittert so sehr, dass ich auch nach dem zehnten Versuch das Loch knapp verfehle. Judith nimmt mir den Schlüssel aus der Hand. Die Tür springt auf. Dankbar nicke ich ihr zu.

Im Flur schäle ich Karin aus ihrer nassen Jacke. Das Wetter passt perfekt zu unserer Stimmung. Es regnet. Seit Tagen.

»Judith, kannst Du schnell hoch gehen und ein Handtuch und trockene Sachen holen?«

Während Judith die Treppen hoch eilt, knöpfe ich Karins Hemd auf und schiebe es ihr von den Schultern. Karin lässt alles mit sich machen. Sie hat noch nicht ein Wort gesagt. Sie rührt sich auch nicht. Sie hält die Augen geschlossen und zieht ihren Kopf noch etwas weiter ein.

»Komm mit.«, bestimme ich leise und schiebe sie vor mir her ins kleine Gästebad.

»Ich habe ein großes Badetuch und Gammelklamotten mitgebracht. Ich hoffe, das ist okay.« Judith drückt mir einen Stapel Kleidung in die Hand, wendet sich dann aber ab. Sie ist nicht schnell genug, dass ich die Tränen, die beim Anblick der hilflosen Karin in ihren Augen schimmern, nicht bemerke. Bestimmt zerreißt es ihr das Herz genauso wie mir.

Karin ist eine starke Frau, die so schnell nichts umhaut. Sie in diesem Zustand zu sehen, ist mehr, als Judith oder ich ertragen können.

Vorsichtig rubble ich Karins feuchten Körper so lange, bis ihre Haut endlich wieder rosig schimmert.

»Was ist nur mit Dir passiert?«, murmle ich leise vor mich hin.

Ohne ein Wort des Widerstands lässt sie sich Unterhosen, T-Shirt und Hosen anziehen. Ihr Herz wummert schnell, ihre Stirn ist warm. Sie hängt willenlos in meinem Arm.

»Komm mit mir.«, flüstere ich und helfe ihr in die Hausschuhe. Sie schlurft hinter mir her und lässt sich ins weiche Polster des Sofas fallen. Ihre Augen fallen wieder zu.

»Mamaaaa! Ich habe Dein Auto gesehen. Bist Du da? Ich muss mit Dir reden. Sofort!« Entgegen ihrer Gewohnheit reißt meine Tochter die Wohnzimmertür nicht auf, sondern wartet im Flur, bis ich komme.

»Weißt Du, was mit Karin los ist?«, fällt sie sofort mit der Tür ins Haus. Leider bleibt mir nicht mehr, als den Kopf zu schütteln und sie traurig anzuschauen.

»Weißt Du was?«

»Dann hätte ich ja nicht gefragt. Logisch, oder? Der Direx war heute bei uns in der Klasse und hat gesagt, dass Karin längere Zeit nicht mehr kommt. Ich habe gedacht, mein Hamster jodelt. Warum hat sie nichts gesagt? Und ich habe mich noch gefreut, dass ich in ihrer Klasse bin und mit ihr nach Schweden fahren darf. Ist sie da drin?« Sophie zeigt auf die Wohnzimmertür und ich nicke.

»Dann frage ich sie gleich.«

»Lass mal lieber. Karin ist ziemlich … Sie ist müde.«

»Hat sie Burn-out oder so?«

Zaghaft schüttle ich den Kopf. Es macht keinen Sinn, Sophie anzulügen. Meine Tochter ist nicht dumm. Ihr wäre aufgefallen, wenn sich Karins Zusammenbruch angekündigt hätte.

»Nein. Wir wissen nicht, was mit ihr ist.«

»Wir?«

»Judith.«

»Ach so. Das ist gut. Soll ich für Lucas und mich beim Lieferdienst bestellen?«

»Mach das mal. Geld ist in meiner Tasche.«

»Ach, Mama, das hier soll ich Dir geben.«

Mit gerunzelter Stirn überfliege ich den handgeschriebenen Zettel. Sophie muss morgen zum Direktor.

»Hast Du etwas angestellt?«

»Nicht, dass ich wüsste. Ich weiß auch nicht, was der von mir will. Er hat gesagt, dass es wichtig ist. Ich soll ohne Dich kommen. Na ja, wird schon nicht so dramatisch sein.«

Sophie setzt ein Lächeln auf, haucht mir einen Kuss auf die Wange und verzieht sich in ihr Zimmer. Sie hat mir noch versprochen, sich darum zu kümmern, dass Lucas uns nicht stört.

Mit einem Seufzen, das tief aus meiner Brust kommt, kehre ich ins Wohnzimmer zurück. Karin hängt immer noch wie ein Schlückchen Wasser in der Kurve auf dem

Sofa. Judiths Stirn ist in sorgenvolle Falten gelegt. Auf meinen fragenden Blick schüttelt sie nur den Kopf und schenkt mir ein trauriges Lächeln. Karin hat noch nicht mit ihr geredet. Ich lasse mich neben meiner Partnerin ins Sofa sinken.

»Karin? Was ist passiert?«, flüstere ich atemlos.

»Ich bin suspendiert.«, grunzt sie emotionslos. »Weil ich nicht auf Dich gehört habe.«

»Wie meinst Du das?«

Sie reißt ihre Augen auf und starrt mich an. Ihr Blick ist leer. Tiefe Verletzung zeichnet sich in ihren Gesichtszügen ab. Der Regen prasselt auf das Vordach.

»Warum bist Du suspendiert?«, fragt nun auch Judith und schaut verständnislos.

»Weil ich meine Pfoten nicht bei mir lassen konnte und Sophie angemacht habe.«

»Sophie? Meine Tochter Sophie?«

»Ja. Nein. Eben nicht. Ein Foto beweist allerdings was anderes.«

Gerade noch stumm wie ein Fisch, sprudeln die Worte nun wie ein Wasserfall aus Karin heraus. Ich erinnere mich noch genau an den Tag, an dem das verhängnisvolle Foto entstanden sein muss. Sophie hatte eine schlechte Note bekommen und ärgerte sich. Karin erzählte mir am Abend, dass sie versucht hat, sie zu beruhigen. Und das hat nun jemand als Anmache interpretiert? Unglaublich, manche Leute. Fassungslos lausche ich ihren Worten. Mein

Atem beschleunigt sich. Mein Blick fällt auf Judith. Sie fächelt sich Luft zu.

»Das ist ja mal ein starkes Stück. Und der Chef hat Dir nicht geglaubt?«

»Nö. Ich bin suspendiert. Schon vergessen? Er hat nicht mal gesagt, woher er das verdammte Bild hat.«

»Aber da muss man doch was tun. Das können wir doch so nicht stehen lassen.«

»Ach.« Karin macht eine wegwerfende Handbewegung. Zwischen ihren Augen bildet sich eine tiefe Falte. Sie ist auf hundertachtzig, was ich nur zu gut verstehen kann. Seit Jahren arbeitet sie in dieser Schule, investiert private Zeit, um den Schülern das zu vermitteln, was in ihren Augen für das Leben nach der Schule wichtig ist. Und dann das.

»Das macht doch sowieso keinen Sinn. Er hat schon lange entschieden, dass ich schuldig bin. Was soll ich daran noch ändern? Außerdem habe ich Hausverbot. Ich darf mich dem Gelände nicht mal nähern.«

»Du vielleicht nicht. Aber Regina und ich. Der Chef ist bestimmt noch im Büro. Komm, Regina!«

Mit einem Satz springt Judith aus dem Sofa auf und eilt zur Tür.

»Moment. Wir sollten nichts überstürzen. Nicht, dass wir es noch schlimmer machen. Das kann niemand brauchen. Kennt Ihr einen guten Anwalt?«

»Wozu denn einen Anwalt? Glaubst Du mir etwa auch nicht?« Karin schaut mich skeptisch an, mit diesem *Die-ganze-Welt-ist-gegen-mich* Blick. Sie schaut so verzweifelt aus. Während mein Leben sich immer mehr zum besseren dreht, seit ich mit Karin zusammen bin, bricht ihre Welt gerade auseinander. Ich muss etwas unternehmen. Irgendetwas. Nur was? Fieberhaft überlege ich, ob unter meinen Kunden vielleicht ein Anwalt ist. Vielleicht sollte ich Jonathan anrufen? Der kennt doch Hinz und Kunz.

»Bin ich blöd. Der Vater von Laurin und Fjolla ist doch Anwalt. Den sollten wir anrufen.«

»Ich weiß nicht, Judith. Er ist der Vater von Sophies Freund. Schaut es nicht komisch aus, wenn wir ihn um Hilfe bitten?«

»Nein, warum? Wenn jemand helfen kann, dann er. Ich rufe ihn an.«

20. Kapitel – Karin

»Frau Doktor Wagner, Frau König, ah und Frau Kraus ist auch hier. Sehr schön, sehr schön.«

Der Vater von Laurin und Fjolla ist ein ergrauter Endvierziger mit legerem Kleidungsstil. Er trägt Jeans und ein Hemd, das seinen sportlichen Körperbau betont. Die beiden oberen Knöpfe sind offen. Er drückt meine Hand und schenkt mir ein aufmunterndes Lächeln.

»Na, dann werden wir mal schauen, wie wir die Kuh vom Eis holen. Sie müssen mir alles erzählen.«

Da es mir schwerfällt, sämtliche Fakten und Anschuldigungen ein weiteres Mal auszubreiten, kommen mir Regina und Judith zur Hilfe und geben das, was ich ihnen erzählt habe, wieder. Herr Lindholm schreibt fleißig mit. Ab und zu runzelt er die Stirn und brummelt leise vor sich hin. Er hüstelt unauffällig.

»Hätten Sie vielleicht ein Glas Wasser für mich?«

Regina klatscht sich mit der flachen Hand auf die Stirn.

»Sorry, normalerweise bin ich nicht so eine schlechte Gastgeberin, aber … Darf ich Ihnen auch einen Kaffee anbieten? Judith?«

Regina eilt aus dem Zimmer. Meine Blicke folgen ihr. Wäre die Situation nicht so verworren und unangenehm, müsste ich glatt lachen. Mein Gott, wie sehr ich sie liebe. Es sind diese kleinen Momente, die mir immer wieder vor Augen führen, was für ein Glück ich im Grunde habe. Wenn ich das Problem, mit dem wir uns gerade herum schlagen, außer acht lasse, würde ich mein Leben als perfekt beschreiben. War eigentlich klar, dass irgendwann ein Dämpfer kommen musste. Wer kann schon so viel Glück auf einmal haben? Ich nicht. Hatte ich auch noch nie.

»Nun, Frau Doktor Wagner … «, sagt unser Anwalt Herr Lindholm eine oder zwei Stunden später. Seit ich heute morgen die Schule unfreiwillig wieder verlassen habe, habe ich jegliches Zeitgefühl verloren. Ich weiß nicht, wie lange ich durch den Regen geirrt bin und ich habe auch keine Ahnung, wie spät es mittlerweile ist. Verstohlen riskiere ich einen Blick auf die Uhr. Viertel nach fünf.

»Wenn Sie mir das Mandat geben, werde ich mich darum kümmern, dass Sophie morgen nicht allein zu Ihrem Chef gehen muss. Ich werde sie begleiten und darauf achten, dass er ihr keine Fragen stellt, die ihre Privatsphäre verletzen. Außerdem arbeitet unsere Kanzlei mit einer Detektei zusammen. Ich werde mich mit dem Kollegen in Verbindung setzen. Vielleicht findet er heraus, wer hinter diesem Komplott steckt. Ziel ist ihre vollständige Rehabilitation. Sie müssen mir allerdings Ihr

Wort geben, dass sie nichts unternehmen werden, was unseren Plan gefährden könnte. Dazu gehört, dass weder Sie sich, Frau Doktor Wagner, noch Sie, Frau König, der Schule nähern. Nutzen Sie die Zeit und kommen Sie zur Ruhe. Ein paar Tage zusätzlicher Urlaub schadet Ihnen doch bestimmt nicht, oder?«

Der Vater von Laurin und Fjolla lacht und zeigt zwei Reihen strahlend weißer Zähne. Er erinnert mich immer mehr an seinen Sohn. Die Mimik, die Gestik, die Art, wie er spricht und wie er sich bewegt. Wie Laurin. Nur in älterer Ausführung. Ich versuche mich an einem Lächeln und auch Regina und Judith ringen sich ein Lächeln ab.

»Wie hoch schätzen Sie denn die Chancen ein, dass wir herausfinden, wer hinter dem Foto steckt? Glauben Sie, Sie bekommen es hin, dass Karin vollständig – wie nennen Sie das? Rehabilitiert wird?«

»Würde ich Ihnen meine Hilfe anbieten, wenn ich nicht daran glauben würde?«

»Na ja, immerhin sind Sie Anwalt. Sie verdienen eine Menge Geld mit Ihrem Job.«

Jetzt lacht er. Tief und laut. Ich mag den Mann.

»Wir Anwälte verlieren nicht gern.«, erklärt er. Damit ist die Sache für ihn klar. Er hat das Mandat und wird sich um alles weitere kümmern.

»Bitte tun Sie mir einen Gefallen. Sollte Ihnen noch irgendetwas einfallen, oder sollte noch etwas passieren, was uns Aufschluss auf den Urheber des Bildes geben kann, rufen Sie mich an. Und jetzt möchte ich gerne mit Sophie sprechen.«

Karin … Es tut mir so leid.« Sophie schmiegt sich in meine Arme. Ihre Wangen sind genauso feucht wie meine vor ein paar Stunden. Mittlerweile bin ich innerlich überraschend ruhig. Der Besuch von Laurins und Fjollas Vater hat mir Mut gemacht. Ich streiche über Sophies Haar.

»Du kannst doch nichts dafür.«, murmle ich.

»Doch. Wenn ich an dem Tag nicht so traurig gewesen wäre, hätte es das Foto nie gegeben.«

»Ach Schatz. Dann hätte derjenige eben so lange gewartet, bis er eine andere Möglichkeit gefunden hätte. Es macht keinen Sinn, wenn wir uns jetzt den Kopf zerbrechen. Versuch zu schlafen, damit Du morgen fit bist. Ich hab Dich lieb, meine Kleine.«

»Ich hab Dich auch lieb, Karin.«, flüstert sie und kuschelt sich in ihren Decken ein.

Regina liegt schon in ihrem Bett. Wie immer steht ihr Haar wirr in alle Richtungen. Unser Schlafzimmer riecht nach Rauch. Ich rümpfe die Nase.

»Sorry, ich habe extra auf dem Balkon geraucht. Ist wohl reingezogen.«

»Kein Problem.«, lüge ich und weiß, dass sie weiß, dass ich es nicht mag, wenn sie nach Rauch riecht. Sie hat vor ein paar Monaten mit dem Rauchen aufgehört. Der Tag heute kostete sie Kraft und vor allem Nerven. Um sich zu beruhigen hat sie sich heute mehrmals nach draußen verzogen, um zu inhalieren, wie sie es immer nennt, wenn sie raucht.

Als ich heute Morgen das Haus verließ, war unsere Welt noch in Ordnung. Und dann ... Ich will nicht weiter darüber nachdenken. In der nächsten Zeit werde ich wohl lernen müssen, abzuwarten und darauf zu vertrauen, dass unser Anwalt alles tun wird, um mir zu helfen.

Regina klopft aufs Bett und ich gleite mit einem Schwung in ihre Arme. Ihre Haut riecht nach Duschgel und Shampoo. Ich hole tief Luft.

»Meinst Du, wir kriegen das hin?«, flüstere ich.

»Haben wir schon mal was nicht hinbekommen?«

Zaghaft schüttle ich den Kopf und muss ihr recht geben. Kein Berg ist zu hoch, kein Fluss zu tief, als dass wir keinen Weg gefunden hätten. Aber ist das dieses Mal auch der Fall? Ich kann nur abwarten. Dummerweise fällt mir abwarten grundsätzlich mehr als schwer. Ich bin nicht gerade mit Geduld gesegnet. Unangenehme Stimmungen halte ich nur schwer aus. Und ich hasse Situationen, auf die ich keinen Einfluss mehr habe. Meinen *Fall* in die

Hände von Laurins Vater zu geben, ein riesiger Schritt für mich.

»Komm her.«, flüstert Regina und zieht mich in ihre Arme. Ihr Herz klopft ruhig. Viel ruhiger als meines. Ich passe meinen Atem ihrem an und spüre, wie die Ruhe langsam von ihr auf mich übergeht.

»Ich liebe Dich.«, hauche ich.

Gut eine Woche ist vergangen, seit Herr Lindholm bei uns war und mir seine Hilfe zugesichert hat. Viel ist nicht passiert seitdem. Genau genommen überhaupt nichts.

Er hat Sophie zum Gespräch mit meinem Chef begleitet und intime Fragen blockiert. Außerdem hat er darauf bestanden, dass er von meinem Chef eine Kopie des Fotos bekommt. Der Detektiv ist nun dabei, herauszufinden, wer dafür verantwortlich ist.

Ansonsten ist es erstaunlich ruhig geblieben. Regina kümmert sich um ihren Laden, Sophie und Lucas gehen in die Schule. Alles so wie immer. Fast. Sobald Regina und die Kinder das Haus verlassen, lasse ich mich aufs Sofa fallen und zappe mich durch die verschiedenen Fernsehprogramme. Nur Müll, auf allen Kanälen. Wie gut, dass es Streaminganbieter gibt. Mittlerweile kenne ich die eine oder andere Serie und ziehe mir einen Film nach dem anderen rein.

Suspendiert sein hat nicht nur Nachteile. Je mehr Tage ohne große Veränderung ins Land ziehen, desto mehr freunde ich mich mit dem süßen Nichtstun an.

Füße hochlegen, Filme schauen, lesen, schlafen und duschen, wann ICH will.

Ich strecke mich und gähne zufrieden. Der Vater von Laurin und Fjolla hat nicht ganz unrecht. Wäre der Anlass nicht so unangenehm, könnte ich die paar zusätzlichen freien Tage sogar genießen. Irgendwie surreal.

Es gibt so viel, was ich tun könnte. Fenster putzen zum Beispiel, oder mich mit dem Gedanken auseinandersetzen, ob ich mich nicht doch verändern und vollständig in die Forschung einsteigen will. Sogar ein Filmprojekt über die schützenswerten Schönheiten der Weltmeere wäre ein paar Gedanken wert. Irgendwann.

Gestern habe ich Post von dem Institut, in dem ich in den letzten Jahren meine Ferien mit wissenschaftlichen Arbeiten verbracht habe, erhalten. Sie laden mich ein, an einer Tagung teilzunehmen. Für die Tagung ist die große Veranstaltungshalle in dem Ort, in dem Regina ihren Laden hat, gebucht worden. Ich soll an einer Podiumsdiskussion mit dem Thema *Der Klimawandel als Fluchtursache* teilnehmen. So richtig motiviert bin ich im Moment noch nicht. Nicht solange unklar ist, wie es mit mir weitergeht. Ich bin viel zu sehr mit mir selbst beschäftigt, um mich auf etwas anderes zu konzentrieren.

Auf Reginas Stirn bildeten sich tiefe Sorgenfalten, als ich ihr sagte, dass mein Interesse an der Tagung nicht besonders groß ist. Sie weiß, dass ich bei diesem Thema normalerweise endlos referieren kann und unruhig im Wohnzimmer auf und ab gehe, sobald auch nur eine kurze Filmsequenz über mein Lieblingsthema über den Bildschirm flimmert. Aber ich weiß einfach nicht, was ich bei der Konferenz soll. Ich bin keine Lehrerin mehr. Jedenfalls im Moment nicht. Ich habe einfach nichts mehr zu sagen. Nichts mehr zu geben. Ich bin leer.

»Dachte ich es mir doch.«

Ich schrecke hoch. Regina steht in der Tür und stemmt die Hände in die Seiten.

»Du wirst jetzt aufstehen und unter die Dusche gehen. Dann wirst Du mich in den Laden begleiten.«

»Und wenn ich nicht will?«, frage ich mit pampiger Stimme. Ich will mich meiner Verzweiflung hingeben, mich fallenlassen und erst wieder aufstehen, wenn Regina und die Kinder zurückkommen. Warum versteht sie mich nicht? Ist sie suspendiert worden oder ich? Seit zwei Tagen tut sie, als wäre alles so wie immer und geht einfach über das, was passiert ist, hinweg.

»Ich brauche Dich heute im Laden. Ich bekomme eine größere Lieferung. Du kannst mir helfen. Ist bestimmt besser, als Dich hier zu verkriechen.«

Ich verkrieche mich nicht. Ich will nur meine Ruhe. Ist das denn so schwer zu verstehen? Das erste Mal seit Reginas Einzug bereue ich, dass ich mit dem Zusammenziehen nicht länger gewartet habe. Wenn ich früher das Bedürfnis hatte, mich zurückzuziehen, dann habe ich das getan. Und zwar so lange und so intensiv ich wollte. Es war ja niemand da, der mich mitleidig angeschaut hätte oder mich daran erinnert hätte, dass es ein Leben vor der Haustür gibt.

»Komm da wieder raus, bitte.«, sagt sie leise und kommt langsam auf mich zu. Sie lässt mich nicht aus den Augen. Sie redet sich so leicht. Wie soll ich wieder raus kommen, wenn von meiner Karriere nur ein Scherbenhaufen übrig geblieben ist? Die vielen Entbehrungen, die harte Arbeit all die Jahre. Alles für die Katz. Warum meldet sich unser Anwalt nicht? Mir dauert das alles viel zu lang.

»Weißt Du was?«, fängt Regina an und setzt sich neben mich. »Sophie und Lucas sind an dem Wochenende, an dem die Tagung stattfindet, mit den Pfadfindern unterwegs. Ich werde Dich einfach zu Deiner Tagung begleiten. Dann bist Du nicht allein. Was hältst Du davon?«

Nichts? Viel? Ich weiß es nicht, weiß ich doch noch nicht einmal, ob ich überhaupt teilnehmen will.

21. Kapitel – Regina

Es schneidet mir ins Herz, Karin so zu sehen. Seit Tagen gräbt sie sich ein. Ich hatte es schon geahnt, dass sie sich aufs Sofa legt, sobald wir das Haus verlassen und die Tür hinter uns schließen. Sie jetzt live und in Farbe so zu sehen ist jedoch eine ganz andere Hausnummer. Ich versuche, den Kloß, der sich in meinem Hals ausbreitet, hinunterzuschlucken, aber er sitzt fest. Bombenfest.

Sollte ich mich über Karin ärgern? Oder Verständnis für sie haben? Seit einer Woche liegt sie auf dem Sofa und macht nichts. Komme ich am Abend von der Arbeit, stapeln sich Zeitschriften und Pizzakartons auf dem Wohnzimmertisch. Wahnsinn, wie schnell es geht, dass sie wieder in ihr altes Ernährungsmuster verfällt.

»Steh auf jetzt. Bitte. Ich könnte wirklich Deine Hilfe brauchen.«

»Niemand. Hörst Du? Niemand braucht mich. Ich bin nutzlos. Und suspendiert.« Och neee. Jetzt nicht die Nummer mit dem Selbstmitleid. Ich runzle die Stirn.

Natürlich brauche ich sie. Die Kinder brauchen sie auch. Und das weiß Karin auch.

Anscheinend setzt ihr die Tatsache, dass sie nichts tun kann, um ihrer Suspendierung entgegenzuwirken, doch mehr zu, als sie zugeben will. Nach dem Besuch von Herrn Lindholm wirkte sie so erleichtert, so ermutigt und so sicher, dass alles wieder gut werden würde. Je länger er sich aber nicht bei uns meldet und auch sonst nichts passiert, was ihre Situation verbessern könnte, desto tiefer wird der Graben, in den sie langsam hineinrutscht.

Die Stärke, die sie, seit ich sie kenne, so offen zur Schau trägt, scheint nur Fassade zu sein, hinter der sie versteckt, dass sie im Grunde ein Mensch wie jeder andere ist. Ein Mensch mit Emotionen und Erfahrungen, positiven und negativen Erinnerungen, Angst und Unsicherheit. Es wird Zeit, dass sie sich daran erinnert, wer sie ist und was sie in ihrem Leben schon alles geschafft hat. Und vor allem, WIE sie es geschafft hat.

»Karin, ich muss gleich los, aber ich will nicht ohne Dich gehen. Ich lasse es nicht zu, dass Du Dich weiter hier versteckst.«

»Ich will aber allein sein.«, brummt sie und verzieht ihre Lippen zu einem trotzigen Schmollmund.

»Du musst nicht Animateurin spielen. Ich kann gut auf mich selber aufpassen.« Ich bin mir sicher, dass sie weiß, wie ungerecht und verletzend ihre Worte sind. Vielleicht setzt sie sie auch gerade deswegen ein? Damit ich mich umdrehe und gehe? Sie in ihrem Dreck schmoren lasse? Dann hat sie die Bestätigung, die sie sucht, aber doch eigentlich gar nicht will. Sie kann doch nicht wollen, dass ich sie im Stich lasse.

»Es tut mir leid, Regina. Ich kann einfach nicht aus meiner Haut. Ich wollte Dich nicht verletzen.«, räumt sie reumütig ein. Ihr Gesicht schaut zerknittert aus. Sie atmet schwer.

»Ich weiß einfach nicht, was ich tun soll. Die Zeit vergeht einfach nicht.«

»Dann komm doch mit mir mit. Du wirst sehen, der Tag geht schneller vorbei, wenn man etwas zu tun hat.«

»Aber ich will ja überhaupt nicht, dass er vorbei geht. Ich will, dass Herr Lindholm sich endlich bei uns meldet. Und ich will wieder unterrichten. Wusstest Du, dass Clarke in *The 100* mit einer Frau zusammenkommt?«

Ich werfe die Arme in die Luft. Karin hat eindeutig einen Stubenkoller. Dagegen muss ich doch irgendetwas unternehmen. Sie irgendwie herauslocken.

»Weißt Du was, Du springst schnell unter die Dusche, ziehst Dich an und kommst mit. Im Laden überlegen wir, wie wir weitermachen. Und heute Mittag holen wir uns eine riesige Portion dänisches Softeis. Na, was hältst Du davon?«

Meine Augenbrauen zucken hoch. Zu behaupten, dass ich überrascht wäre, als sie tatsächlich nickt und sich schwerfällig aus den Decken auf dem Sofa schält, wäre die

Untertreibung des Tages. Zu gerne wüsste ich, was den Sinneswandel auf einmal auslöst. Wahrscheinlich die Aussicht auf ihr Lieblingseis. Zuzutrauen wäre es ihr.

»Vielleicht hast Du recht und ich sollte langsam wieder aufstehen. Du glaubst nicht, was tagsüber für ein Schrott im Fernsehen kommt.« Ich verbeiße mir ein Grinsen. Karin baut sich, mit ihrer an den Knien ausgebeulten Hausaufenthaltshose und dem Oberteil, das sich eng um ihren Körper legt, vor dem Sofa auf und stemmt die Hände in die Seiten. »Dass die Menschen da depressiv werden, wundert mich nicht. Eine bescheuerte Sendung jagt die andere. Da verblödet man total.«

»Dann hoffen wir mal, dass Deine grauen Zellen noch nicht vollkommen abgestorben sind, meine kleine Intelligenzbestie.«

Ich hauche einen Kuss auf ihre Lippen und verpasse ihr einen sanften Klaps auf den Po, den sie mit einem Lachen quittiert.

»Du denkst aber jetzt nicht, dass Du mich in Deinem Laden wie einen AzuBi herum jagen kannst, oder?«

»Doch. Eigentlich schon. Also, meine süße AzuBine, hopp, hopp, die Arbeit wartet.«

Meinen Blick im Rücken trabt sie die Treppe hoch. Ihre Schultern sind immer noch etwas eingefallen. Die Jogginghosen hängen locker an ihr herunter. Obwohl sie in den letzten Tagen fast nichts anderes als gegessen und Fernsehen geschaut hat, hat sie offensichtlich ein paar Kilo abgenommen. Wird Zeit, dass sie wieder etwas auf die Rippen bekommt. Sie ist ja nur noch Haut und Knochen. Der Kummer nagt an ihr. Mehr, als sie uns gegenüber offen zugibt.

Nicht einmal Judith ist es in den letzten Tagen gelungen, sie aus ihrem Schneckenhaus zu locken. Umso mehr freue ich mich, dass sie mich begleitet. Wäre ja wohl gelacht, wenn ich sie nicht aus ihrem Tief holen könnte.

Arbeit habe ich im Moment, weiß Gott, genug. Fotos, von allen Artikeln, die ich im Laden führe, machen und in meinen Webshop einpflegen, Bestellungen entgegennehmen und prüfen, Waren auszeichnen und in die Regale sortieren, Bestellungen, die über den Webshop eingehen, für den Versand fertig machen und und und. Mir fällt genug ein, was ich ohne Probleme an Karin delegieren kann. Vermutlich nicht ihr Traumjob, aber besser, als den ganzen Tag allein daheim herumzusitzen und zu grübeln ist es auf alle Fälle.

Hätte ich eine Angestellte, würde ich ein paar Tage freinehmen und mit ihr in ein Wellnesshotel oder wohin auch immer fahren, aber so einfach ist das leider nicht. Die laufenden Kosten fressen so viel, dass ich es mir nicht leisten kann, mein Geschäft einfach für ein paar Tage nicht zu öffnen. Außerdem müssen wir den Umzug planen und alles, was ich in den nächsten Wochen sicher nicht brauche, in Kisten verpacken.

In vier Wochen schließe ich mein Geschäft in der Stadt, die mir viele Jahre eine Heimat geboten hat. Die meisten Kunden haben mir ihr Versprechen, mich auch in meinem neuen Geschäft zu besuchen, schon gegeben.

An dem Tag, an dem ich die Tür das letzte Mal öffnen werde, ist Frühlingsmarkt in der Stadt. Also habe ich mich entschieden, diesen Tag mit allen Kunden gebührend zu feiern. Jonathan Borchert hat sich bereiterklärt, den Grill für mich an zu schmeißen. Außerdem werden wir mehrere Fässer Guinness und einige wirklich günstige Angebote unter die Leute bringen.

Einerseits freue ich mich auf den Neustart in meiner neuen Heimat. Das Geschäft ist viel größer als meines. Viel mehr Ladenfläche, so dass ich das Sortiment erweitern kann. Aber auch mehr Verantwortung, da die Pacht um einiges höher ist.

Auf der anderen Seite gehe ich mit einem weinenden Auge und einer riesigen Portion Unsicherheit. Was, wenn die Leute meinen Laden nicht annehmen, oder wenn die Laufkundschaft einfach vorbeigeht. Oder, noch schlimmer, meinen Laden betritt, sich beraten lässt und dann günstiger im Internet kauft. Vor allem aber fühle ich, auch durch die veränderte Situation von Karin, ein Grummeln im Bauch.

Sollte das *Beweisfoto* von Karins Schuld doch noch den Weg in die Öffentlichkeit finden, werden die Leute bestimmt nicht besonders begeistert reagieren. Ob sie dann meinen Laden überhaupt noch betreten ist mehr als fraglich. Schließlich bin ich die Mutter, die ihr Kind *dieser Bestie* opfert.

Schon jetzt begleitet mich ständig das Gefühl, dass uns die Leute komisch anstarren und ich fühle mich regelmäßig von ihren Blicken verfolgt. Wissen sie etwas, wovon ich noch nichts weiß? Betrachten sie mich deshalb so abfällig und mustern mich von oben bis unten?

Normalerweise gehe ich gerne mit Karin und den Kindern zum Einkaufen. Seit dem Vorfall an der Schule ziehe ich es aber immer öfter vor, direkt nach Ladenschluss in den Biomarkt in meiner Heimatstadt zu gehen.

Dort kennen mich alle und wissen um meine Vorlieben. Außerdem fühle ich mich dort im Moment freier. Ich hoffe so sehr, dass die Anschuldigungen gegen Karin bald aus der Welt geräumt werden können. Die angespannte Situation zerrt an uns allen. Sophie verlässt das Haus nur noch, um in die Schule zu gehen oder Laurin zu besuchen. Ansonsten vergräbt sie sich genauso wie Karin. Lucas geht etwas entspannter damit um, äußert aber auch, dass er sich beobachtet fühlt.

Vielleicht ist es doch keine so gute Idee, dass ich meinen Laden aufgebe. Wer weiß, wie lange sich alles hinzieht und ob wir dem Druck standhalten. Auch die Möglichkeit, dass Karin Fluchtgedanken entwickelt, ist nicht so abwegig wie ich es gerne hätte. Nicht nur einmal hat sie in den vergangenen Tagen von einem Neuanfang gesprochen und verträumt aus dem Fenster geschaut. Kanada und Norwegen waren im Gespräch. Oder Schweden, das Land, das sie so sehr liebt. Ich bin mir ziemlich sicher, dass sie, würde Agneta anrufen und ihr das Grundstück anbieten, sofort zuschlagen würde. Sie liebt diesen Ort, genauso wie ich. Sie verbindet so viel damit.

Ich muss dringend mit Herrn Lindholm sprechen. Er muss sich mehr dahinter klemmen, dass wir bald wieder völlig normal leben können, ohne uns verfolgt fühlen zu müssen.

Unsere kleine Familie leidet unter der Situation. Wir reden nicht die ganze Zeit darüber. Das müssen wir auch nicht. Sobald ich Karin oder die Kinder anschaue, weiß ich, was sie denken und sie wissen, was in meinem Kopf vorgeht.

Die Zeit drängt. Im Moment kann ich Karin gut ablenken, aber irgendwann ist mein Laden umgezogen und dann weiß ich nicht, womit ich sie beschäftigen kann.

Je früher sich alles aufklärt, desto schneller können wir wieder in die Normalität eintauchen. Sophie hat dem Schuldirektor zwar bereitwillig ihre Version der Entstehung des belastenden Fotos erzählt, doch er zeigte sich von seiner harten Seite. Jedes Wort, das sie sagte, stellte er in Frage und stellte am Schluss sogar in den Raum, dass sie keine andere Wahl gehabt hätte. Schließlich ist Sophie ein intelligentes Mädchen und weiß, was von ihr erwartet wird. Er zweifelte an der Glaubwürdigkeit ihrer Beteuerungen, woran nicht einmal die Anwesenheit unseres Anwalts etwas änderte.

In seinen Augen sagte das Bild mehr aus, als Sophie ausmerzen konnte. Er hatte sich seine Meinung gebildet und würde nun dafür sorgen, dass das Schulamt von den vermeintlichen Übergriffen erfuhr. Davon weiß Karin, Gott sei Dank, noch nichts. Sophie hat mir am Abend nach ihrem Gespräch mit dem Schuldirektor davon erzählt und wir beschlossen gemeinsam, dass wir vorerst kein Wort darüber verlieren.

Das schlimmste, was jetzt passieren kann, ist, dass Karin den Mut verliert.

Ich kann mir die Starrköpfigkeit des Schulleiters nicht erklären. Bis zu dem Vorfall hielt er, laut Karins und Judiths Erzählungen, sehr hohe Stücke auf sie. Was auch immer dafür gesorgt hat, dass er seine Meinung geändert hat, weiß ich nicht.

Im Moment ist es fast so, als würden wir versuchen, in einem schlammigen Tümpel den Boden zu sehen. So viele Fragen und nicht eine brauchbare Antwort.

Gleich heute Mittag werde ich unseren Anwalt anrufen. Es kann doch nicht sein, dass er keine Informationen für uns hat.

22. Kapitel – Karin

Du bist fies.«, brumme ich. In den letzten drei Stunden hat Regina mich gefühlte hundert Mal in den Keller gejagt. Ich sollte Flaschen hinunter bringen und andere dafür hoch holen. Dann brauchte sie Klebeband und die Rolle mit den Preisschildern. Dass ich mir vorkomme wie ein AzuBi ist wahrscheinlich minimal untertrieben. Laufbursche trifft es besser. Sie ist schlimmer als ein Sklaventreiber. Fehlt nur noch die Peitsche.

Nie hätte ich gedacht, dass in ihrem kleinen Laden so viel Arbeit anfallen würde. Ich dachte immer, dass Regina eine ruhige Kugel schiebt, weil sie am Abend immer so munter und gut gelaunt ist, wenn sie von der Arbeit nach Hause kommt. Sie findet sogar noch Zeit, Abendessen zu kochen und sich von Lucas, Sophie und mir die neuesten Geschichten aus der Schule erzählen zu lassen.

Ich hingegen pfeife jetzt schon aus dem letzten Loch, dabei haben wir nicht einmal die Hälfte des Tages hinter uns gebracht. Wenn wir heute Abend nach Hause kommen, stehe ich nicht mehr auf – und wenn, dann nur im äußersten Notfall. Wenn ein Asteroid auf unser Haus zurast zum Beispiel. Oder wenn Ostern und Weihnachten auf den selben Tag fallen. Ansonsten … nein. Ich werde meinen Hintern nicht mehr vom Sofa hochheben.

»Karin, Du musst etwas tun. So kann das nicht weitergehen.«, knurre ich leise vor mich hin und trabe die Treppe ein weiteres Mal hinunter. In den letzten Monaten bin ich richtig unfit geworden. Dass meine Jeans noch passen liegt ausschließlich an der angespannten und unklaren Situation, in der ich mich im Moment befinde. »Vielleicht sollte ich meine Zeit lieber im Fitnessstudio verbringen.« Ich kneife in eines der Speckröllchen, das sich über den Bund meiner Jeans mogelt. Regina kocht einfach zu gut und ich bin faul geworden. Ich habe einfach nicht mehr das Bedürfnis, im Studio Gewichte zu heben oder stundenlang auf dem Laufband vor mich hin zu traben. Hätte mir das vor einem Jahr jemand gesagt … Freiheit gegen Familienleben, Fast-Food gegen Bio-Futter. Wer hätte das gedacht?

Mit Regina und ihren Kindern habe ich wirklich Glück gehabt. Sie geben mir so viel Liebe und sind immer für mich da – selbst dann, wenn ich ein paar Minuten für mich brauche oder alleine sein will.

Ein unangenehmes Grummeln rumort in meinem Bauch. Ein Gefühl, dass sich in meinem Innersten festklammert und nicht bereit ist, loszulassen, egal, wie oft ich mich räuspere oder huste. Meine Hand umklammert das Treppengeländer. Es ist, als würde eine hämische Stimme mich auslachen und mir erzählen, wie schwach ich bin. Kann es nicht sein, dass ich so viel Glück nicht verdient habe? Früher war ich beruflich erfolgreich, dafür aber ziemlich einsam. Sehr einsam sogar. Jetzt bin ich nicht mehr einsam und genieße die Beziehung, die ich mit Regina führen darf, in vollen Zügen. Dafür gerät meine Karriere völlig aus den Fugen. Ich stöhne laut auf.

»Alles okay bei Dir?«, ruft Regina mit besorgter Stimme und eilt die Treppe hinunter.

»Ja. Ich denke schon. Mir war nur kurz etwas komisch.«, japse ich. Meine Stimme klingt, als hätte ich eine Dose vor den Mund gehalten.

»Hast Du genügend getrunken? Weißt Du was, ich gehe schnell und hole uns etwas zum Mittagessen. Du kommst doch die paar Minuten alleine klar?«

»Alleine?«, kiekse ich. »Du meinst … ganz alleine?«

23. Kapitel – Regina

Ich greife nach meinem Handy und werfe die Jacke über. Fast schon an ihr vorbei hält sie mich auf.

»Wozu brauchst Du das Handy?«

»Oh, das ist nur Gewohnheit.«, flunkere ich.

»Regina, was hast Du vor?«

»Ich möchte Herrn Lindholm anrufen.«, bekenne ich schuldbewusst.

Normalerweise gehöre ich nicht zu den Menschen, die Lügen erzählen. Ich wollte Karin nur schützen, keine falschen Hoffnungen in ihr wecken. Wenn er keine neuen Infos für uns hat, hätte ich von dem Gespräch einfach nichts erzählt.

»Oh.« Mehr sagt sie nicht. Aber sie schaut mich an, voller Traurigkeit in den Augen.

»Und Du willst mich nicht dabei haben?«

»Doch. Natürlich. Ich dachte nur … falls … und so … « Ich hebe die Arme und lasse sie wieder sinken. Das Thema zerrt an meinen Nerven. Ich versuche die ganze Zeit, positive Stimmung zu verbreiten und optimistisch zu bleiben, aber ab und zu brauche ich einfach ein paar

Minuten um durchzuschnaufen und mich zu sammeln. Nur dann kann ich Karin und den Kindern das geben, was sie brauchen. Ich bin mir nicht sicher, ob wir einen Weg finden, dass Karin vollständig rehabilitiert wird, aber das kann ich so nicht aussprechen. Die Hoffnung ist das einzige, was Karin über Wasser hält. Und unsere Liebe vielleicht.

Ich schaue sie an und spüre die Liebe, die ich für sie empfinde. So tief. So rein. So unverwüstlich. Trotzdem kann ich es nicht verhindern, dass der Keim des Zweifels in mir Wurzeln schlägt. Dass Karin meine Tochter angerührt hat, steht völlig außer Frage, aber war es wirklich so gut, dass wir uns aufeinander eingelassen haben? Habe ich Karin damit vielleicht sogar ins Verderben gestürzt?

»So darfst Du nicht mal ansatzweise denken, Regina König.«

»Was hast Du gesagt?« Oh Mist. Habe ich das jetzt etwa tatsächlich laut ausgesprochen? Ich verknote die Hände ineinander und studiere den Boden vor meinen Füßen. Was sage ich denn jetzt?

»Alles gut, Karin. Komm, lass uns Herrn Lindholm anrufen. Vielleicht hat er Neuigkeiten für uns.« Hoffnung schimmert in Karins Augen. Irgendetwas zu tun ist besser, als die Hände in den Schoß zu legen und abzuwarten, dass die Dinge sich von selbst ändern.

Ich greife nach Karins Hand und gehe mit ihr die Treppe hinauf. Meine Finger fliegen über das Display meines Handys. Nur noch den grünen Hörer drücken, dann …

Die Glocke über der Eingangstür bimmelt. Gleichzeitig heben Karin und ich den Kopf.

»Aha. Alle beide da. Das trifft sich ja hervorragend.«, sagt die Frau, während sie meinen Laden betritt. Kein Hallo oder ein freundliches Wort, nur diese kryptische Andeutung.

»Kann ich Ihnen irgendwie helfen?«, frage ich, ganz Geschäftsfrau, und trete hinter dem Tresen hervor.

»In der Tat. Ich muss mit Ihnen reden. Allein.« Ihr Blick fällt auf Karin, die sie von oben bis unten einer intensiven Betrachtung unterzieht. Sag mal, geht's noch? Freundlich ist ja wohl etwas anderes. Wer ist das? Und was will sie hier?

»Das ist Frau Doktor Wagner, meine Partnerin. Ich habe keine Geheimnisse vor ihr.«

»Na gut, wie Sie meinen. Vogel mein Name.« Sie knallt ihre Visitenkarte vor mir auf den Tresen.

»Jugendamt.«, flüstert Karin. Der Raum um mich herum beginnt sich zu drehen. Meine Beine zittern. Ich sacke in die Knie. Der Boden kommt immer näher, aber Karin fängt mich auf.

»Was wollen Sie?«, fragt sie mit schneidender Stimme. Mit mir im Arm richtet sie sich auf und obwohl ich ihr

Gesicht nicht sehe, weiß ich, dass die Wut über Frau Vogels Auftreten aus ihren Augen spritzt.

»Ich wollte Sie darüber informieren, dass eine Anzeige gegen Sie, Frau König, vorliegt. Offensichtlich liegt ein klarer Fall von Kindeswohlgefährdung vor. Ich werde mich jetzt auf den Weg zu Ihren Kindern machen und die beiden mitnehmen. Sie können gerne morgen früh bei mir im Jugendamt vorbeischauen, dann besprechen wir alles weitere. Guten Tag.«

»Moment!« Meine Stimme zittert und bebt, genauso wie der Boden unter meinen Füßen. Ich schlucke und würge. Gott sei Dank haben wir noch nichts gegessen, sonst würde ich mich direkt vor den Füßen von Frau Vogel … Die Dame kommt mir eher wie eine Elster vor – eine Elster, die Kinder klaut. Ich lache. Laut und hysterisch.

»Dazu haben Sie nicht das Recht!«, höre ich Karin wie durch einen Schleier sagen und nicke bedächtig. Dicke Tränen kullern über meine Wangen. Der blanke Horror greift nach meinem Herz und drückt zu. Mit eiserner Kralle. So eine ähnliche Situation hatten wir doch schon mal …

Aber diesmal werde ich kämpfen. Wie eine Löwenmutter um ihre Jungen. Und ich bin nicht allein. Karin, vor ein paar Stunden noch am Ende ihrer Kraft, wächst zu voller Größe heran. Sie baut sich vor Frau Vogel auf, ihr Gesicht ist wutverzerrt.

»Natürlich habe ich das Recht. Ich habe sogar die Pflicht, wenn Sie es genau wissen wollen.«

»Aha. Und warum?«, hakt Karin mit schnippischem Unterton in der Stimme nach. Sie ist auf hundertachtzig. Mindestens.

»Das hier!« Es knallt abermals. Karin greift sich an die Stirn. Das Foto. Jetzt ist es also amtlich. Irgendjemand hat es nicht nur auf Karin, sondern auf uns alle abgesehen. Und dieser jemand will uns zerstören. Er wird nicht aufhören, bis nichts mehr von uns übrig ist. Das wird mir in diesem Moment schlagartig bewusst. Die Ruhe der letzten Tage, nur eine vermeintliche Ruhe vor dem Sturm, der jetzt eher wie ein Orkan über uns hereinbricht. Windgeschwindigkeit zweihundert Stundenkilometer. Mindestens.

»Ich sehe, wir verstehen uns. Wenn *SIE* ihre Kinder nicht schützen können, müssen wir es eben tun.« Das Wort *Sie* spuckt sie regelrecht aus. Sie ereifert sich so sehr, dass ihre Stimme kippt.

Bevor Karin oder ich noch etwas sagen können, dreht sich die Dame vom Jugendamt um und verlässt mit langen Schritten meinen Laden.

»Was sollen wir denn jetzt tun?« Mein Lachen ist so schnell wieder erstorben, wie es aufgetaucht ist. Dafür laufen die Tränen nun wie ein Sturzbach über meine Wangen. Ich kann nicht mehr denken und laufe wie ein eingesperrtes Raubtier durch mein Geschäft.

»Absperren und heim fahren – und zwar so schnell wie möglich!« Karins Anweisung holt mich wieder zurück auf den Boden. Ich nicke schnell. Ich möchte rennen, nein, fliegen, aber meine Schritte sind so unsicher und wackelig, dass ich kaum die Treppe bewältigen kann. Auf halber Höhe steht Karin schon mit Jacken und Taschen neben mir, schiebt mich wieder hoch und zur Tür hinaus. Ich bekomme nichts mehr mit. Alles läuft wie im Zeitraffer an mir vorüber. Ich sehe weder die Menschen, die fröhlich lachend durch die Stadt laufen, noch die Autos auf den Straßen. Erst als Karin die Autotür öffnet, den Schlüssel umdreht und der Motor sein tiefes Brummen von sich gibt, sehe ich wieder klar.

Vogelscheiße – auf der Windschutzscheibe. Ein riesiger Fleck. Wenn das mal kein Omen ist. Schon erstaunlich, welch irrationale Richtung Gedanken manchmal einnehmen, wenn alles um einen herum in sich zusammenbricht, bis nur noch Staub übrig ist. Wäre die Situation nicht so wie sie ist, müsste ich glatt schon wieder lachen.

»Ich fahre und Du rufst Herrn Lindholm an. Er muss die Kinder abholen.« Wie bei einem Roboter schiebt sich mein Kopf hoch und wieder hinunter. Karin hat recht. Unser Anwalt ist unsere einzige Hoffnung. Er muss meine Kinder davor bewahren, wieder im Heim zu landen.

»Hier ist Regina König.«, schreie ich in den Hörer.

»Ah, Frau König, wie gut, dass Sie anrufen. Ich muss mit Ihnen sprechen.«

»Sie müssen uns helfen. Die Kinder. Jugendamt. Holen.« Ich strenge mich wirklich an, aber ich bekomme es einfach nicht hin, meine Gedanken in einen vollständigen – und vor allem verständlichen – Satz zu packen.

»Mach mal auf freisprechen.«

»Hallo, hier ist Karin Wagner.« Da ist sie wieder, meine große starke Partnerin. Ohne zu zögern nimmt sie das Heft in die Hand und gibt das Gespräch mit der Dame vom Jugendamt wieder. Sie legt den Rückwärtsgang ein und nur fünf Minuten später befinden wir uns auf dem Weg nach Hause. Jetzt kommt es darauf an, wer schneller ist, Frau Vogel oder wir.

Karin hupt und regt sich fürchterlich über langsamere Verkehrsteilnehmer auf.

»Fahren Sie trotzdem vorsichtig. Ich kümmere mich um alles.«

Unser Anwalt legt auf. Er muss sich beeilen und die Kinder, am besten in seinem Haus, vor dem Jugendamt verstecken.

»Regina? Schatz? Alles wird gut. Vertrau mir bitte einfach.«, fleht Karin und schaut mich liebevoll an. Sie hält sich vollkommen gerade, wie eine Kerze, und reckt ihren Kopf.

»Wir müssen nur zusammenhalten, dann schaffen wir alles.«

Ich nicke zaghaft. Meine Kinder, mein Leben. Karin, mein Leben. Ich habe Lucas und Sophie mein Wort gegeben, dass ich es nie wieder zulassen werde, dass sie ins Heim müssen und dass ich notfalls Karin verlassen würde, wenn sie sie ablehnen sollte. Aber Karin lehnt Lucas und Sophie nicht ab. Im Gegenteil. Und trotzdem bin ich jetzt mit einer Situation konfrontiert, die ich so nie wieder haben wollte. Ich halte meine Hände vors Gesicht. Was soll ich nur tun?

24. Kapitel – Karin

Mit quietschenden Reifen bringe ich das Auto vor unserem Haus zum stehen. Wir springen heraus und rennen über die Straße. Sophie und Lucas stehen zwischen Judith und unserem Anwalt. Eine erboste Frau Vogel baut sich am unteren Ende der Treppe auf. Ihre Körperhaltung spricht Bände. Sie ist wütend.

»Ich habe den Auftrag, diese beiden Kinder mitzunehmen.«

»Das mag schon sein, Frau … wie war doch gleich noch mal Ihr Name?«

Ein Hoch auf Herrn Lindholm. Wie sein Sohn, ist auch er nicht um ein paar schnippische Worte verlegen. Ich gratuliere ihm in Gedanken für diesen Schachzug. In dem er so tut, als wüsste er den Namen der Sozialarbeiterin nicht mehr, gibt er ihr zu verstehen, was er von ihr und ihrem Auftritt hält. Toller Mann. Wusste ich es doch.

»Vogel. Mein Name ist Vogel.«, keift das Vögelchen vom Jugendamt.

»Gut, Frau … Vogel … Lassen Sie uns die Fakten klären. Ah, Frau Doktor Wagner, Frau König. Wie gut, dass Sie kommen.« Er verzieht den Mund zu einem Lächeln und wartet, bis wir uns an Frau Vogel vorbeigeschoben haben und die Kinder in unserer Mitte geschützt sind. Mein Blick fällt auf Sophie und Lucas. Ihre Mienen sind versteinert. Sie verhalten sich völlig ruhig, sagen nichts und bewegen sich auch nicht. Wenn ich es nicht besser wüsste, würde ich sie für schüchtern halten. Wie zwei kleine Statuen stehen sie da und warten ab.

»Vielleicht sollten wir IM Haus weiter sprechen, dann können Sie sich gleich ein Bild von der häuslichen Situation der Kinder machen.«

Gut, dann erzählen Sie uns bitte, wie Sie auf die Idee kommen, dass Kindeswohlgefährdung vorliegen könnte.«, sagt er ein paar Minuten später und schaut die Sozialarbeiterin herausfordernd an.

»Ich habe ein Foto als Beweis.«

»Sie wissen aber schon, dass das nicht ausreicht, um die Kinder aus ihrer Familie zu nehmen? Wenn nicht, wissen Sie es jetzt. Das Foto ist entstanden, als Frau Doktor Wagner ihre Ziehtochter nach einer schlechten Note in den Arm genommen hat. Sie sehen also, alles völlig normal.«

»Ich bin gezwungen, der Anzeige nachzugehen. Sie mögen sich vielleicht blenden lassen, ich hingegen kann es mir nicht leisten.«

»Ich bin mir sicher, dass Sophie und Lucas Ihnen gerne Auskunft geben. Dann werden Sie feststellen, dass Sie sich völlig unnötig *Sorgen* gemacht haben.« Diese Betonung auf dem Wort Sorgen. Klasse. Ich könnte ihn knutschen.

Mein Blick fällt auf Regina. Ihre Hände zittern, ansonsten hält sie sich völlig gerade. Judith hat ihren Arm um ihre Schultern gelegt und spricht leise mit ihr. Ein Lächeln erhellt ihre Augen.

»Frau Vogel, ich weiß, dass Sie täglich mit hunderten ähnlichen Fällen zu tun haben … «, flötet Regina und kneift ein Auge zu. Sie gibt sich verständnisvoll und versucht, Frau Vogel mit ihrem Charme einzuwickeln. Es gibt keinen Grund, Sophie und Lucas mitzunehmen. So blind kann die Dame vom Jugendamt nicht sein, dass sie das nicht selbst sieht.

»Aber das Foto … « Gibt die denn nie auf? In mir brodelt es. Am liebsten würde ich aufspringen und sie so lange anschreien, bis sie Angst bekommt und die Flucht ergreift. Ich bin ein Vulkan – kurz vor dem Ausbruch. Die Magma hat schon das obere Ende der Kammer erreicht. Es fehlt nur noch eine Kleinigkeit, dann … bumm!

»Ein Missverständnis. Mehr nicht. Jemand hat sich einen üblen Scherz erlaubt. Verzeihen Sie, dass Sie deshalb die weite Fahrt auf sich nehmen mussten.« Reginas Stimme klingt so verständnisvoll und weich, dass mir eine Gänsehaut über den Rücken jagt.

»Das ist mein Job.«

Und mein Job ist, Dich vor die Tür zu setzen, wenn Du nicht freiwillig gehst. Was für eine riesige Sauerei. Wie macht Regina das nur? So ruhig bleiben, obwohl es sie doch innerlich zerreißen muss?

Ich würde mich nicht wundern, wenn ich in nächster Zeit Feuer spucken könnte. Die Unterstellung, ich würde mich an sechzehnjährigen Mädchen vergreifen ist die eine Sache, dass sie Reginas Fähigkeit, für ihre Kinder zu sorgen in Frage stellt, eine andere. Sollen sie doch auf mir herum hacken, mich fertig machen, bis nichts mehr von mir übrig ist, solange sie wenigstens Regina und die Kinder in Ruhe lassen. Ich hole tief Luft und versuche, sie in meine Lungen zu pressen, aber irgendetwas blockiert den Zugang. Bestimmt der Kloß, der sich in meinem Hals festbeißt und dafür sorgt, dass mir ständig Tränen in die Augen schießen.

Ich kann meine Beine kaum ruhig halten. Ich möchte aufspringen. Und laufen. Aber vor allem will ich den Vogel vom Jugendamt vor die Tür setzen. Geht sie nicht freiwillig, dann eben mit Gewalt. Gibt es dort draußen nicht genügend Kinder und Jugendliche, die wirklich auf ihre Hilfe angewiesen sind? Kinder, die von ihren Eltern verprügelt, oder den ganzen Tag angebrüllt werden? Kinder, die von ihren Eltern misshandelt und psychisch zerstört werden? Erwecken Sophie und Lucas den Eindruck, wir würden sie in irgendeiner Weise zerstören? Sicher nicht.

Warum schaut sie ihnen nicht einfach in die Augen? Dann sieht sie doch, was sie mit ihrem Auftritt anrichtet.

»Ich möchte bitte, dass Sie jetzt gehen.«, brumme ich unwillig. Meine Muskeln spannen sich an. Ich bin bereit, mich auf sie zu stürzen, wie ein Raubtier auf seine Beute. Allein durch ihre Anwesenheit und den gönnerhaften Blick weckt sie Eigenschaften in mir, die mir bis jetzt völlig unbekannt waren. Eigenschaften, die ich nicht besonders mag – eher so gar nicht mag. Ich und aggressiv. So etwas hat es noch nie gegeben, aber SIE schafft mich. Die Ausweglosigkeit unserer Situation schafft mich.

»Hören Sie … Es gibt ein Regelwerk, an das ich mich zu halten habe. Und schließlich liegt eine Anzeige vor. Ich möchte allein mit den Kindern sprechen.«

Darf die das denn? Ist das IHR Haus oder was? Sie ist ein Gast, ein ungebetener noch dazu und führt sich hier auf, als sei sie die Herrin des Hauses. So eine arrogante Schnepfe. Ich kneife die Lippen zusammen, bis sie dünn wie ein Strich sind. Mein Nacken schmerzt.

Regina schaut zu mir herüber. Sie schüttelt zaghaft den Kopf. *Nicht*, sagt ihr Blick. *Das sind nur die Nerven. Halt Dich zurück, nicht, dass sich die Situation noch mehr verschlimmert.*

Sophie und Lucas schauen hilfesuchend in die Runde. Die Angst, wieder ins Heim zu müssen, steht ihnen ins Gesicht geschrieben.

»Geht mit Frau Vogel. Ihr braucht keine Angst haben. Wir werden nicht zulassen, dass Euch etwas geschieht.«, höre ich Regina mit ruhiger Stimme sagen. Sie steht auf und schließt erst Lucas und dann Sophie in ihre Arme.

In Ordnung. Wir haben alles geklärt.« Frau Vogels Gesichtsausdruck als zufrieden zu bezeichnen ist nicht wirklich treffend. Sie schaut eher missmutig aus der Wäsche. Lucas und Sophie stehen neben ihr, ihre Körperhaltung strahlt Zuversicht aus.

»Dann wäre nur noch eines zu klären. Sie leben in einer lesbischen Beziehung. Richtig?«

»Was tut das zur Sache?« Meine Emotionen kochen schon wieder hoch. Wie dreist ist das denn? Will sie jetzt vielleicht auch noch wissen, was Regina und ich treiben, wenn wir allein sind? Oder besser, WIE wir es treiben? Ich nicke schwach.

»Ich wüsste nicht, wo das Problem sein sollte.«, knurre ich.

»Frau König. Uns wurde zugetragen, dass Sie sich in einer abnormalen Beziehung befinden. Ich muss alle Eventualitäten ausschließen. Sie wissen ja … «

»Ja, ich weiß, Ihr Job … «, stöhne ich. Hat sie noch nicht genug? Was will sie denn noch? Von Minute zu Minute geht sie mir mehr auf die Nerven, mit ihrer so offen zur Schau getragenen Erhabenheit und diesem *Mir-entgeht-nichts-Blick*. Komisch eigentlich, dass sie sich nicht Fräulein Rottenmeyer nennt.

»Wir leben wie jedes andere Paar zusammen. Wir haben auch keine Folterkammer im Keller. Ich wüsste nicht, was an unserer Beziehung abnormal sein sollte, Frau Vogel.«

»Ich muss mich nur vergewissern. Gut, wenn alles geklärt ist, kann ich ja wieder gehen. Lucas und Sophie, Ihr habt meine Nummer, wenn Ihr Fragen habt oder Hilfe braucht, könnt Ihr mich jederzeit anrufen.«

»Und was ist mit den Kindern?«

»Sophie konnte mir glaubhaft erklären, dass alles mit rechten Dingen zugeht. Ich sehe also keine Veranlassung, irgendetwas an der häuslichen Situation zu verändern. Alles Gute, Ihnen allen.«

Lucas uns Sophie verziehen die Mundwinkel. Ihre Augen leuchten und strahlen. Bevor Frau Vogel die Wohnzimmertür erreicht hat, springen sie mit lautem Jubeln in Reginas Arme. Meine Augen brennen. Bitte nicht schon wieder Tränen. Wenn das so weitergeht, werde ich noch zur Heulboje. Ich ringe mir ein freundliches Gesicht ab und hole tief Luft. In meinem Kopf purzelt hoffnungslos alles durcheinander. Gedanken und Gefühle vermischen sich so, dass ich den Überblick verliere. Was soll ich als erstes machen? Lachen, weil *dieser* Kelch noch einmal an uns vorüber gegangen ist? Weinen, weil ich so erleichtert bin? Regina und die Kinder umarmen?

Frau Vogel dreht sich noch einmal um. Ein Lächeln huscht über ihre Lippen. »Wenn doch alle Fälle so klar wären.«, murmelt sie. Ich sehe ihr an, dass sie sich den Bildern, die sich vor ihren Augen abspielen, genauso wenig entziehen kann wie ich. Plötzlich wirkt sie nicht mehr so übermächtig und angsteinflößend. Mit etwas Phantasie könnte man ihre Gesichtszüge sogar als menschlich bezeichnen.

»Warten Sie. Ich bringe Sie zur Tür.«, rufe ich und gehe auf sie zu. Sie schenkt mir ein wohlwollendes Lächeln.

»Passen Sie gut auf sich und Ihre kleine Familie auf.« Frau Vogels Stimme ist so eindringlich, dass ich irritiert die Stirn runzle und sie eingehend betrachte. Mein Blick ist eine einzige Frage. Um meine Not nicht zu erkennen, müsste sie mindestens kurzsichtig oder völlig betriebsblind sein.

»Sie scheinen einen oder mehrere Feinde zu haben, Leute, die nicht einmal vor einer vollkommen unangebrachten Meldung beim Jugendamt zurückschrecken. Wenn ich an Ihrer Stelle wäre, würde ich alles daran setzen, herauszufinden, wer hinter dem Komplott gegen Sie und Ihre Familie steckt. Dieser Plan ist nicht aufgegangen, aber wer weiß, was danach kommt? Machen Sie es gut, Frau Doktor Wagner.« Mit diesen

Worten verabschiedet sich die Frau von mir, die bis vor ein paar Minuten zu hundert Prozent davon überzeugt war, dass ich Dreck am Stecken habe. Sie lässt mich sprachlos zurück. Wer sollte so einen Groll auf Regina und mich haben, dass er alles dafür tut, uns zu schaden? Unglücklicherweise fällt mir nur mein Kollege Herbert ein. Aber ist er wirklich dazu in der Lage, uns ein faules Ei nach dem anderen ins Nest zu legen?

Vielleicht ist er tatsächlich so durchtrieben und spekuliert darauf, dass ich ihn und seine Boshaftigkeit unterschätze. Ich werde ihn mir vorknöpfen – und wenn ich ihn vor seinem Haus abfangen muss.

Mehrstimmiges Gelächter schallt mir aus dem Wohnzimmer entgegen. Die entspannte Stimmung lässt mein Herz höher schlagen. Hier ist mein Zuhause, hier will ich sein. Ich werde nicht weglaufen, sondern mich allem stellen, was in nächster Zeit noch auf mich zukommt.

»Gut, wenn wir dann alles geklärt haben, kann ich ja gehen. Machen Sie es gut.« Unser Anwalt erhebt sich nach einem kurzen Blick auf die Uhr und der Beteuerung, dass seine Familie mit dem Abendessen auf ihn wartet.

»Ein Wort noch, bitte. Kinder, geht bitte in die Küche und wartet dort auf uns. Wir kommen gleich.«

Kaum ist die Tür hinter den Kindern ins Schloss gefallen, fasse ich die Warnungen von Frau Vogel zusammen. Ich wünschte mir so sehr, dass ich das erleichterte Leuchten nicht so schnell wieder aus Reginas Augen katapultieren müsste. Aber leider sind die Dinge nun mal so wie sie sind. Und sie sind nicht lustig. Wir tappen immer noch im Dunklen und haben keinen Punkt, an dem wir ansetzen könnten.

Ich kann damit leben, wenn sich dieser ominöse jemand auf mich einschießt, dass jetzt aber auch die Kinder ins Visier seiner Aufmerksamkeit geraten sind, gefällt mir nicht. Ist es nicht unsere oberste Aufgabe, Lucas und Sophie zu schützen? Nur wie können wir ihren Schutz gewährleisten, wenn wir sie nicht beschneiden wollen? Sie sind jung. Sie müssen unter Gleichaltrige. Und sie müssen in die Schule. Gut, für eine befristete Zeit könnte ich sie mit home schooling auf dem Laufenden halten. Sie sind gute Schüler, eine kurze Auszeit würden sie auf jeden Fall verkraften.

Unglücklicherweise beißt sich meine Idee mit unserem Wunsch, die Freiheit der Kinder nicht einzuschränken. Vor allem Sophie hat einen ausgeprägten Freiheitsdrang. Sie möchte Freunde treffen und mag es nicht besonders, wenn wir ständig aufeinander sitzen. Ein Blick in die Gesichter von Judith und Regina zeigt mir, dass sie sich mit ähnlichen Gedanken auseinandersetzen. Regina hat ihre Stirn in Falten gelegt.

»Aber wie sollen wir … Ach Scheiße. So ein Vollidiot. Warum kann er uns nicht einfach in Ruhe lassen?«

»Wir wissen doch nicht, ob es sich überhaupt um einen Mann handelt, Regina.«, brummt Judith unglücklich.

»Würde es helfen, wenn Lucas und Sophie vorerst nicht zur Schule gehen würden?«

Tonlos fliegen die Blicke durch den Raum. Gleichzeitig schütteln wir alle den Kopf.

»Immerhin wissen wir mittlerweile, mit welcher Kamera das Foto aufgenommen wurde.« Überrascht ziehe ich die Augenbrauen hoch. Die Anwesenheit unseres Anwalts hatte ich fast vergessen, so ruhig und zurückhaltend verhält er sich.

»Eine Nikon D70. Ein älteres Modell. Sie hat einen Abbildungsfehler, den nur dieses Modell hat.«

»Na super. Das schränkt die Suche doch schon enorm ein. Wie viele Kameras dieses Typs sind noch im Umlauf? Ein paar Millionen?« Ich bin innerlich so angespannt, dass ich mich nicht zurückhalten kann. In solchen Momenten greife ich auf Sarkasmus zurück, der mich bisher immer über Wasser gehalten hat.

Regina verknotet ihre Hände. Sie so hilflos zu sehen zerreißt mir das Herz.

»Wisst Ihr, was richtig doof ist? Dass ich Toms Eltern informieren muss. Bis jetzt war das nicht nötig, weil Sophie und Lucas nicht direkt betroffen waren.«

»Solange keine direkte Gefahr für die Kinder droht, würde ich, wenn ich an Ihrer Stelle wäre, keine schlafenden Hunde wecken. Jetzt muss ich aber wirklich.

Tut mir leid, dass wir noch keine brauchbaren Anhaltspunkte haben. Wir bleiben dran.«

25. Kapitel – Regina

Wir bleiben dran. Was will Laurins Vater mit diesen Worten erreichen? Wenn sein Ziel war, dass ich ruhiger werde und mich sicherer fühle, hat er es knapp verfehlt. Um ein paar Meilen. Oder Lichtjahre. Ich fühle mich alles andere als sicher.

Am liebsten würde ich ein paar Sachen in den Camper packen und mit Karin und den Kindern in Schweden untertauchen. Dort vermutet uns wahrscheinlich niemand. Nur so lange, bis wieder Ruhe eingekehrt ist. Tief aus meinem Bauch arbeitet sich ein lautes Seufzen an die Oberfläche.

Heute empfinde ich die Stille, die ich sonst nach einem langen Tag begeistert in mir aufsage, als erdrückend. Sophie und Lucas sind im Bett, Karin sitzt am Rechner und bereitet sich auf die Podiumsdiskussion vor. Unser Anwalt hat uns ans Herz gelegt, uns nicht zu sehr beeinflussen zu lassen. Je eher wir zur Normalität zurückkehren, desto mehr muss sich unser Stalker – oder um was auch immer es sich sonst handelt – aus dem

Fenster lehnen, und desto eher macht er einen gravierenden Fehler. Und dann schnappt die Falle zu. Sagt Herr Lindholm.

ER war vermutlich noch nie in unserer Lage, sonst wüsste er, wie hohl seine Worte für mich klingen. Ist es nicht irgendwie logisch, dass eine Falle erst dann zuschnappen kann, wenn man auch eine gelegt hat? Mir dauert das alles viel zu lange.

Ich will wieder leben. Ich will wieder lieben. Ich will wieder Stunden mit Karin genießen, ohne daran denken zu müssen, was wohl als nächstes über uns hereinbricht.

Unser Anwalt konnte mir nicht einmal versichern, dass wir nicht auch in unserem Haus überwacht werden. Sehr beruhigend ist das nicht gerade. Was, wenn jemand … Nein. So weit will ich lieber nicht denken. Es schüttelt mich innerlich. Ein kalter Schauer jagt mir über den Rücken. Ich springe auf und laufe durch das Wohnzimmer. Meine Finger tasten die Unterseite des Tisches ab, ich schaue in die Lampen und überprüfe jeden Winkel, den ich erreichen kann. Gibt es nicht mittlerweile sogar Wanzen, die nicht viel größer sind als ein Stecknadelkopf?

»Was treibst Du denn da?«

»Ich suche Wanzen. Oder denkst Du, ich führe einen Regentanz auf?«

»Eher nicht. Regen hatten wir in der letzten Zeit mehr als genug. Regina … « Sie kommt mit ruhigen Schritten auf mich zu und legt ihre Arme um mich. Ihr Atem streicht über meine Wange. Sanft legt sie ihre Lippen auf meine und küsst mich zärtlich. Mein Körper sendet widersprüchliche Signale. Ich möchte mich an sie kuscheln und ihre Zärtlichkeiten tief in mir aufnehmen. Gleichzeitig möchte ich mich losreißen und meinen Versuch, versteckte Wanzen zu finden, fortsetzen.

»Bitte verliere jetzt nicht die Nerven. Das ist doch genau das, was die Typen wollen. Schau mal, nächstes Wochenende sind wir bei der Tagung und die Kinder im Pfadi-Lager. Ich bin mir sicher, dass es uns allen gut tut, ein paar Tage aus der Stadt zu kommen.«

»Und wenn den Kindern dort was passiert?«

»Das wird es nicht. Vertrau mir.« Ich wüsste wirklich gerne, woher Karin die Zuversicht nimmt. Sie hat ja recht, wenn sie sagt, dass wir die Kinder nicht einsperren können, aber so gar keinen Einfluss zu haben … Na ich weiß ja nicht.

Sie tut, als hätte sie überhaupt keinen Zweifel. Ich kann das nicht. Manchmal hätte ich gerne ein paar ihrer Fähigkeiten. Positiv denken, zum Beispiel. Während sie immer halb volle Gläser sieht, suche ich das Loch, durch das das Getränk heraus läuft.

Ich schmiege mich an sie und sauge ihren Duft tief in mich hinein. Der vertraute Duft, das liebevolle Lächeln, die strahlenden Augen … So viele Kleinigkeiten, mit denen sie die Mauer, die ich nach Toms Tod um mein Herz gebaut hatte, langsam und Stein für Stein abtrug, so lange, bis ich bereit war, mich auf sie einzulassen. Wäre unsere Situation gerade nicht so, wie sie ist, würde ich mich als den glücklichsten Menschen bezeichnen.

Hast Du auch das Gefühl, dass Lucas und Sophie froh sind, uns ein paar Tage los zu sein?«, fragt Karin mit einem Grinsen im Gesicht. Ich nicke und kann mir ein Lachen nicht verbeißen.

So schnell wie die zwei sich verabschiedet haben und zu ihren Freunden gelaufen sind, müsste ich blind sein, wenn es mir nicht aufgefallen wäre. Vor allem Sophie konnte der Abschied nicht kurz genug ausfallen. Natürlich haben wir die Leiter ihrer Pfadfindergruppe gebeten, ein paar Augen mehr auf die Kinder zu werfen. Eine kleine Vorsichtsmaßnahme, von der die Kinder nichts wissen müssen.

Sie übernachten auf einer Lichtung im Wald, keinerlei Berührung zur Außenwelt. Es müsste schon mit dem Teufel zugehen, wenn ihnen hier jemand schaden wollen würde.

Karin sitzt auf dem Beifahrersitz und stiert aus dem Fenster. Sie krallt sich an der Halteschiene oberhalb des Fensters fest. Ihre Knöchelchen treten weiß hervor.

»Aufgeregt?«, flüstere ich.

»Du hast keine Ahnung wie sehr.«, brummelt sie und betrachtet die Häuser, Bäume und Autos, die an uns vorbeirauschen. »Meine letzte Podiumsdiskussion ist schon ein paar Tage her.«

»Aber Du bist es doch gewöhnt, vor vielen Menschen zu sprechen.«

»Schon. Aber nur vor den Jugendlichen, denen ich etwas beibringen soll. Bei der Tagung sind fast ausschließlich Meeresbiologen, Biologen, Geologen, Physiker und Chemiker. Einige bekleiden einen Lehrstuhl an einer renommierten Uni.«

Ich nicke bedächtig. Wenn ich an ihrer Stelle wäre, wäre ich sicher nicht nervös. Ich würde mir in die Hosen machen vor Angst. Lauter hoch qualifizierte Wissenschaftler. Und ich mittendrin. Bestimmt verstehe ich bestenfalls einen Bruchteil von dem, worüber die Dozenten referieren.

Gibt es eigentlich einen Übersetzer für Fachchinesisch? Wenn ja, dann her damit. Ich bin bereit, ein Vermögen zu bezahlen, wenn mir nur jemand hilft, dass ich mich während der Tagung nicht ganz so verloren fühlen muss. Okay. Eine Flasche Whiskey – mehr kann ich mir nicht leisten.

Karin schweigt und versucht ihren Atem zu kontrollieren, was ich an den tiefen Atemzügen erkenne. Ihr Bauch hebt und senkt sich – allerdings nicht wirklich ruhig.

26. Kapitel – Karin

Meine Mutter hat früher immer gesagt, ich soll mir die Leute nackt vorstellen. Soll gegen Lampenfieber helfen. Was für ein…

Mein Name fällt. Ich erhebe mich kurz. Meine Beine zittern. Und schon gehen meine Gedanken auf Wanderschaft. Entsetzt ertappe ich mich dabei, dass ich tatsächlich versuche, mir die Zuhörer nackt vorzustellen. Regina sitzt irgendwo in der Mitte. Mir vorzustellen, wie sie nackt zwischen den anderen Zuhörern sitzt … Ein Grinsen huscht über meine Lippen. Nie im Leben würde sie das tun. Sie verweigert sich ja schon, in die öffentliche Sauna zu gehen, weil sie denkt, dass andere Saunabesucher ihre Speckröllchen bemerken und sich hinter ihrem Rücken darüber lustig machen.

Trotzdem gefällt mir die Vorstellung, dass sie nackt im Publikum sitzt. Aber Professor Müller? Nackt? No way. Meine Gesichtszüge entgleiten. Ich starre ihn an. Er öffnet seinen Mund, wie ein Fisch, und erzählt irgendetwas. Seine Worte klingen wie walisische Dörfer für mich. Völlig unverständlich. Keine gute Idee, ihn mir nackt vorzustellen. Oder Regina. Sobald ihr nackter Körper vor meinem inneren Auge auftaucht, kann ich sowieso an nichts anderes mehr denken. *Contenance, Karin, Contenance.*, rede ich mir innerlich ins Gewissen. Ich bin weder in unserem gemütlichen Wohnzimmer, noch in unserem noch viel gemütlicheren Schlafzimmer.

Auf der überdimensional großen Leinwand schräg hinter uns, werden Bilder an die Wand projiziert. Bilder, die jeder von uns in mindestens tausendfacher Ausführung gesehen hat. Kinder mit aufgeblähten Bäuchen, ausgedörrte Landschaften, riesige Staudämme, die fast ausschließlich Felder mit Blumen für den europäischen Markt mit Wasser versorgen, Fliegen an den Augen kleiner Kinder und noch riesigere Flüchtlingscamps. Menschen, die vor dem sicheren Tod fliehen. Menschen, die aus Krisengebieten kommen und in einem anderen Land Schutz suchen, aber auch Menschen, die vor der schier unüberwindbaren Dürre, und den daraus resultierenden Folgen, fliehen.

So viel Leid, wohin man nur schaut.

Aber noch ist es nicht zu spät. Wir können den freien Fall noch aufhalten, wenn wir aufhören zu reden und stattdessen anfangen etwas zu tun. In diesem Punkt sind wir uns ausnahmslos alle einig. Eine gute Voraussetzung.

»Wir müssen unseren Kindern und Enkeln eine Welt übergeben, in der sie noch leben können. Nicht nur die

Kinder in Europa oder Amerika. Alle Kinder.«, erkläre ich und schaue herausfordernd ins Publikum.

»Und wie sollen wir das machen? Die Meere sind doch schon jetzt völlig überfischt. Haben Sie die großen Plastikteppiche schon vergessen? Wie sollen wir das rückgängig machen? Oder verhindern, dass der Zustand der Meere sich noch weiter verschlechtert? Die Erde ist im freien Fall. Einen so großen Fallschirm gibt es nicht.«

»Plastik reduzieren wäre doch schon mal ein guter Ansatz.«, wirft einer meiner Kollegen auf der Bühne ein. Er ist jung und voller Enthusiasmus. Und er will etwas bewegen, etwas verändern. Der Stuhl, auf dem er sitzt, ist zu klein für sein wippen und herum rutschen. Wenn er nicht aufpasst, fällt er herunter.

Während ich ihn aus dem Augenwinkel beobachte und auf den großen Knall warte, lausche ich den Argumenten meiner Kollegen und beteilige mich selbst aktiv an der Diskussion. Mir ist klar, dass wir die Welt nicht mit einer Tagung retten werden. Trotzdem bin ich überzeugt, dass wir nur dann einen Weg finden, wenn alle klugen Köpfe der Welt sich zusammentun und an einer Lösung arbeiten. Und wir müssen Aufklärungsarbeit leisten, die Menschen heiß machen für eine sauberere Welt.

Gesetze müssen aufgeweicht werden. Es kann schlicht nicht sein, dass Artikel im Supermarkt doppelt und dreifach verpackt sind, wenn eine einfache Verpackung auch reichen würde. Vielleicht müssen wir auch einen

Schritt zurück machen, oder eine Rolle. Weg von der Selbstbedienung mit ihren Verpackungen, hin zu kleinen Tante-Emma-Läden, in denen überwiegend regionale Produkte angeboten werden. Keine langen Wege, keine teuren Verpackungen. Weg vom Überfluss, der uns mehr einengt, als dass er uns gut tut. Im Rahmen, der für uns gut ist, zurück zu den Ursprüngen.

»Natürlich möchte ich meine Wäsche nicht mit dem Waschbrett am Fluss waschen. So habe ich das auch gar nicht gemeint. Was ich meine … « Der junge Mann springt so schnell von seinem Stuhl auf, dass er mit lautem Krachen auf den Boden fällt. Sollte jemand eingeschlafen sein, ist er spätestens JETZT wieder wach. Ich grinse breit. Der junge Mann macht mir von Minute zu Minute mehr Spaß. Wie er sich ereifert und rot anläuft.

Er brennt für sein Thema – und das zeigt er auch. Er lässt sich nicht von seinem Weg abbringen und lässt sogar das Gelächter im Publikum über sich ergehen, ohne mit der Wimper zu zucken. Er ist heiß und das soll jeder wissen. Selbst auf den letzten Plätzen in den hintersten Reihen.

Zeit für eine kleine Pause. Im Vorraum finden Sie Snacks und Getränke. Bitte bedienen Sie sich.« Fünf Stunden sitzen wir schon wie auf Kohlen, als

Professor Müller endlich die erlösenden Worte durchs Mikrophon an die Teilnehmer der Tagung weitergibt. Langsam stehe ich auf. Meine Knochen knacken. Mein Knie schmerzt. Aber noch mehr schmerzt mein Nacken. Aber vor allem muss ich schnell für kleine Königstiger. Langsam werde ich wirklich alt, nur meine Blase ... die wird jünger. Fast wie eine Konfirmandenblase, die alle zehn Minuten das Signal zum aufstehen und hinausgehen gibt.

»Und, wie fandest Du die Diskussion?« Ich proste Regina zu.

»Spannend. Wirklich. Ich hätte nicht gedacht, dass manche Leute so abgehen.« Sie lehnt sich an mich. Mein Herz klopft. Die erste Tagung seit Jahren und dann noch mit Regina. Mittlerweile bin ich froh, dass sie sich nach einer Grundsatzdiskussion durchgesetzt hat und wir, wie alle anderen auch, im Hotel übernachten. Ich bin viel zu kaputt, um heute Abend noch zurückzufahren. Zufriedenes Seufzen huscht über meine Lippen.

»Gute Arbeit, Karin.« Ich zucke zusammen. Eisige Kälte krallt nach meinem Herz. Ich könnte wetten, dass es jeden Moment aufhört zu schlagen. Obwohl ich die Stimme seit Jahren nicht mehr gehört habe, würde ich sie unter Tausenden erkennen. Ich fahre herum.

»Mutter!«, stöhne ich und japse hektisch. Ich brauche ein Sauerstoffzelt. Verdammt! Ich hätte es ahnen können – wenn nicht sogar müssen – dass sie keine Tagung auslässt.

Schon so lange ich denken kann, war ihr Motto *Sehen und gesehen werden*. Mein Blick fällt auf Regina. Sie braucht etwas länger, bis sie versteht. Mit skeptischen Blicken beäugt sie die Frau, die mir zum Verwechseln ähnlich sieht – zumindest, wenn man außer acht lässt, dass sie mittlerweile ziemlich ergraut ist und die Falten in ihrem Gesicht tiefer sind als meine.

»Mutter, das ist Regina. Regina, meine Mutter.«, beeile ich mich zu erklären, während ich fieberhaft versuche, eine Lösung zu finden, wie ich möglichst schnell den Rückzug antreten kann.

Ich schaue von Regina zu meiner Mutter und wieder zurück. Mein Herz pocht. Niemand lächelt. Regina schweigt, meine Mutter schweigt. Ich schweige auch. Wir starren uns an, versuchen herauszufinden, was der andere denkt.

»Ich wollte Dir nur für die interessante Diskussion gratulieren. Und ich würde gerne mit Dir reden – wenn möglich unter vier Augen.« Meine Mutter bricht das unangenehme Schweigen als erste, so dass ich mich zu einer Reaktion genötigt fühle. Wenn ich nur wüsste, was ich sagen soll.

»Brauchst Du irgendetwas?«, fragt Regina in dem Moment.

»Ein Whiskey wäre nicht schlecht, oder besser ein doppelter. Gibt es auch dreifache Whiskeys?«

»Ich kann ja mal schauen. Haben die hier überhaupt Whiskey?«

»Tut mir leid, junge Frau. Whiskey gibt es hier nicht.« Meine Mutter schaut Regina mit weit hoch gezogener Braue an. Sie mustert sie eingehend.

»Dann springe ich schnell ins Auto. Bestimmt finde ich noch irgendwo eine Flasche.«

»Sie fahren Whiskey-Flaschen spazieren?« Der wohlwollende Ausdruck in den Augen meiner Mutter verschwindet. Sie verengen sich zu schmalen Schlitzen.

»Regina hat einen Whiskey-Laden.«, beeile ich mich zu erklären.

»Etwa den *The Celt*? Den Laden kenne ich. Ich habe schon öfter dort eingekauft. Allerdings liegt mein letzter Einkauf ein paar Jahre zurück. Jetzt weiß ich auch, woher mir Ihr Gesicht bekannt vorkommt. SIE sind Regina König.«

Regina nickt und weiß nicht, wohin sie schauen oder was sie sagen soll. Wir haben, seit unserem Missverständnis vor ein paar Monaten, einen guten Weg gefunden, mit ihrer Gesichtsblindheit umzugehen. Dass sie meine Mutter nicht als Kundin erkannt hat, ist ihr sichtlich unangenehm. Noch sehe ich aber keinen Grund, meine Mutter aufzuklären.

»Tut mir leid. Ich habe Sie nicht erkannt. Ich habe ein ganz schlechtes Personengedächtnis.«

Warum macht Regina das? Meine Mutter ist nicht gerade der Mensch, dem ich etwas anvertrauen würde. Aber wenn sie meint …

»Bevor Du gleich die Flucht ergreifst, Karin … Ich möchte wirklich mit Dir reden. Allein.«

»Ich habe keine Geheimnisse vor Regina. Wenn Du reden willst, dann nur, wenn SIE dabei ist.«

»Wie Du willst. Treffen wir uns morgen zum Frühstück, dann können wir in Ruhe reden. Wenn es länger dauert ist das auch nicht so schlimm. Die Morgenveranstaltung können wir gut schwänzen. Professor Müller wird es uns nicht übel nehmen. Also, dann bis morgen.«

»Was war denn bitte jetzt das?«

»Das. War. Meine. Mutter.«, antwortet ich gedehnt. Mein Blick folgt der Frau, die mir sechzehn Jahre lang das Leben zur Hölle gemacht hat. Sie wird immer kleiner bis sie schließlich ganz zwischen den anderen Seminarteilnehmern verschwindet.

»Das ist mir auch klar.«, knurrt Regina und legt ihre Stirn in Falten. Unschwer zu erkennen, dass sie denkt, ich will sie für blöd verkaufen. Natürlich ist das das letzte, was ich wirklich will. Ich bin nur so geschockt, dass ich nicht weiß, was ich denken oder fühlen soll. Was will SIE von mir? Warum geht SIE nicht einfach ihre Wege und lässt mich in Ruhe? Als ob ich im Moment nicht schon genug Stress hätte, muss jetzt auch noch SIE in meinem Leben auftauchen. Es ist zum …

»Musst Du den Rest des Abends hierbleiben? Wenn nicht, könnten wir den Wellnessbereich ausprobieren und uns massieren lassen.«

Ich nicke langsam und schaue Regina dankbar an. Vorsichtig bewegen sich meine Mundwinkel nach oben. Regina ist einfach die beste. Und vor allem weiß sie auch ohne viele Worte, dass ich ihre Hilfe brauche. Und ihre Nähe. Und ihre Wärme. Vor allem aber brauche ich ihre Liebe.

27. Kapitel – Regina

Kann mir bitte jemand sagen, wie es dazu kommen konnte, dass ich mich dazu bereiterklärt habe, bei dem Gespräch zwischen Karin und ihrer Mutter dabei zu sein? Es gibt so viel, was ich mir vorstellen könnte, stattdessen zu tun. Schlafen, um nur ein Beispiel zu nennen. Aber nein. Schlaf wird sowieso völlig überbewertet. Sagt Karin immer. Ich bin aber nicht Karin. Und ich brauche meinen Schönheitsschlaf. Nicht, dass meine Versuche bis jetzt sonderlich erfolgreich gewesen wären, aber … Die Hoffnung, dass es doch irgendwann klappt, stirbt schließlich zuletzt.

Mein Mund will möglichst viel Luft in meine Lungen pressen. Ich unterdrücke ein Gähnen. Karins Mutter hat sich für das *Café zum Törtchen*, ein nettes kleines Café, nicht weit von meinem Laden entfernt, entschieden. Nicht so viel Betrieb, hat sie gesagt. Karin und ihre Mutter sind sich, soweit ich das bis jetzt überblicken kann, ähnlicher, als ihnen lieb ist. Karins Mutter kneift die Lippen nur etwas verbissener zusammen und schaut älter aus. Aber sonst …

Karin jongliert zwei Teller und zwei Kaffeebecher durch das Café, während ich meine Beine weit von mir strecke und jeden ihrer Schritte mit meinen Blicken verfolge. Zufrieden schaut sie aus, wie immer, wenn etwas Essbares in greifbarer Nähe ist. Andererseits schottet sie sich unübersehbar ab und wappnet sich für das, was auf uns zukommt. Ihre Bewegungen sind nicht so rund und grazil wie sonst. Nur wer sie wirklich kennt, bemerkt die Unruhe, die sich hinter ihrem Lächeln und dem energiegeladenen Gang versteckt. Ihre Hände zittern minimal, wobei ich mir nicht ganz sicher bin, ob das an der Nervosität liegt, oder doch viel mehr an letzter Nacht.

Hitze steigt in mir auf. Kann Blut eigentlich kochen?

Nach dem Zusammentreffen mit ihrer Mutter, ließen Karin und ich den Rest der Veranstaltung ausfallen und testeten das Wellness-Angebot des Hotels auf Herz und Nieren. Das Hotel steht dieses Wochenende ausschließlich den Gästen der Tagung zur Verfügung und da alle anderen bei der Veranstaltung saßen, gab ich Karins Drängen, die verschiedenen Saunen auszuprobieren, schließlich nach.

Die Massage verlagerten wir spontan in unser Zimmer. Karins Hände zuckten über meinen nackten Körper, kneteten meine Muskeln, meinen Rücken, meine Beine, meine Brüste und … Ich hole tief Luft. Allein die

Erinnerung daran sorgt dafür, dass mein Herz seltsame Hüpfer einlegt.

»Wenn sie nicht bald kommt, gehen wir wieder.«, murmelt Karin zwischen zwei Bissen. Ich ziehe die Augenbraue hoch. Selbst nicht die Pünktlichkeit in Person, achtet sie fast pedantisch darauf, dass ihre Mutter sich ja nicht verspätet.

Ein Haarschopf und ein Gesicht, die auffällige Ähnlichkeit mit Karin haben, tauchen in meinem Sichtfeld auf. Das muss sie sein. Langsam erhebe ich mich aus meinem Stuhl. Karins Mutter lächelt und kommt zielstrebig auf uns zu. Ihre Bewegungsabläufe wirken ähnlich fahrig wie Karins ein paar Minuten zuvor.

»Karin.«, flüstert sie. »Ich hatte schon Angst, dass Du es Dir anders überlegst und doch nicht kommst.«

»Wäre ich auch nicht, wenn Regina mich nicht gezwungen hätte. Also … Was willst Du?« Der Ausdruck in Karins Stimme jagt mir einen eiskalten Schauer über den Rücken. Natürlich wollte sie kommen. Und natürlich will sie wissen, was ihre Mutter so dringend mit ihr zu besprechen hat. Immer wieder fing sie gestern Abend damit an und fragte sich, ob ihre Mutter wohl ernsthaft krank sei. Sie hat die Wartezeit kaum ausgehalten und lief, zwischen Massagen und Zärtlichkeiten, wie ein aufgescheuchtes Huhn durch unser Zimmer. Aber das will sie sich natürlich nicht anmerken lassen. Dann gibt sie sich lieber unnahbar und eiskalt. Woher sie das wohl hat?

»Dann bin ich Ihnen wohl zu Dank verpflichtet, Regina. Ich darf doch Regina zu Ihnen sagen?« Ich nicke. Wie eine durch Fäden gesteuerte Marionette.

»Darf ich Euch etwas fragen? Seid Ihr … Seid Ihr ein Paar?«

»Äh … «

»Ja und? Was geht es Dich an?«

»Tut mir leid. Ich wollte nicht indiskret sein. Ich wollte nur … Egal. Karin, ich muss mit Dir reden.«

»Das sagtest Du gestern bereits. Worüber willst Du mit mir reden? Bist Du krank?«

»Nein. Natürlich nicht. Ich wollte Dir sagen, dass ich unglaublich stolz auf Dich bin.«

»Aha. Und?« Die Eiseskälte, die aus Karins wenigen Worten spricht, schockiert mich. Würde ich sie nicht besser kennen und wissen, wie liebevoll und zärtlich sie sein kann, würde ich sofort die Beine in die Hand nehmen und so weit weg wie möglich laufen.

Vorsichtig schüttle ich den Kopf und lege meine Hand auf ihren Arm. Da ihre Mutter jetzt weiß, wie wir zueinander stehen ist es mir egal, dass sie jeden Blick und jede Geste von mir mitbekommt. Karins Mutter war keine gute Mutter, das weiß sie vermutlich auch. Sie hat viele Fehler gemacht. Trotzdem ist sie immer noch ihre Mutter. Und sie versucht, mit ihr zu reden – vielleicht sogar den einen oder anderen Fehler einzuräumen. Dass Karin sich wie ein eiskalter Brocken – dessen Herz nur ein Muskel, der das Blut durch den Körper pumpt, ist – verhält, finde ich nicht in Ordnung.

Ich schaue Karin liebevoll an. *Sie ist Deine Mutter,* sagt mein Blick. Karin schluckt und holt tief Luft.

»Sorry. Was willst Du noch mit mir besprechen?«, fragt Karin und ich stelle erleichtert fest, dass ihre Stimme nicht mehr ganz so biestig klingt.

»Ich wollte mich bei Dir entschuldigen. Für alles, was ich Dir angetan habe. Ich war eine grauenhafte Mutter. Das ist mir in den letzten Jahren klar geworden. Dass aus Dir so eine großartige, erfolgreiche und liebevolle Frau geworden ist, ist leider nicht mein Verdienst.«

»Stimmt. Du hast mich verletzt. Sechzehn Jahre lang hast Du mich schlimmer behandelt, als man ein Tier behandeln würde.«

»Ich weiß. Und es tut mir wirklich leid. Wenn ich könnte, würde ich die Zeit zurückdrehen.«

»Bloß nicht. Ganz schlechte Idee.«

Obwohl die Stimme von Karins Mutter vor Unsicherheit zittert, strahlt sie Selbstbewusstsein und Erhabenheit aus. Es fällt ihr sichtlich schwer, ruhig sitzen zu bleiben. Vielleicht hätten wir uns lieber im Park treffen sollen.

»Du glaubst nicht, wie sehr ich mich gefreut habe, als ich mitbekommen habe, dass Du den gleichen beruflichen Weg wie ich eingeschlagen hast.«

»Dann muss der gestrige Tag ein wahres Fest für Dich gewesen sein.«

»Glaubst Du, ich hätte erst gestern mitbekommen, was aus Dir geworden ist? Ich habe Deine Karriere die ganzen Jahre verfolgt und wusste zu jeder Zeit wo Du bist und was Du machst. Ich bin wirklich stolz auf Dich. Glaub mir bitte.«

»Aber wie … Wie hast Du das gemacht?«

»Ich habe meine Connections. Leute, denen Du am Herzen liegst. Hast Du nicht manchmal gespürt, dass ich in Deiner Nähe war? Bei Deinen Prüfungen zum Beispiel?«

»Gott sei Dank nicht. Das wäre eine Katastrophe gewesen. Dann wäre ich gnadenlos durchgefallen.« Obwohl zwischen ihren Worten immer noch dieser harte und vorwurfsvolle Unterton mitschwingt, beruhigt Karin sich langsam. Ich lehne mich in meinem Stuhl zurück und beobachte die Interaktion zwischen ihr und ihrer Mutter.

Zwei Frauen, die sich so ähnlich sehen, dass es schon fast weh tut – und beide mit einer riesigen Portion Traurigkeit im Gepäck. Gott seis getrommelt und gepfiffen, dass ich einen guten Draht zu meinen Eltern habe. Ich könnte nicht damit umgehen, wenn wir uns gegenseitig bekämpfen würden.

»Bevor wir gehen, möchte ich Dir noch etwas sagen … « Karins Augenbrauen zucken hoch.

»Ich möchte Dir sagen, dass ich immer für Dich da bin, wenn Du mich brauchst.«

»Danke.«, flüstert Karin mit brüchiger Stimme. Viereinhalb Stunden sitzen wir schon in diesem Café und je länger wir reden, desto mehr entspannt sich die Stimmung. Meine Hand streichelt über das Röllchen, das meinen Bauch umgibt. Wie gut, dass er so viel Platz hat. Ich habe lange nicht mehr so viel auf einmal gegessen.

»Gestatten? Regina van Bersti mein Name. Ich bin kurz vor dem zerbersten.«

Karin und ihre Mutter fallen in mein Lachen ein.

»Wolltest Du noch etwas sagen?«

»Eigentlich nicht, aber ich muss. Leider.«

»Wenn es nichts gutes ist, behalte es lieber für Dich. Wir können im Moment nichts negatives mehr brauchen.«

»Ich weiß. Trotzdem solltet Ihr DAS lesen.« Karins Mutter schiebt die Zeitung über den Tisch. Ich huste und würge. Vor Entsetzen hat sich der Schluck Kaffee, den ich gerade trinken wollte, irgendwo verhakt und brennt nun furchtbar in meinem Hals. Dicke Tränen quellen aus meinen Augen. Karin haut mir die flache Hand auf den Rücken.

»Woher hast Du die Zeitung?«

»Die gibt es hier in jedem Laden. Was ist passiert, Karin?«

»Das Mädchen auf dem Bild ist meine Tochter und Karin hat sie nur getröstet. Irgendjemand will uns etwas anhaben.«

»Also tatsächlich. Habt Ihr eine Ahnung wer?«

»Wir haben nur einen Verdacht. Ein Kollege von mir kommt am ehesten dafür in Frage. Sein Name ist Herbert.«

»Ihr lauft in die falsche Richtung. Herbert hat nichts damit zu tun.«

»Woher willst Du das wissen?«

»Ich kenne ihn seit vielen Jahren. Er ist meine Connection und hält mich auf dem laufenden. Von ihm habt Ihr nichts zu befürchten.«

»Herbert ist *Deine* Connection? Aber wenn dem *wirklich* so ist, warum macht er mir dann das Leben immer so schwer?«

»Weil Herbert Herbert ist. Er kann nicht anders. Im Grunde ist er aber ein lieber Kerl. Ein bisschen einfach gestrickt und nicht der hellste Kreidestrich an der Tafel, aber wirklich ein lieber. Er liebt es einfach, Dich herauszufordern.«

Ich ziehe die Augenbrauen hoch und versuche, die Informationen, die auf mich herein prasseln wie ein Meteoritenschauer auf einen Planeten, zu sortieren. Die einzige Idee, die einzige Spur, die wir bis jetzt hatten, hat sich mit den Worten von Karins Mutter in Luft aufgelöst. Dafür holt unser *Was-auch-immer* zum nächsten Schlag aus. Meine Augen brennen. Die Freude, die ich bis gerade eben noch empfunden habe, ist weg. Schlagartig. Ich greife mir an die Brust. Meine Lippen beben. Meine Stimme zittert und klingt unnatürlich belegt.

Karin fixiert mit zusammengekniffenen Augen das Foto auf der ersten Seite der Zeitung. Ich folge ihren Blicken. Nun ist es also passiert. Der nächste Schritt in dem so ungleichen Kampf zwischen uns und dem *Phantom*, das sich immer noch nicht zu erkennen gegeben hat. Wer auch immer hinter dem Komplott gegen Karin und meine Familie steckt, scheint einen Heidenspaß daran zu haben, uns zu quälen. Jeder Schritt, den er unternimmt, ist wohl durchdacht. Nichts ist dem Zufall überlassen. Ein Nadelstich und noch einer. Und als ob das noch nicht reicht, ein weiterer.

Bis jetzt habe ich nur einen flüchtigen Blick auf das Foto geworfen. Karin und Sophie machen wirklich einen innigen Eindruck. Jemand, der es nicht besser weiß, könnte mit etwas Phantasie tatsächlich leicht falsche Schlüsse daraus ziehen. Aber was ist, wenn an den Gerüchten etwas dran ist und Karin nur mit mir zusammen ist, um so leichter an Sophie zu kommen? Nein. Unmöglich. Ich schüttle über mich selbst den Kopf. Ist es tatsächlich schon so weit gekommen, dass ich an meiner Partnerin zweifle? An der Frau, die ich liebe?

Wer auch immer hinter den Aktionen gegen Karin steckt, weiß genau, wie er vorgehen muss, um Zweifel zu säen, und uns systematisch in die Knie zu zwingen. Lauter gut platzierte Nadelstiche, die uns so manipulieren sollen, dass wir irgendwann nicht mehr wissen, wem wir glauben oder vertrauen sollen.

28. Kapitel – Karin

Meine Mutter streicht vorsichtig über Reginas Arm. Ich kann mich nicht erinnern, dass sie MIR jemals Zärtlichkeiten geschenkt hätte, jedenfalls nicht, ohne mich vorher grün und blau zu prügeln, oder eine Forderung an mich zu stellen. Mitleid flammt in ihren Augen auf. Ich betrachte sie aufmerksam. Was will sie von uns? Will sie wirklich nur wieder gut machen, was sie mir in meiner Kindheit und Jugend angetan hat? Oder versucht sie, uns zu manipulieren? Will sie sich einen Platz in unserem Leben erschleichen? Steckt sie am Ende sogar selbst hinter den Angriffen und Verleumdungen?

»Machen Sie sich keine Sorgen, Regina. Wir werden einen Weg finden, Ihnen zu helfen. Als erstes müssen wir herausfinden, WER den größten Profit aus Eurem Leiden zieht.«

Spontan fallen mir genau zwei Menschen ein, auf die diese Eigenschaft zutrifft. Herbert. Und meine Mutter. Stechender Schmerz zuckt durch meinen Kopf. Ich stöhne und greife mir an die Stirn.

»Du hast doch alles erreicht, was Du wolltest. Warum lässt Du uns nicht einfach in Ruhe?« Ich presse die Lippen zusammen und versuche, nicht laut zu werden. Die Erkenntnis, dass SIE hinter allem steckt, ist noch so viel schmerzhafter als alles, was sie mir jemals angetan hat. Regina starrt mich entsetzt an. Sie schüttelt den Kopf. Meine Mutter ist wirklich ein Genie. Sie schafft es mit wenigen Worten, andere Menschen für sich zu gewinnen und wickelt sie, wie eine Spinne ihre Beute, innerhalb weniger Sekunden ein, bis sie in ihrem Netz festsitzen und nicht mehr los kommen. Dann fehlt nur noch der perfekt gesetzte Stich und das war es dann.

»Was meinst Du, Karin?«

»Stell Dich nicht dümmer als Du bist. Gib doch zu, dass Du hinter allem steckst. Wer sollte sonst einen Nutzen an meinem Leid haben?«

»Wenn ich das wüsste, wären wir schon einen großen Schritt weiter. Aber glaub mir, ich stecke sicher nicht dahinter. Würde ich sonst hier sitzen und versuchen, Euch zu helfen?«

Mein Kopf bewegt sich langsam auf und ab. Natürlich würde sie das. Meine Mutter ist gut darin, Scheiße für Gold zu verkaufen. Bis man es bemerkt, ist es leider schon zu spät.

»Wir möchten Sie bitten zu gehen.« Der Mann, der uns bis jetzt sehr zuvorkommend bedient hat, baut sich vor unserem Tisch auf. Seine Lippen bilden einen schmalen Streifen. Er wedelt mit der Zeitung durch die Luft.

»Hier ist kein Platz für Leute, die sich an Kindern vergreifen.«, schimpft er so laut, dass es auch der letzte Café-Besucher mitbekommen muss.

Ich greife mir an die Stirn. Der Raum um mich herum dreht sich. Erst langsam und dann immer schneller. Es reicht. Ich kann nicht mehr. Meine Hände krallen sich am Tisch fest. Jetzt bloß nicht umfallen.

Unangenehmer Schmerz durchzuckt meine Schulter. Langsam öffne ich ein Auge. Dunkler Nadelfilzboden, Pumps, Sneakers und Jeanshosen. Meine Mutter. Und Regina. Ich drehe meinen Kopf. Anzughosen. Schwarz. Mit Nadelstreifen.

»Tut mir leid. Ich wusste … Ich wollte nicht … Kann ich Ihnen helfen?« Verunsicherung schwingt in der Stimme des Mannes, der uns gerade noch vor die Tür setzen wollte. Er neigt sich zu mir. Der intensive Geruch seines Aftershaves zieht in meine Nase. Ich hüstle.

»Können Sie aufstehen?« Wenn ich das wüsste. Ich nicke und stütze mich auf meinen Armen ab. Der zuckende Schmerz in meiner Schulter ist immer noch da. Was ist passiert?

»Wo bin ich?«

»Sie sind im *Café zum Törtchen*. Nehmen Sie meine Hand. Ich helfe Ihnen.«

Er greift nach meinen Händen und hievt mich aus der liegenden in die sitzende Position.

»Schön sitzenbleiben. Ich hole Ihnen ein Glas Wasser.«

Zaghaftes Nicken. Mehr bekomme ich nicht hin. Zu groß ist die Angst, dass mir die Augen wieder zufallen.

»Was ist passiert?«, stottere ich.

»Mutter. Vorwürfe. Kellner. Raus werfen. Abgang.«, ist alles, was ich aus Reginas kurzer Zusammenfassung heraushören kann. Ihre Worte vermischen sich in meinem Kopf zu einem dicken Brei. Ihre Hand streichelt vorsichtig über meine Wange, ihr Blick sorgenvoll über mein Gesicht.

»Du bist vom Stuhl gefallen und hast dabei fast den halben Tisch abgeräumt.« Aaah, daher also die vielen Scherben um mich herum. Scherben. Wie bezeichnend für das, was im Moment mit unserem Leben passiert. Mein Lachen klingt hohl.

»Du hättest Deine Mutter erleben sollen. Genial. Einfach genial. Du hast echt was verpasst. Sie hat den Kellner zusammengefaltet, bis er kleiner als ein Gartenzwerg war. Mit Hut.«

»Wie? Was? Häh?« Offenbar haben meine grauen Zellen den Sturz nicht unbeschadet überstanden. Ich verstehe rein gar nichts. Dafür fühle ich mich, als hätte sich ein Truck mein Hirn als Rennstrecke ausgesucht. Leise jammere ich vor mich hin.

»Mein armer Schatz. Sollen wir nicht doch lieber ins Krankenhaus fahren?« In Reginas Augen liegt so viel Liebe und Wärme, aber auch Beunruhigung, dass ich mich frage, ob mein Abgang tatsächlich genauso heftig war wie ich ihn in Erinnerung habe.

»Niemand nennt meine Tochter eine Kinderschänderin. Das habe ich dem Kellner klargemacht. Mehr nicht.« Meine Mutter wechselt einen Blick mit Regina und zwinkert ihr zu. Täusche ich mich, oder hat sie sich wieder von ihrer Schokoladenseite gezeigt? So kleinlaut, wie der Kellner sich nach meinem Sturz mir gegenüber gegeben hat, vermute ich, dass mit etwas Pech morgen ganz andere Bilder und Texte in der Tageszeitung auftauchen. *Gast attackiert Kellner,* zum Beispiel. Drunter die überdimensional große Frontalaufnahme einer wild gewordenen Furie, die nur rein zufällig den gleichen Familiennamen wie ich trägt. Ich versuche mich an einem Grinsen.

»Am Montag werde ich Deinem Chef einen kleinen Besuch abstatten und dann werden wir mal sehen, ob er nicht doch gewillt ist, Deine Suspendierung aufzuheben.«

Die Rädchen in meinem Kopf rattern. Warum engagiert sich meine Mutter so, obwohl sie für den ganzen Schlamassel verantwortlich ist? Irgendwie passen die Fakten für mich nicht mehr zusammen.

»Aber ich dachte … Du … «

»Ich weiß, dass ich Dir allen Grund, mich zu verdächtigen, gebe, aber Du kannst mir glauben, dass ich nichts damit zu tun habe. Ich möchte Dir nur helfen. Oder besser Euch. Wer könnte noch Interesse daran haben, Euch Schaden zuzufügen? Habt Ihr Feinde?«

»Außer Herbert und Dir niemanden.«, brumme ich.

»Karin, beruhige Dich. Deine Mutter will uns wirklich helfen.«

»Okay, na gut. Wenn Ihr meint.« Ich gebe nicht gerne klein bei, aber was habe ich denn für eine andere Wahl? Solange wir nichts wissen, müssen wir uns an jedem Strohhalm, der sich uns bietet, festhalten.

29. Kapitel – Regina

Und in Ihrem Umfeld? Was ist zum Beispiel mit Ihrem Ex-Mann?«

»Tom ist vor einigen Jahren verstorben.«

»Oh, das tut mir leid. Ich wollte Ihnen nicht zu nahe treten. Gibt es sonst irgendwelche Verwandten, denen Sie so etwas zutrauen würden?«

Ich schüttle den Kopf. Natürlich kann ich jedem nicht weiter als bis vor die Stirn schauen. Trotzdem würde ich es keinem meiner angeheirateten Verwandten zutrauen. Dafür gibt sich Toms Familie eindeutig zu seriös. Sie würden sich niemals die Finger schmutzig machen. Jemanden engagieren … Okay, möglicherweise. Aber selbst?

»Hat die Familie Ihres Mannes jemals versucht, das Sorgerecht für Ihre Kinder zu bekommen?«

»Nein. So etwas würden sie nie tun. Das passt nicht zu ihrem Stil.« Mir wird heiß. Und kalt. Ein heißer Schauer jagt über meinen Rücken. Mein Herz pocht hektisch. Mir wird übel. Vielleicht hätte ich doch lieber nicht so viel essen sollen? Aber die Kuchen im *Café zum Törtchen* sind einfach zu lecker, um ihrer Verlockung zu widerstehen.

»Alles okay, Regina?« Ganz allmählich findet Karin ihre Stimme wieder. Ihr liebes Gesicht strahlt Sorge aus. Ihre Mutter und sie betrachten mich aufmerksam.

»Ich habe doch erzählt, dass ich vor ein paar Jahren das Sorgerecht für die Kinder verloren habe. Nach Toms Tod habe ich den Boden unter den Füßen verloren. Irgendjemand hat mich beim Jugendamt gemeldet. Anonym versteht sich. Ich hatte damals Toms Eltern in Verdacht.«

Ich könnte mich vierteilen, dass ich nicht früher darauf gekommen bin. Manchmal habe ich echt eine lange Leitung. Und stehe auch noch mit beiden Füßen darauf. Vielleicht wollte ich die Dinge auch nur nicht so sehen. Weil nicht sein kann, was nicht sein darf.

»Warum hast Du nichts gesagt?«

»Weil ich nicht mehr daran gedacht habe.«

»Wie kann man so etwas vergessen? Du hast doch kein Alzheimer.«

»Nicht vergessen, verdrängen. Das solltest Du eigentlich wissen, Karin. Greif Deine Partnerin nicht an. Sie kann nichts dafür. Aber wenigstens haben wir jetzt einen Punkt, an dem wir ansetzen können. Wo finden wir die Eltern Ihres Mannes?«

»Sie haben ein Gestüt, nicht weit von hier. Aber wie stellen Sie sich das vor? Hingehen und fragen wird sicher nicht funktionieren. Sie sind ziemlich clever und werden jede Falle durchschauen.«

»Sie sollten Ihre Schwiegereltern anrufen. Sollten sie tatsächlich die Verursacher, dieses wahnwitzigen Komplotts sein, hören wir aus ihren Reaktionen vielleicht etwas heraus.«

Anrufen. Gute Idee. Sollte ich sowieso langsam machen. Mittlerweile haben sie die Zeitung bestimmt schon gelesen und das Foto von Karin und Sophie gesehen. Ich will nicht daran glauben, dass Toms Eltern hinter dem Komplott gegen Karin und mich stecken. Was hätten sie auch für einen Grund? Lucas und Sophie besuchen sie regelmäßig und verbringen ein Wochenende im Monat bei ihnen. Sie haben also sowieso Zugriff auf ihre Enkelkinder. Von verängstigten Jugendlichen haben sie nichts. Außerdem zählt in ihrer Familie nur die Leistung und die Entscheidung, den christlichen Weg als einzig wahren anzuerkennen. In diesem Punkt haben sie bei Lucas und Sophie nicht die besten Karten.

Tom und ich hatten uns von Anfang an dazu entschlossen, die Kinder zu toleranten und weltoffenen Menschen zu erziehen. Wir haben uns immer gewünscht, dass sie ihren eigenen Weg finden, ohne zu glauben, dass alles, was ihnen vorgebetet wird, automatisch das einzig richtige ist.

»Ich kann mir, ehrlich gesagt, trotzdem nicht vorstellen, dass Toms Eltern … «

Mein Handy klingelt. Ein ekelhaftes Quäken, das ich extra für den Kontakt von Toms Mutter ausgewählt habe. Karin zuckt zusammen.

»Wenn man vom Teufel spricht.«, brumme ich und säusle eine aufgesetzte Begrüßung.

»Wie es mir geht?!?«, kreischt meine Lieblingsschwiegermutter so laut, dass meine Hand zuckt und das Handy so weit wie möglich von meinem Ohr weg bringt. Diesem Geschrei hält kein Trommelfell der Welt stand.

»Liest Du keine Zeitungen? Erkläre mir gefälligst, was das soll! Warum schläft diese Frau mit meiner Enkelin? Tom würde sich im Grab umdrehen, wenn er davon wüsste! Und Du duldest das auch noch und machst sogar Deine Beine für sie breit! Das wird Konsequenzen haben, das lass Dir gesagt sein!«

Ich rolle mit den Augen und versuche, ruhig zu bleiben. Nicht so einfach, wenn einem die Wortfetzen wie Salven aus einem Maschinengewehr um die Ohren fliegen. Noch eine Nuance höher und lauter und die örtliche Feuerwehr kann sich in Zukunft die Sirene sparen. Langsam ein- und ausatmen. Tief Luft holen. Phu. Die hat sie doch nicht mehr alle.

»Aber … «

»Kein Aber … Ich habe es immer gewusst. Du bist doch nur so ein billiges Flittchen, das an Toms Geld wollte. Aber wenigstens da konnten wir einen Riegel vorschieben.«

Mein Gesicht, vorhin noch weiß wie eine Wand, färbt sich mittlerweile rot. Ganz sicher leuchtet es wie eine Tomate kurz vor der Explosion. Und ich fühle mich auch so. Meine Wangen brennen. Ich platze gleich vor Wut. Karin legt eine Hand auf meinen Arm und streicht über den dünnen Stoff meines Oberteils. Ich versuche mich an einem Lächeln und rolle gleichzeitig mit den Augen. Ihre Mutter schiebt mir einen Zettel zu. *Der rote Knopf hilft,* steht darauf. Daneben hat sie einen Emoji gemalt.

»Hör mir gut zu! Ich erwarte, dass Du eine neue Wohnung für Euch suchst und dieses *Tier* verlässt! Sofort! Ihr könnt auch zu uns aufs Gestüt ziehen. Freie Zimmer haben wir genug.«

Alles klar. Natürlich mache ich das. Nicht. Als ob ich Karin jemals verlassen würde. Und dann noch zu Toms Eltern ziehen. Ich stehe nicht auf Horror. Meinen ganz persönlichen Thrill hatte ich auch schon.

Bevor es so weit kommt, packe ich tatsächlich den Camper und flüchte mit Karin und den Kindern nach Schweden. Wenn sie mich zu diesem Schritt zwingen will, bitte. Mein Problem soll es nicht sein.

Wenn Toms Mutter einmal loslegt, schießt sie ihre Worte wie ein Maschinengewehr ab und gibt sich alle Mühe, dass niemand ihren *Redefluss* stoppen kann. Ich kenne sie aber gut genug. Nach spätestens einer Minute muss selbst sie ausgiebig Luft holen. Außerdem reicht ihr Pulver nicht ewig. Meine Chance. Betont ruhig rede ich auf sie ein und versuche, sie wieder auf den Boden zu bringen.

»Überlege es Dir, Regina. Du weißt, wenn es um Toms Kinder … « WER hat die Kinder unter Schmerzen herausgequetscht? Eindeutig NICHT Tom. Die Kleinigkeit, die er zu ihrer Geburt beigetragen hat, ist kaum nennenswert. Also mal schön den Ball flach halten. Mittlerweile koche ich innerlich. Diese Frau schafft es immer wieder, mich so zu reizen, dass ich sogar meine gute Kinderstube vergesse.

»Du weißt, wenn es um Toms Kinder geht, kann ich sehr, sehr ungemütlich werden. Merk Dir das!« Mit diesen Worten legt sie auf. Ich hole tief Luft und presse sie aus meinen Lungen. Was für eine angenehme Stille.

»Phu. Ist die immer so?«

»Mir gegenüber schon. Zu den Kindern ist sie ganz anders. Muss sie auch, sonst würden Lucas und Sophie sie nicht mehr besuchen.« Meine Wangen glühen immer noch. Diese Frau ist an Dreistigkeit nicht zu überbieten. Ich kann mich kaum beruhigen.

»Was sollen wir jetzt machen?«

»Karin hat das gesamte Gespräch aufgenommen. Ich würde vorschlagen, Ihr macht gleich Montag früh einen Termin mit Eurem Anwalt. Ihr habt doch einen Anwalt?«

Karin wackelt mit ihrem Handy durch die Luft. Ein triumphierendes Grinsen breitet sich in ihrem Gesicht aus.

»Wenn Toms Eltern hinter dem Komplott stecken, wird Herr Lindholm es herausfinden. Und dann Gnade ihnen Gott.«

Ich verschränke die Hände hinter meinem Kopf und lehne mich in meinem Stuhl zurück. Ich bin völlig am Ende meiner Kraft – wie immer, wenn ich mich dem Ärger von Toms Mutter aussetzen muss. Ein Stück Kuchen wäre jetzt nicht schlecht. Ein richtig großes, mit einer Extraportion Sahne.

30. Kapitel – Karin

Gratulation. Astreine Arbeit.« Unser Anwalt nickt zufrieden. »Leider können wir das Band vor Gericht nicht nutzen, aber wir werden einen Weg finden, dass sich die Täter freiwillig stellen. Ich werde der Familie Ihres verstorbenen Ehemannes einen kleinen Besuch abstatten. Frau Professor Wagner, würden Sie mich bitte begleiten?«

»Aber … Warum denn meine Mutter? Toms Eltern werden sie doch sofort erkennen.«

»Eben.«

»Ich finde, wir sollten alle zum Gestüt fahren. Dann merken sie, dass ihr Spiel zu ende ist.«

»Ich kann es nicht glauben, dass tatsächlich Toms Eltern hinter allem stecken. Gut, sie mögen mich nicht und geben mir die Schuld an seinem Tod. Aber die Kinder lieben sie abgöttisch. Warum tun sie ihnen so etwas an?« Regina schaut so verzweifelt aus, dass mein Herz schmerzt.

»Das werden wir herausfinden. Verlassen Sie sich darauf. Wenn Sie nichts vorhaben, können wir sofort losfahren.«, schlägt der Vater von Fjolla und Laurin vor.

Natürlich weiß er, wie aufgeregt meine Mutter, Regina und ich sind. So aufgeregt, dass wir den Versuch, mit dem Anruf bei ihm bis Montag zu warten, schon nach fünf schweigsamen Minuten aufgaben. Obwohl er es nicht mag, wenn er am Wochenende gestört wird, erklärte er sich sofort bereit, sich mit uns zu treffen.

Das freudige Lächeln, das sich in seinem Gesicht ausbreitete, als er das Band wieder und wieder abhörte, werde ich wohl nie vergessen. Seine Mundwinkel zuckten so steil nach oben, dass er mich sofort wieder an seinen Sohn erinnerte.

»Und Sie sind sich wirklich sicher, dass Toms Eltern alles zu verantworten haben?«

»Junge Frau, natürlich bin ich mir sicher. Was glauben Sie denn?« Er zwinkert mir verschwörerisch zu. »Wir konnten den Verfasser des schmählichen Zeitungsartikels ermitteln und nachdem wir seinem Gedächtnis ein wenig auf die Sprünge geholfen haben, hat er uns bereitwillig alle Daten ausgehändigt. Ihr Band bestätigt nur die Vermutung, die wir bereits hatten. Also habe ich das Telefon geschnappt und wollte Sie anrufen, aber Sie kamen mir zuvor. Bevor wir fahren sollten wir uns noch überlegen, ob Sie Anzeige erstatten wollen, oder ob wir versuchen sollen, die Sache gütlich zu regeln.«

»Ich möchte nicht anzeigen.« Regina, meine Mutter und Herr Lindholm reißen überrascht die Augen weit auf und betrachten mich, als wäre ich ein kleines grünes Männchen.

»Was haben wir denn davon? Sie brauchen mir nichts erzählen. Es wird auf eine Gefängnisstrafe oder eine Geldstrafe hinauslaufen. Toms Eltern sind schon weit über sechzig. Sie würden an einem langen Prozess und einer eventuellen Gefängnisstrafe zugrunde gehen.«

»Aber … sie haben alles daran gesetzt, Dich zu zerstören. Uns zu zerstören.«

»Ich weiß. Deswegen habe ich auch ein paar Bedingungen. Ich will, dass sie die Kinder vorerst nur in Begleitung sehen.«

»Das kannst Du nicht von mir verlangen.«, schimpft Regina mit zusammengekniffenen Augen. Über ihrem Nasenrücken bildet sich eine tiefe Falte.

»Verlange ich auch nicht. Mutter, könntest Du das übernehmen? Wenn nicht, fragen wir im Jugendamt nach, ob es jemanden gibt, der begleitete Treffen organisiert.«

»Du willst mir tatsächlich die Verantwortung übergeben? Ausgerechnet mir?«

»DU wirst dafür sorgen, dass alles mit rechten Dingen zugeht. Ich kann mir niemanden vorstellen, der das besser kann als Du.« So leise, dass nur meine Mutter mich versteht, flüstere ich: »Außerdem bist Du, wenn Regina und ich irgendwann heiraten, sowieso die Ersatzoma.« Ein Lächeln huscht über ihr Gesicht. Erstaunt reiße ich die Augen weit auf. Nicht nur ich habe mich in den achtundzwanzig Jahren, in denen wir keinen Kontakt miteinander hatten, verändert. Ihre Körperhaltung hat nichts mehr von der Bedrohung, die ich damals empfunden habe, sobald sie in meiner Nähe war. Ich schlucke und fächle mir Luft zu. Kann es tatsächlich sein, dass ihr Gesicht Güte und Liebe ausstrahlt? Kann sich ein Mensch wirklich so grundlegend verändern?

»Bist Du ein Klon?«, flüstere ich.

»Ich bin das Original.«

»Aber wie kann das sein? Früher warst Du so ganz anders.«

»Nicht nur Du hast Dich verändert. Wir sind erwachsen geworden, Karin. Und ich bin wirklich stolz darauf, dass Du es *trotzdem* geschafft hast. Du bist die Frau, die ich so gerne gewesen wäre.« Ich drehe mich zu ihr. Ihre Augen leuchten warm. Wenn das nicht ein Lob ist.

»Das muss ein Traum sein.«, brummle ich leise vor mich hin. Ich zwicke mir in den Arm. Aua. Doch wach. Meine Mutter ist immer noch da. Und sie zeigt immer noch das gütige Lächeln, dass sie mein ganzes Leben lang vermissen ließ.

31. Kapitel – Regina

Ah, hallo Regina. Guten Tag, Frau Doktor Wagner. Ich freue mich, dass Ihr unserer *Einladung* gefolgt seid.« Von wegen Einladung. Meine Augen verengen sich zu schmalen Schlitzen. Die Arroganz dieser Frau ist kaum noch zu übertreffen. Sie widert mich an. Karin legt ihre Hand auf meinen Rücken und flüstert beruhigende Worte vor sich hin. Sind die Worte für mich bestimmt, oder will sie sich nur selbst beruhigen?

Schon auf der Fahrt ließ jeder Kilometer, der unter den Reifen unseres Autos dahinschmolz wie Eis in der Sonne, die Hitze in mir ansteigen. Je näher wir dem Gestüt von Toms Eltern kamen, desto unruhiger und zappeliger wurde ich. Was für eine Schnapsidee, sie persönlich zu stellen. Wir hätten den Fall doch lieber an die Polizei übergeben sollen. Warum habe ich mich nur überreden lassen?

Toms Mutter macht einen Schritt zur Seite und gibt die Tür für Karin und mich frei. Sie führt uns in den Salon des Hauses. Ich hole tief Luft und lasse sie mit einem Seufzen wieder entweichen. Sie hat sich überhaupt nicht verändert. Schon damals hat sie nichts dem Zufall überlassen und genauso ist es auch jetzt wieder. Seit ich unfreiwillig mit dieser Familie zu tun habe, hasse ich den Salon. Riesengroß und unpersönlich. Ein Raum, dessen einzige Aufgabe darin besteht, Menschen einzuschüchtern. Dunkelgrüne Wände, die den Rest des Lichts, das den Weg durch die Fenster findet, schluckt. An der Decke dunkle Holztafeln. Fehlen eigentlich nur noch Gitterstäbe an den Fenstern und schon ist die perfekte Gefängniszelle für einen Familienclan fertig.

Mit diesem Raum verbinde ich nur unangenehme Erinnerungen. Bei meinem ersten Antrittsbesuch vor fast zwanzig Jahren, wurde ich auch hier drin unter die Lupe genommen. Die Blicke von Toms Mutter fuhren über meinen Körper. Sie wollte alles wissen. Wer meine Eltern sind, was ich mit meinem Leben vorhabe, sogar meine Einwilligung für eine Schufa-Auskunft musste ich unterschreiben, dabei wollte ich weder einen Kredit, noch eine Wohnung, sondern nur den Mann. Toms Background hat mich nie sonderlich interessiert, aber die Frau mit den eiskalten Augen sorgte schon dafür, dass ich nie vergaß, in was für eine Familie ich eingeheiratet hatte. Brrrrr. Die Erinnerung reicht aus, um mir einen eiskalten Schauer über den Rücken zu jagen. Wie damals, schnappe ich auch jetzt nach Luft. Mein Herz wummert in meiner Brust. Ich fühle eine eigenartige Enge, die meinen Oberkörper mit ihren alles vernichtenden Krallen gefangenhält. Schweißperlen stehen auf meiner Stirn. Ich muss hier raus. Sofort. Oder ich … Karin neigt sich zu mir.

»Bleib ganz ruhig. Alles wird gut.«, flüstert sie.

Ihre Zuversicht hätte ich gerne. Wie soll alles gut werden, in einem Raum, der ausschließlich mit toten Tieren dekoriert ist? Das Gestüt von Toms Eltern stammt aus einer anderen Zeit. Vermutlich regierten bei seiner Grundsteinlegung Könige und Ritter das Land. Mir Toms Mutter als eiskalte Königin vorzustellen fällt mir nicht schwer. Eigentlich mag ich keine bösen Gedanken haben, kann mich aber trotzdem nicht gegen die Idee, dass SIE noch ein letztes Überbleibsel aus diesen glorreichen und längst vergangenen Tagen ist, wehren. Nicht einmal sie kann bestreiten, dass eine gewisse Ähnlichkeit mit den Frauen auf den Bildern der Ahnengalerie, erkennbar ist. Die streng zurückgekämmten Haare, der hoch aufgestellte Dutt auf ihrem Hinterkopf, die eisblauen Augen und der abschätzige Blick. Krone und Zepter würden wirklich gut zu ihr passen. Toms Mutter ist keine leibliche König, sondern eine eingeheiratete. Dieses verschwindend geringe Detail ihrer Geschichte lässt sie, vor allem *Abschaum* wie mir gegenüber, gerne unter den Tisch fallen.

»Wir warten noch auf meinen Mann, dann können wir anfangen.«

Mein Hals kitzelt, meine Lunge rasselt. Ich huste und zittere unkontrolliert. Die Augen meiner Schwiegermutter leuchten eisblau. Wie das klare Wasser eines sauberen Bergsees. Zufrieden verziehen sich ihre Lippen zu einem Grinsen. *Miststück.*

Toms Vater, ein hoch gewachsener Mann mit kerzengerader Körperhaltung und einem Auftreten, dass es einem unangenehme Schauer über den Rücken jagt, stößt ein paar Minuten später zu uns. Er wird von einem jüngeren Mann, den er uns als Anwalt der Familie vorstellt, begleitet.

»Ich freue mich, dass Du endlich Einsicht zeigst. Der Lebenswandel, den Du führst, ist schädlich für ein gesundes Heranwachsen unserer Enkelkinder. Lucas ist jetzt schon ganz verweichlicht. Wird Zeit, dass er lernt, ein Mann zu sein. Ich kann immer noch nicht verstehen, warum Tom Dich unbedingt heiraten wollte. Wir hatten einige sehr passable junge Frauen in der engeren Auswahl. Frauen mit Stil und mit Verstand, aber er wollte nur Dich. Ich bin froh, dass dieses leidige Thema sich dann wohl auch endgültig erledigt hat.« Noch emotionsloser und man könnte glatt meinen, dass an der Stelle von Toms Vater ein Roboter mit uns spricht. Er verzieht keine Mine. Karin zieht die Augenbrauen hoch.

Der junge Anwalt, ein Herr Doktor Soundso, schiebt einen Stapel Papiere über den Tisch. Er lächelt verschmitzt und zwinkert mir zu. Die Spitze seiner Zunge fährt über seine Lippen. Ich starre ihn an. Macht er das absichtlich, um mir zu demonstrieren, wie wenig ich in seinen Augen wert bin, oder will er mir tatsächlich sagen, dass ich nur einen anständigen Kerl brauche, um wieder auf den *rechten* Weg zu kommen? Er streicht sich durchs Haar. Einen Kerl wie ihn vielleicht? Mühsam halte ich mich zurück, meinem Bedürfnis, mich zu schütteln, nachzugeben.

»Was sind das für Papiere?«

»Adoptionspapiere. Du wirst uns sämtliche Rechte an den Kindern übertragen.« Sämtliche Rechte an den Kindern. Toms Eltern tun fast so, als wären Sophie und Lucas Gegenstände, die einfach mal so den Besitzer wechseln können. Da Privatverkauf auch bei Nichtgefallen Rückgabe ausgeschlossen. In welcher Zeit leben diese Menschen eigentlich?

»Das ist der einzige Grund, warum wir Dich hierher gebeten haben.« Die Stimme meiner Schwiegermutter. So in etwa stelle ich mir die Hexe aus Hänsel und Gretel vor. Unglaublich. Hart und schneidend. Widerspruch zwecklos.

»Bitte hier unterschreiben und hier.« Der Anwalt schiebt einen Stift über den Tisch.

»Und was ist das?« Ohne einen Blick auf die Papiere zu werfen, blättere ich weiter. Auf der dritten Seite ist ein Scheck über hunderttausend Euro abgedruckt. Die Farbe weicht aus meinem Gesicht. Auch Karin wird blass.

»Ein kleines Dankeschön für Deine Mühe.«

»Das, was Sie hier vorhaben, ist Menschenhandel.«

»Aber nicht doch. Lucas und Sophie sind unsere Enkelkinder. Was habt Ihr denn schon zu bieten? Sobald Ihr unterschrieben habt, übernehmen wir die Verantwortung für die Kinder. Sie werden renommierte Internate besuchen und später ein erstklassiges College. Sophie bekommt die einmalige Möglichkeit, einen Prinzen oder zukünftigen König kennenzulernen.« Sophie eine Königin? Ich kann das laute Lachen und Prusten, die einfach aus mir herausbrechen, nicht mehr zurückhalten. Lächerlich. Königin ist tatsächlich eine der wenigen Optionen, die sie für ihre zukünftige Karriere noch nicht ins Auge gefasst hat. Und auch nie ins Auge fassen wird. Jetzt wird es langsam Zeit, dass UNSER Anwalt zu uns stößt.

Wie auf Bestellung kündigt die große Glocke – ja, sogar ihr Klang ist eiskalt – in der Eingangshalle weitere Besucher an. Erleichtert atme ich auf. Meine Hand gleitet unter den Tisch und streichelt vorsichtig über Karins Oberschenkel.

»Guten Tag, Frau König. Guten Tag, Herr König. Mein Name ist Sören Lindholm und das ist … «

»Sie kommen von den Zeugen Jehovas. Richtig?«

Ich rolle mit den Augen. Toms Eltern wollen etwas besonderes darstellen und dann beherrschen sie nicht einmal die einfachsten Regeln zwischenmenschlichen Zusammenlebens. Präsent sein, sich aber nicht übermäßig in den Vordergrund stellen und andere ausreden lassen, haben Sophie und Lucas schon im zarten Kleinkindalter gelernt, was man von ihren Großeltern nicht behaupten kann.

»Eigentlich nicht. Wir möchten Sie trotzdem um ein paar Minuten Ihrer Aufmerksamkeit bitten.« Jetzt kommt der Moment, in dem der Vater von Laurin und Fjolla seine Visitenkarte zückt. Schade eigentlich, dass ich nicht sehen kann, wie die Gesichtszüge meiner Schwiegereltern entgleiten.

»Ko … Kommen Sie … doch herein. Kann ich … Ihnen etwas anbieten?« Ein breites Grinsen huscht über meine Lippen. Ich kann mich nicht erinnern, schon einmal so etwas ähnliches wie Unsicherheit in der kreischenden Stimme meiner Schwiegermutter gehört zu haben.

»Sören Lindholm. Guten Tag, Herr Kollege.« Unser Anwalt reicht dem Anwalt von Toms Eltern die Hand und steckt ihm seine Karte zu.

»Das ist Frau Professor Wagner, die Mutter von Frau Doktor Wagner.«

»So so, dann haben wir ja die ganze Bagage zusammen. Umso besser.« Toms Vater spuckt uns seine Ablehnung und seinen Hass förmlich entgegen. Seine Worte sind, wie immer, schneidend und gezielt gewählt. Wenn er vom Auftritt unseres Anwalts überrascht ist, lässt er es sich nicht anmerken. Er steht über den Dingen. Ihn kann so leicht nichts und niemand beeindrucken. Dazu braucht es schon etwas mehr. Soll er haben. Unauffällig reibe ich mir die Hände.

»Guten Tag. Ich will nicht sagen, dass es mir eine Freude ist, Sie kennenzulernen.« Karins Mutter lässt sich auf den Stuhl, den Toms Vater ihr zugewiesen hat, sinken. Ihr Blick gleitet durch den Raum.

»Wahnsinn, was für eine Sammlung toter Tiere. Da kann selbst das Museum neidisch sein.«, brummt sie und rollt mit den Augen.

»Wir haben alle Tiere selbst erlegt.« Toms Vater merkt den beißenden Sarkasmus in ihren Worten nicht und baut sich, mit vor Stolz geschwellter Brust, vor ihr auf.

»Was Sie nicht sagen. Ich nehme an, dass Sie sich als nächstes den Kopf meiner Tochter wünschen. Nicht wahr?«

»Wenn Sie es so sehen wollen. Warum nicht?« Er lacht. Ein hämisches Lachen. Eiskalt und hinterlistig. »Es wäre kein Verlust für die Menschheit.«

Karin strafft ihre Schultern und springt auf. Ihre Faust donnert auf den Tisch.

»Es reicht jetzt!«, schreit sie.

»Das denke ich aber auch. Ihr stehlt schon viel zu viel von meiner Zeit. Unterschreibt jetzt und das Thema ist erledigt.« Die Stimme von Toms Vater bebt. Der Zorn lässt seine Barthaare zittern.

»WIR unterschreiben überhaupt nichts. Herr Lindholm?«

»Frau König wird überhaupt nichts unterschreiben. Heute nicht und auch nicht in Zukunft.« Er knallt einen Stapel Papiere auf den Tisch, der noch etwas höher ist als der, den mir der Anwalt von Toms Eltern vor ein paar Minuten überreicht hat.

»Was soll das? Diese Frau hier vergreift sich an Teenagern. Ihr muss dringend das Handwerk gelegt werden. Meine Schwiegertochter ist zudem mit der Erziehung ihrer Kinder völlig überfordert. Wir tun ihr nur einen Gefallen.«

»Gefallen? Was Sie hier vorhaben ist Menschenhandel!« Karin ist so erbost, dass sie wie ein Raubtier, das in die Enge getrieben wird, durch den Salon läuft. Ihre Schultern zucken. Ich atme ruhig. Wir sind nicht allein.

Laurins Vater bückt sich und holt den Zeitungsartikel aus seiner Tasche. Er hat Mühe, sich zurückzuhalten.

»Schluss mit dem Schmierentheater. Es reicht jetzt. Frau Doktor Wagner hat sich nichts vorzuwerfen und das wissen Sie genauso gut wie ich. Sie ist eine ausgezeichnete Lehrerin. Ihre Schüler lieben Sie. Aber egal, darum geht es hier nur zweitrangig. Sagt Ihnen der Name Dominik Schmidt etwas? Ah, ich sehe, Sie erinnern sich an ihn. Das trifft sich gut. Ich hatte nämlich ein sehr aufschlussreiches Gespräch mit ihm.«

Ich lehne mich in meinem Stuhl zurück und lächle still vor mich hin. Was für ein denkwürdiger Moment. Meine Schwiegereltern sind sprachlos. Dass ich so etwas noch erleben darf. Tom würde uns feiern, wenn er davon wüsste.

»Was wollen Sie von uns?« Die Stimme meiner Schwiegermutter bebt. Ihre Haut ist aschfahl, die Schultern zittern. Ihre Hand umklammert die Tischkante des riesigen Tisches. Wie schnell sich die Positionen doch verschieben können. Ich werde diesen Moment auskosten. Und wie ich ihn auskosten werde. Unsere Anwesenheit ist mein ganz persönlicher Triumph über die Menschen, die mir seit Jahren das Leben zur Hölle machen.

»Sie haben die Wahl, Herr und Frau König. Entweder, wir einigen uns gütlich, oder wir gehen den Weg übers Gericht. Damit kommen Sie aber in jedem Fall schlechter weg, das wird Ihnen Ihr Anwalt bestätigen können. Rufmord, Falschaussage, Menschenhandel und versuchter Kindesentzug sind keine Kavaliersdelikte.«

»Der Mann lügt. Wir kennen Herrn Schmidt zwar, hatten aber seit mehreren Jahren keinen Kontakt mehr mit ihm.«

»Und Sie bleiben bei Ihrer Aussage?«

»Aber natürlich. Dominik Schmidt ist ein Schmierfink, warum sollten wir mit ihm in Kontakt stehen? Was hätten wir davon?«

»Um solche Lügen wie die in der Zeitung zu verbreiten, zum Beispiel. Frau König, geben Sie auf. Wir wissen alles. Machen Sie die Situation nicht noch schlimmer.«

»Du …! Du …! Du dreckiges Miststück! Unser Sohn hatte eine vielversprechende Karriere vor sich, aber dann musstest Du ihm ja den Kopf verdrehen! DU hast uns unseren Sohn genommen! Du hast unser Leben zerstört!« Niemand schaltet schnell genug, um den Satz, den Toms Vater hinlegt, zu stoppen. Er greift nach meinen Schultern und schüttelt mich. Mein Kopf kracht auf hartes Holz. Schreie. Unendlich viele. So laut. Und so durcheinander.

Karins verängstigte Stimme hallt in meinen Ohren. Es kracht erneut. Der Druck an meinen Schultern lässt nach. Endlich. Erschöpft rapple ich mich auf. Karin steht neben mir, die Hände zu Fäusten geballt. Sie beugt sich über den Mann, der, dank ihres Schlages, in sich zusammengesunken auf dem Boden sitzt. Aus seiner Lippe tropft Blut. Normalerweise verabscheue ich Gewalt, aber ausnahmsweise mache ich heute gerne eine Ausnahme. Normalerweise berührt es mich, wenn jemand verletzt ist, aber der Anblick von Toms kleinlautem und überhaupt nicht mehr angsteinflößendem Vater, erfüllt mich mit Genugtuung. Bin ich deswegen jetzt ein schlechter Mensch? Ich denke nicht. Karin ist mein Ritter, ihre Jeanshosen und die Lederjacke die schillerndste Rüstung, die ich mir nur vorstellen kann.

»Setzen Sie sich hin und halten Sie den Mund.« Ihre Anweisung ist so klar, dass Toms Vater keinen weiteren Ton mehr von sich gibt. Er setzt sich hin und lässt alles, was als nächstes über ihn hereinbricht, geschehen. Seine Wut weicht Resignation. Wir haben gewonnen. Endlich.

»Unterschreiben Sie endlich!«, schimpft Sören Lindholm.

Wie hat Tom das nur ausgehalten?«, spricht Karin die Gedanken, die auch mich beschäftigen laut aus, als wir zwei Stunden später Hand in Hand durch die Altstadt laufen. Ihre Mutter bleibt so abrupt stehen, dass ich fast in sie hineinlaufe. Sie legt ihre Stirn in Falten.

»Er hat es genauso ausgehalten, wie Du mich und meine… nennen wir es fragwürdigen Erziehungsmethoden ausgehalten hast. Sie sind seine Eltern. Er kannte es nicht anders.«

»Aber Du hast Deine Fehler eingesehen und Dich bei mir entschuldigt.«, murmelt Karin fast unhörbar vor sich hin.

»Sich seine Fehler einzugestehen ist ein langer und mühsamer Prozess, das kannst Du mir glauben. Noch schwerer ist der Schritt, um Verzeihung zu bitten. Niemand kann das, was ich Dir angetan habe, jemals wieder gutmachen. Wir können unsere Fehler aber auch nicht ungeschehen machen, weil Zeit zurückdrehen leider auch nicht funktioniert. Menschen, die so stolz wie die

Eltern von Tom sind, werden sich noch schwerer tun. Ihr werdet selbst merken, dass es Dinge gibt, die man lieber nicht getan oder nicht gesagt hätte. Dann könnt Ihr nur hoffen, dass der Betroffene Euch genauso vergeben kann, wie Du mir vergibst.«

Wir setzen uns langsam wieder in Bewegung. Schweigen breitet sich zwischen Karin, ihrer Mutter und mir aus. Jede hängt ihren eigenen Gedanken nach, die sich vermutlich um das gleiche Thema drehen. Dinge, die waren. Dinge, die wir nicht ungeschehen machen können. Dinge, die unser Leben nachhaltig verändert und uns zu dem Menschen gemacht haben, der wir heute sind. Dinge, die sind.

Ich drehe meinen Kopf zur Seite. Karin schleckt, tief in sich versunken, an ihrem Eis. Ihre Zungenspitze gleitet über die braune Kugel. Ihr Anblick hat nichts erotisches. Sie wirkt so zufrieden mit sich selbst – und in sich ruhend. Ich bewundere sie. Wie gerne hätte ich die eine oder andere Eigenschaft, die sie in sich trägt.

Sie hat Toms Eltern schon verziehen, bevor sie überhaupt darum baten. Ich kann das nicht. Sie haben uns so viel Schaden zugefügt und hätten um ein Haar ihre Karriere ruiniert. Sogar unserer Beziehung hat ihr Verhalten einen heftigen Dämpfer verpasst. Ich habe an Karin gezweifelt. DAS kann ich Toms Eltern nicht verzeihen. Auch nicht die Jahre, in denen sie mich gequält haben. Dass sie mir zu verstehen gaben, dass ich mich sogar auf den Kopf stellen und mit den Füßen Fliegen fangen könnte, und für ihren einzigen Sohn trotzdem nie genügen würde. Oder als Höhepunkt, dass sie mir die Schuld an seinem Tod gaben und auch heute noch geben. Als ob ich dafür gesorgt hätte, dass der Hubschrauber, in dem er saß, abstürzte. Ich kann nicht so leicht verzeihen – und vergessen schon gar nicht. In solchen Dingen bin ich wie ein Elefant. Ich vergesse nichts.

Für Karin scheint sich alles erledigt zu haben. Toms Eltern haben – mehr oder weniger bereitwillig – alles unterschrieben, was wir ihnen durch unseren Anwalt vorlegen ließen. Damit ist alles geregelt und es scheint keinen Grund mehr für Wut und Enttäuschung zu geben. Ich frage mich, warum sie so leicht abschließen kann. Liegt es vielleicht daran, dass die Verletzung, die die Königs uns zugefügt haben, ein Klacks sind gegen das, was ihre Mutter ihr damals angetan hat?

Mehr als zwanzig Jahre brauchte die Professorin, um Karin ihre Fehler einzugestehen. Eine lange Zeit, in der sich ihrer Leben in grundverschiedene und doch so ähnliche Richtungen entwickelten. Karin scheint keinen Groll mehr zu empfinden. Im Gegenteil. Sie ruht in sich selbst. Ja, doch. Manchmal wäre ich wirklich gerne mehr wie sie.

»Was passiert jetzt mit uns?« Die unsichere Stimme ihrer Mutter wirkt laut in der Stille meiner Gedanken. Karin zuckt mit den Schultern und verzieht keine Miene. Dann grinst sie.

»Wir freuen uns, wenn Du ein Teil unseres Lebens bleibst. Natürlich nur, wenn Du willst.«

Meine Augen brennen. Verstohlen wische ich die Tränen, die sich in ihren Winkeln sammeln, ab. Professor Wagner fliegt in Karins Arme. Sie schluchzt und weint. So sehr, dass ihre Schultern beben. Der Rest von Karins Eis fällt mit dumpfem Platschen auf den Boden. Meine Beine zittern.

So hat die mühsame, nervenaufreibende und verletzende Zeit, die hinter uns liegt, ein versöhnliches Ende gefunden. Zu sehr von meinen eigenen Emotionen überrollt, wende ich mich ab. Dieser Moment ist so besonders. So intensiv. So berührend. Kann es etwas besseres als die leuchtenden und strahlenden Augen einer Mutter und einer Tochter geben, die sich nach mehr als fünfundzwanzig Jahren endlich in den Armen liegen und einander verziehen haben.

Ich kann es mir nicht vorstellen.

Wann bist Du fertig?« Karin tänzelt vor mir auf und ab, wiegt ihren Po in einem Takt, der eigentlich keiner ist und öffnet den ersten Knopf ihres schwarzen Hemdes. Mein Atem beschleunigt sich.

»Gleich.«, seufze ich.

»Was heißt denn gleich?« Ihre Stimme klingt herausfordernd, unterstrichen von ihrem Blick. Schlafzimmerblick ist nichts dagegen.

»Wenn ich fertig bin?«

»Und wann bist Du fertig?«

»Sobald mein Telefonat beendet ist.« Der zweite Knopf ist offen. Dann der dritte und der vierte. Unter dem Hemd trägt sie ein weißes Shirt, das ihre Brüste umhüllt wie Geschenkpapier ein Geschenk, von dem man kaum erwarten kann, es auspacken zu dürfen. Tiefes Seufzen huscht über meine Lippen.

»Schatz, alles okay bei Dir?«

»Klar, Mama, alles … ähm … alles okay.«, murmle ich. Bestimmt sitzt meine Mutter auf ihrer Terrasse, schaut aufs Meer und fragt sich, warum ich so seufze. Noch ein Knopf. Das Hemd gleitet langsam von Karins Schultern. Sie schaut mich an. In ihren Augen lodert ein Feuer. Sengende Hitze schießt durch meinen Körper.

»Knöpfe.«

»Wie bitte?« Oh Mist. Meine Mutter. Ich bin so fasziniert von Karins Einsatz, dass ich das Telefon in meiner Hand glatt vergessen habe. Mit dem Ärmel meines Shirts wische ich den Schweiß von meiner Stirn. Mein Herz pocht. Und wummert. So laut, dass ich mir sicher bin, dass meine Mutter es hören muss.

»Nichts. Nichts. Ich habe nur … Ich bin nur … Ähm … «

»Du bist abgelenkt. Lenkt Karin Dich ab?« Obwohl meine Mutter mich nicht sehen kann, nicke ich. Oh ja. Und wie. Karin, Du bist gemein, formen meine Lippen stumm, was ihr jedoch nicht mehr als ein fieses Lachen entlockt. Sie zieht ihren Schuh aus und kickt ihn in hohem Bogen durchs Wohnzimmer. Der zweite Schuh fliegt hinterher.

»Was macht Karin denn?« Sie macht sich nackig. Sie sorgt dafür, dass das Blut viel schneller als normal durch meinen Körper rauscht. Sie verwandelt meine grauen Zellen in einen luftleeren Raum. Sie macht mich wahnsinnig.

»Äh … « Ich schlucke. Sprechen habe ich verlernt.

»Weißt Du was, Schatz, lass uns einfach die Tage telefonieren. Viel Spaß.« Lautes Tuten hämmert sich in mein Bewusstsein. Viel Spaß. Das waren die Worte meiner Mutter und ich bin mir ganz sicher, so einen kleinen süffisanten Unterton zwischen den Zeilen herausgehört zu haben.

»Bist Du endlich fertig?«, haucht Karin mit krächzender Stimme und nimmt das tutende Telefon aus meiner Hand. Meine Augen versinken in ihren. Sie zittert unter meinen Händen, die langsam von ihrem Rücken nach vorne gleiten.

»Kannst Du Dich nicht *etwas* beeilen?«, stöhnt sie und reibt sich an meinem Oberschenkel. Fieses Grinsen schiebt sich in mein Gesicht. Ich schüttle den Kopf.

»Können schon. Aber ich will nicht.«, antworte ich neckend.

»Und warum nicht?«

»Weil Strafe sein muss.«

»Strafe?« Das letzte Wort, das für die nächsten eineinhalb oder zwei Stunden zwischen uns gesprochen wird. Wir seufzen. Und stöhnen. Und röcheln. Wild und hektisch.

Karins Hände auf meinem Körper, meine Hände auf ihrem. Meine Finger gleiten über heiße und schwitzende Haut. Karin windet sich unter mir. Sie kommt mir entgegen, gleitet mit einem Schwung auf meinen Schoß.

»Aber jetzt könntest Du doch.«, fleht sie. Ihr Atem ist abgehackt, ihre Augen geschlossen.

Meine Hände greifen um ihren schlanken Körper. Sie jauchzt, als ich sie anhebe und die Treppen in unser Stockwerk hinauf trage. Sanft lasse ich sie in die weiche Matratze unseres Bettes gleiten und bin mit einem Schwung über ihr.

»Was bekomme ich dafür, wenn ich mich beeile?«

»Lebenslange Erfüllung. Lebenslange Glückseligkeit. Lebenslange Liebe. Und lebenslangen ... Sex. Reicht das für den Anfang?« Ich nicke zaghaft. Oh ja. Und wie das reicht.

»Ist das ein ... ein ... Antrag?«

»Wenn Du es genau wissen willst, ja.« Mein Atem stockt. Dafür pocht mein Herz umso schneller. Karin rollt sich zur

Seite. Es rumpelt und scheppert. Die Minuten verstreichen, bis ihr Kopf mit dem zerzausten Haar, das ich so sehr liebe, wieder auftaucht. Mit einem triumphierenden Lächeln im Gesicht hält sie mir ein Schächtelchen hin.

Meine Finger zittern so sehr, dass sie mir helfen muss.

»Liebste Regina, ich habe Dich vom ersten Augenblick an geliebt und daran hat sich nie etwas geändert. Ich bin so unendlich glücklich, dass ich endlich die Frau an Deiner Seite sein darf. Du bist mein wahr gewordener Traum. Würdest Du mir die Ehre erweisen und meine Frau werden?«

Die tiefe Liebe funkelt genauso in Karins Augen, wie der Ring, den sie mit zitternden Fingern aus seinem Versteck fischt. Ich nicke leicht. Mehr geht nicht. Tränen kullern über meine Wangen.

Vor ein paar Stunden dachte ich noch, dass es nichts besseres gibt, als die leuchtenden Augen von einer Mutter und einer Tochter, die sich nach langer Zeit endlich wiedergefunden haben. Hiermit revidiere ich meine Meinung und behaupte das Gegenteil.

Es gibt besseres. Sehr viel besseres sogar.

Ich sinke in Karins offene Arme. Wo auch immer uns das Leben hin verschlägt, was auch immer es noch mit uns vorhat, völlig egal. Wir werden alles meistern und dafür sorgen, dass die Sonne jeden dunklen Augenblick vertreibt. Solange die Liebe weiterhin in uns blüht wird es nichts geben, was uns trennen kann.

Ihre zarten Lippen treffen auf meine. Der erste Kuss als Karins Verlobte und ich muss gestehen, er fühlt sich gut an. Richtig gut. Gigantisch. Als ob Ostern und Weihnachten auf einen Tag fallen würden. Oder wie Schneefall im August und dreißig Grad im Dezember – auf der Nordhalbkugel.

32. Kapitel – Karin

»Hallo Karin. Schön, Dich wiederzusehen. Ihr habt also alles überwunden. Gut gemacht.«

Herbert knallt mir die Hand auf die Schulter und strahlt mich mit großen Augen an.

»Ich war mir die ganze Zeit sicher, dass Ihr es schafft.«

»Warum hast Du nie etwas gesagt?«

»Dass ich die Connection Deiner Mutter bin? Du hast mich nie danach gefragt. Warum sollte ich also?« Herbert lacht so laut, dass er damit sogar Judiths Aufmerksamkeit am anderen Ende des Lehrerzimmers, auf uns zieht. Irritiert schaut sie von ihm zu mir und wieder zurück. *Brauchst Du Hilfe?*, sagt ihr Blick. Ich schüttle den Kopf und lege meinen Arm um Herbert. Bevor mein Kollege noch etwas sagen kann, ziehe ich ihn an mich und hauche »Danke.«

»Passt schon.«, brummelt er und dreht seinen Kopf zur Seite.

»Deine Mutter ist ein besonderer Mensch. Ich hoffe, Du weißt das.«

»Sagen wir mal so … Die letzten Tage und Wochen haben mir eine neue Seite von ihr gezeigt. Du, Herbert, ich muss mich bei Dir entschuldigen. Ich habe Dich verdächtigt.«

»Ach weißt Du, das war mir schon klar. Was solltest Du auch anderes tun? Lassen wir es einfach gut sein. Ich will nicht, dass das zwischen uns jetzt komisch wird. Dafür liebe ich unsere Kämpfe viel zu sehr.«

In seinen Augen verbirgt sich ein vielsagendes Grinsen. Meine Mutter hat recht. Herbert ist einfach Herbert. Ich muss ihn nicht verstehen. Ich muss ihn einfach akzeptieren. Mit seinen Macken und seiner Begeisterung für einen offenen Schlagabtausch mit mir.

Judith eilt mit langen Schritten auf mich zu.

»Was war denn das jetzt bitte?«, fragt sie. In ihren Augen blinken mindestens hundert Fragezeichen.

»Das ist eine lange Geschichte.«

»Trifft sich gut, ich habe nämlich eine Freistunde. Du kannst mir also alles erzählen.«

»Meine Damen und Herren, darf ich Sie um Ihre Aufmerksamkeit bitten?« Meine Augenbraue zuckt hoch. Unser Chef. Seit jenem Tag, an dem er mich so wenig ruhmreich aus seinem Büro entlassen hat, habe ich ihn nicht mehr gesehen. Ich kann ihm kaum in die Augen schauen. Sein illoyales Verhalten mir gegenüber schmerzt noch zu sehr.

»Wie Sie alle mitbekommen haben, ist Frau Doktor Wagner wieder zu uns gestoßen. Ich habe mich ihr gegenüber sehr … sehr … ähm … sehr negativ verhalten und habe einer Geschichte Glauben geschenkt, ohne sie vorher zu prüfen. Dafür möchte ich mich in aller Form bei Ihnen, Frau Doktor Wagner, und bei allen anderen, deren Einwände ich abgeschmettert habe, entschuldigen. Ich hoffe, Sie nehmen meine Entschuldigung an. Ich möchte … die einmalige Gelegenheit nutzen und noch ein anderes Thema zur Sprache bringen … Wie Sie alle wissen, habe ich vor, demnächst in den Ruhestand zu gehen. Für meine Nachfolge kommen zwei Kandidaten in Frage. Ich habe mir überlegt, dass es Zeit für eine Veränderung wird. Deshalb möchte ich Sie beide, Karin und Herbert darum bitten, sich Gedanken zu machen, ob meine Idee, die Stelle unter Ihnen aufzuteilen so gut ist, wie ich denke. Zusammen werden Sie unsere Schule ins einundzwanzigste Jahrhundert befördern.«

Mein Blick fällt auf Herbert. Sein Blick fällt auf mich. Wir lächeln uns an und nicken.

Oh ja, Herbert liebt den offenen Schlagabtausch mit mir. So sehr, dass er nicht genug davon bekommen kann. Unser Chef hat recht. Zusammen werden wir die Schule ins einundzwanzigste Jahrhundert tragen. Wir werden uns streiten, bis die Fetzen fliegen und werden alles dafür tun, dass wir nicht einschlafen. Und wir werden unsere

Kollegen anheizen und mitziehen, damit keiner auf der Strecke bleibt.

»Ich muss nicht darüber nachdenken.«, sage ich.

»Ich auch nicht.«, brummelt Herbert. Die Spitzen seines gezwirbelten Bartes wackeln vor Aufregung. Er ist am Ziel seiner langen Reise und ich freue mich mit ihm.

»Und was heißt das jetzt?« Unser Chef betrachtet uns irritiert. Er hat keine Ahnung, was das zwischen Herbert und mir wieder zu bedeuten hat.

»Wir sind einverstanden.«, antworte ich.

»Dann soll es so sein. Herzlichen Glückwunsch und viel Erfolg Ihnen beiden.«

Sektkorken knallen. Judith schlingt ihre Arme um meinen Hals.

»Du weißt aber schon, worauf Du Dich da einlässt?«

Ich nicke und kann nicht mehr aufhören zu lachen. Und wie ich das weiß. Die nächsten Jahre werden die lustigsten, spannendsten und liebevollsten Jahres meines Lebens sein. Dafür wird Herbert sorgen. Dafür wird Judith sorgen. Und dafür wird die Liebe sorgen, die Regina und mich verbindet.

33. Kapitel – Regina

Hey! Nicht schauen!«, schimpft Karin und knallt mir die Tür vor der Nase zu.

»Warum? Was treibst Du denn so lange?«

»Ich probiere mein Kleid. Du darfst es nicht sehen, sonst bringt es Unglück.«

»Du wirst wunderschön darin aussehen. Niemand wird die Augen von Dir lassen können.« »Und am allerwenigsten ich.«, schiebe ich etwas leiser hinterher.

»Was hast Du gesagt? Verdammt. Ich hänge fest!«

»Brauchst Du Hilfe?«

»Schon, aber nicht von Dir. Hol mir Sophie. Und beeil Dich.«

Ja, Chef. Wird gemacht, Chef. Aber sicher doch, Chef. Mein breites Grinsen reicht von einem Ohr zum anderen. Es gefällt mir zu spüren, dass Karin genauso aufgeregt ist wie ich.

In einer Mischung aus rennen und springen poltere ich die Treppe hinunter und rufe nach meiner Tochter.

»Hallo Regina! Agneta hier! Alles klar bei Euch?«

»Hey Agneta. Nicht wirklich. Karin hat sich irgendwie verheddert. Kannst Du ihr kurz helfen?«

»Natürlich. Aber erst, wenn ich Dich anständig begrüßt habe.« Unsere alte schwedische Freundin zieht mich an ihre üppige Brust und drückt sich eng an mich. Ihre Wangen sind feucht.

»Ich freue mich so sehr, dass Ihr Euch endlich traut.«

»Ach Agneta. Ohne Euch wäre es nie so weit gekommen.«

»Doch, Schatz. Glaub mir. Das Schicksal findet immer einen Weg, aber manchmal braucht es einfach einen kleinen Schubs.« Sie kneift ein Auge zusammen und tätschelt meine Wange.

»Ich danke Dir, Agneta. Für alles. Ihr habt alles so schön hergerichtet. Es ist ... überwältigend.«

»Ach das. Eine Kleinigkeit. Olaf hat ein paar Bekannte aktiviert. Lauter fleißige junge Männer. Sexy Männer, das kann ich Dir sagen ...« Agneta kneift ein Auge zusammen und grinst verschwörerisch. Die Achtzig hat sie schon vor ein paar Jahren überschritten und doch strahlt sie jugendliche Freude aus. Eine beeindruckende Frau. Ich kann mir gut vorstellen, warum Olaf sich vor vielen Jahren ausgerechnet in sie verliebt hat.

»Sie haben alle mitgeholfen. Und jetzt mach, dass Du raus kommst. Nicht, dass Deine Braut schneller am Altar ist als Du. Du bist so wunderschön, Regina. Und Deine Augen leuchten so glücklich. Du erinnerst mich an mich damals. Hach … Liebe ist etwas wunderschönes, findest Du nicht auch? Ich freue mich so sehr für Euch.«

Mit diesen Worten windet Agneta sich aus meinen Armen, schiebt mich mit einem liebevollem Klaps auf den Po zur Tür hinaus und eilt, so schnell ihre alten Beine sie tragen, ins obere Stockwerk.

Ich drehe mich noch einmal um und schaue hilfesuchend durch die Glastür ins Haupthaus. Agneta, Olaf und ihre Freunde haben sich keine Mühe gegeben. Sie haben ein kleines Wunder vollbracht. Aus jedem Winkel springt mir der Frühsommer entgegen. Die Fenster sind mit bunten Blumengirlanden eingerahmt. Bienen und Hummeln fliegen brummend von Blüte zu Blüte. Alles summt, alles brummt, in den Büschen hinter dem Haus singen Vögel. Noch kitschiger kann nur ein Rosamunde Pilcher Film sein. Ich wage es kaum, mein Gesicht den vielen Menschen, die auf dem Vorplatz zwischen den Häusern sitzen und auf Karin und mich warten, zuzuwenden.

Die unbequemen Stühle aus dem Haupthaus stehen jetzt auf dem Vorplatz. Jede Stuhllehne ist mit Blüten und zwei kleinen Fähnchen dekoriert, einer schwedischen und einer deutschen.

Karin und ich haben lange überlegt, wo wir unseren Tag feiern wollen. Mit der Unterstützung von Karins Mutter versuchten meine Eltern, uns zu überreden, in einem Landgasthof oder einem Diner in der Nähe unserer

Heimat zu feiern, doch das kam für uns nicht in Frage. Jonathan Borchert hätte uns sogar die Scheune, in der wir die großen Tastings für ihn veranstalten, vermittelt. So reizvoll die Idee war, so wenig war sie eine echte Option.

Es gab und gibt nur einen Ort für unsere Feier. Der Ort, an dem Karin und ich uns kennengelernt haben. Der Ort, an dem Karin und ich unseren ersten Kuss getauscht haben. Der Ort, an dem wir zwanzig Jahre später unsere Liebe füreinander entdeckten. Råddehult im Süden von Schweden. Ich erinnere mich noch genau an das kurze Telefonat mit Agneta. Sie schrie ins Telefon, als Karin ihr sagte, dass wir heiraten wollen und uns als Festgelände ihren Hof ausgesucht haben. Seit diesem Tag sind nur ein paar Wochen vergangen. Was Agneta, Olaf und ihre Freunde in dieser Zeit vollbracht haben, kann man tatsächlich nur als Wunder bezeichnen. Sie haben das Gelände herausgeputzt, überall lange Ketten mit Wimpeln und Flaggen verteilt und den Innenraum des Haupthauses mit bequemen Stühlen ausgestattet. Welche IKEA-Filiale sie wohl überfallen haben?

Obwohl sie uns in den letzten Wochen immer wieder mit Fotos versorgt haben, konnten wir, als wir vor zwei Tagen mit dem Bus hier angekommen sind, kaum fassen, wie sehr sich alles verändert hat.

»Komm schon, Regina. Ich bringe Dich zum Altar.« Dankbar lächle ich Judith an. Solange ich nicht allein bin, schaffe ich auch die paar Meter durch die Reihen unserer Gäste.

»Du musst am Altar stehen, bevor Du Karin im Brautkleid siehst.«

Musik fängt an zu spielen. Unsere Gäste erheben sich. Kommt Karin etwa schon? Aber Judith winkt nur ab. Fehlalarm. Ich schnaufe hektisch.

Oh. Mein. Gott. Ich hatte gar nicht mehr in Erinnerung, dass wir so viele Menschen eingeladen haben. Die Familie von Laurin und Fjolla, meine Familie, Karins Mutter, Judith und ihren Mann, Herbert und seine Familie, Jonathan Borchert und seinen Bruder, Agneta und ihre Görlz mit Familien und viele andere Leute, an deren Gesichter ich mich sowieso nicht mehr erinnern kann.

Enttäuschtes Raunen geht durch die Reihen unserer Gäste. Jeder wartet auf die Braut. Ich bin mir sicher, dass der eine oder andere nur mitgekommen ist, um Karin im Brautkleid zu sehen, schließlich trägt sie nie Kleider oder Röcke.

Leiser Applaus brandet auf. Alle Köpfe drehen sich in meine Richtung. In den letzten Monaten habe ich mich daran gewöhnt, mit Aufmerksamkeit umzugehen, aber so viele Menschen, die alle gleichzeitig ihren Kopf in meine Richtung drehen und mich wohlwollend anlächeln, sind dann doch ein paar zu viel.

»Hallo Regina. Na, aufgeregt?« Aufgeregt? Ach, ich doch nicht. Ich mache mir nur in die Hose. Sonst ist alles bestens. Ich rolle mit den Augen und unterdrücke ein tiefes Seufzen. Hätten wir nicht einfach nach Las Vegas fliegen können? Aber nein. Eine große Party sollte es sein. Mit vielen Gästen. Menschen, die uns zu guten Freunden geworden sind. Ist ja alles schön und gut, aber …

»Die Braut kommt!« Lucas rennt so schnell, dass seine Haare im Wind flattern. Er rudert mit den Armen. Neben Fjolla bleibt er stehen. Meine Augenbraue zuckt. Mein Sohn Lucas, der bis vor ein paar Tagen noch *Windeln getragen* hat, entdeckt sein Interesse am anderen Geschlecht im allgemeinen und an Fjolla im besonderen. Sie sagt etwas und er klebt an ihren Lippen. Lässt sie keine Sekunde aus den Augen. Seine Wangen leuchten rot. Wie süß.

Ich wende mich ab. Habe ich behauptet, ich wäre aufgeregt? Wenn ja, dann war das die Übertreibung des Tages. Mittlerweile pumpt mein Herz so schnell, dass ich mit dem Atmen kaum hinterher komme. Warum dauert das denn so lang? Hat sie doch noch kalte Füße bekommen und ist wieder gegangen? Meine Zähne klappen hart aufeinander.

Die Band, die normalerweise Agneta und ihre Görlz begleitet, fängt an zu spielen. Sie kommt. Oh. Mein. Gott. Sie kommt. Als folgten sie einem stummen Kommando, stehen alle Gäste auf. Mein Vater zwinkert mir zu und dreht sich dann zum Gang, durch den Karin in ein paar Sekunden auf mich zukommen wird.

Kann ich Karin nicht einfach entgegengehen? Sie auf halber Strecke in Empfang nehmen, auf Händen durch den Wald tragen und mit ihr in einem Kanu über den See verschwinden?

Mein Blick fällt auf Olaf. So gerade, wie er sich hält, muss er heute Früh eine Wochenladung seiner Schmerzmittel eingeworfen haben. Agneta hat uns erzählt, dass der Arzt ihm einen Rollator ans Herz gelegt hat, aber dafür fühlt Olaf sich noch zu jung. »Ein Rollator ist etwas für alte Leute.«, hat er auf meine Frage, warum er ihn denn nicht benützt, geantwortet. Olaf ist fast neunzig.

Hinter seinem Rücken hat Agneta seinen *City Chopper*, wie sie den Rollator immer liebevoll nennt, natürlich eingepackt. Spätestens wenn die Wirkung seiner Schmerzmittel nachlässt, wird er ihr vor Erleichterung und Freude um den Hals fallen, erklärte Agneta. Olaf und sie sind schon so lange verheiratet und immer noch leuchten ihre Augen vor Begeisterung und Glück, wenn sie einander sehen.

Ich wünsche mir so sehr, dass Karin und ich, wenn wir irgendwann alt und runzelig sind, genauso zufrieden wie die beiden auf unser Leben zurückschauen dürfen. Hand in Hand darauf wartend, dass unsere Enkel vor den Altar treten.

Olaf spannt die Schultern und reckt seinen Kopf. Champagnerfarbener Stoff taucht in meinem Blickfeld auf. Ich hebe meinen Kopf. Karin fixiert mich mit ihren leuchtenden Augen. Mein Vater reicht mir ein Taschentuch.

»Aber ich muss doch gar nicht weinen.«

»Noch nicht. Du wirst das Taschentuch brauchen. Glaub Deinem alten Vater.«, raunt mein Vater mir zu und tätschelt meine Wange.

Karin fixiert mich. In ihren Augen bilden sich Tränen. Ich schlucke. Meine Augen brennen. Mein Vater grinst von einem Ohr zum anderen. *Siehst Du?*, sagt sein Blick.

»Karin, willst Du die hier anwesende Regina König zur Frau nehmen, sie lieben und ehren, bis dass der Tod Euch scheidet, dann antworte mit Ja.«

Karin dreht sich zu mir um und haucht ein kaum verständliches »Ja.«

»Regina, willst Du die hier anwesende Karin Wagner zur Frau nehmen, sie lieben und ehren, bis dass der Tod Euch scheidet, dann antworte mit Ja.«

Ich versinke in Karins Augen. »Ja.«

»Dann erkläre ich Euch hiermit zu Frau und Frau. Sie dürfen die Braut jetzt küssen.«

Warme Lippen legen sich auf meine. Obwohl die Welt sich weiterdreht, bleibt sie für mich stehen.

»Ich liebe Dich.«, hauche ich und erwidere Karins Kuss.

Ein paar Minuten später schließt Agneta mich in ihre Arme und dreht mir ihr Gesicht zu.

»Kannst Du Dir etwas schöneres vorstellen, als Hochzeit in Schweden zu feiern? An Mittsommer?«

Ich schüttle den Kopf und lehne mich an sie.

»Danke.«, flüstere ich.

34. Kapitel – Karin

»Weißt Du was? Manchmal ist das Leben tatsächlich ein bisschen wie im Film.« Ich lege meinen Arm um Reginas Oberkörper und ziehe sie vorsichtig an mich.

»Wie meinst Du das?«

»Zwei Menschen treffen sich, verlieben sich, erleben etwas Drama und am Schluss finden sie doch noch zusammen.«

Was für eine glückliche Fügung, dass die meisten Liebesschnulzen im Fernsehen gut ausgehen.

Kein Film kann das Gefühl, das ich bei unserem ersten Kuss als Ehepaar empfunden habe, wiedergeben. Es ist viel größer als das großartigste Happy End. Denn es ist MEIN Gefühl, MEIN Leben. Und SIE ist MEINE Frau.

Endlich.

Ende

29310683R00195

Printed in Poland
by Amazon Fulfillment
Poland Sp. z o.o., Wrocław